勇気ある義人

古在由重セレクション

太田哲男 編

Selections from Kozai Yoshishige

同時代社

「古在先生のご逝去は、痛恨の限りです。先生は最後まで初志を貫かれた、勇気ある義人でした。その精神は多くの人の心に長く生き続けるでしょう。」(加藤周一「弔電」古在由重告別式(一九九〇年三月八日)にて)

「太平洋戦争中のゾルゲ・尾崎秀実事件に於ける……〔松本慎一・古在由重の活動は、〕その時代的状況を考えれば、拘禁状態に置かれている場合よりも、或る意味では、遙かに大きな勇気と冷静な思考と果敢な決意を必要とする行動でありました。「勇気ある義人」の面目ははっきりとこの時立証されました。」(藤田省三「其の心の在り方の延長線を――古在由重追悼集会にて」)

自宅にて（1982年4月）

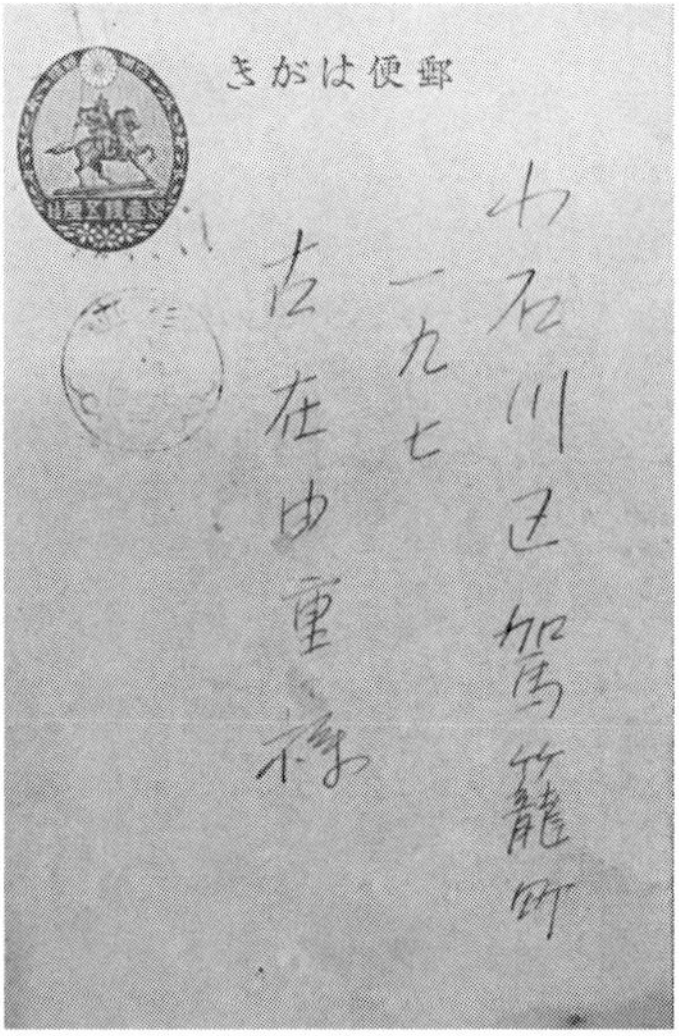
郵便はがき
小石川区駕籠町一九七
古在由重様

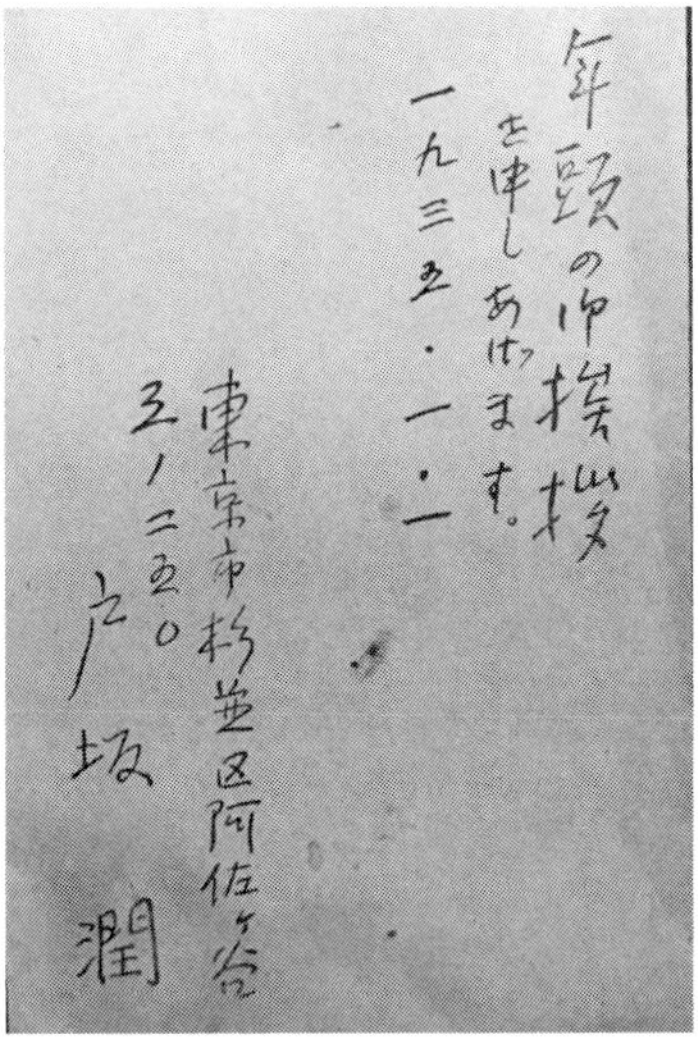
年頭の御挨拶を申しあげます。
一九三五・一・二
東京市杉並区阿佐ヶ谷五ノ二五〇
戸坂潤

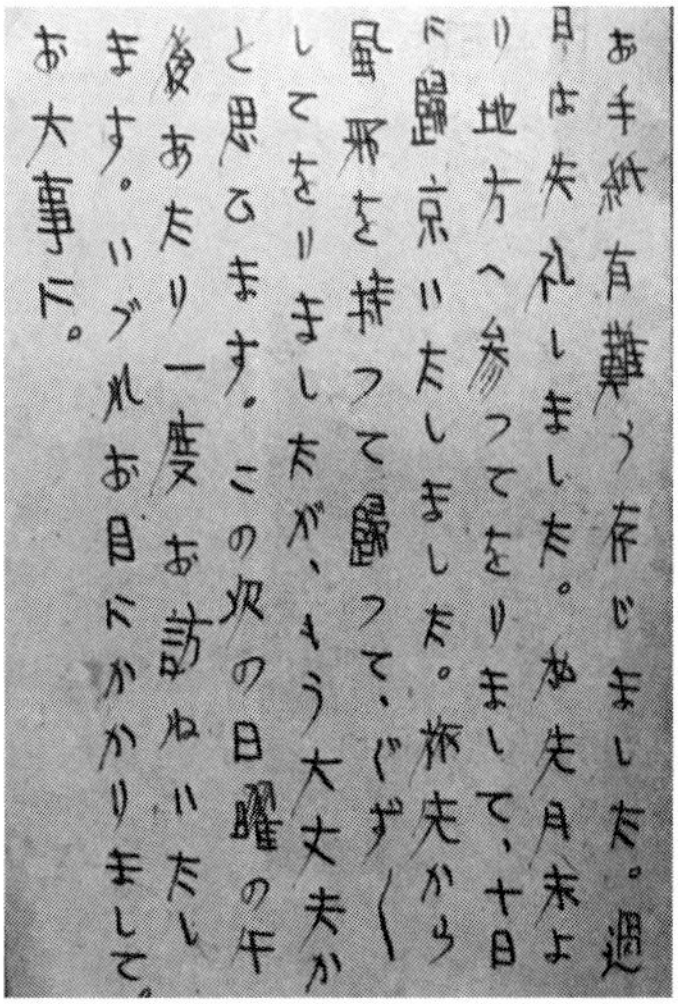
お手紙有難う存じました。過日は失礼しました。私先月末より地方へ参つてをりまして、十日に帰京いたしました。旅先から風邪を持つて帰つて、ぐず〳〵してをりましたが、もう大丈夫かと思ひます。この次の日曜の午後あたり一度お訪ねいたします。いづれお目にかかりまして。お大事に。

上　戸坂潤から古在由重宛の年賀状（1935年）
下　三木清から古在由重宛のはがき（1937年以降）
（写真提供：藤沢市湘南大庭市民図書館）

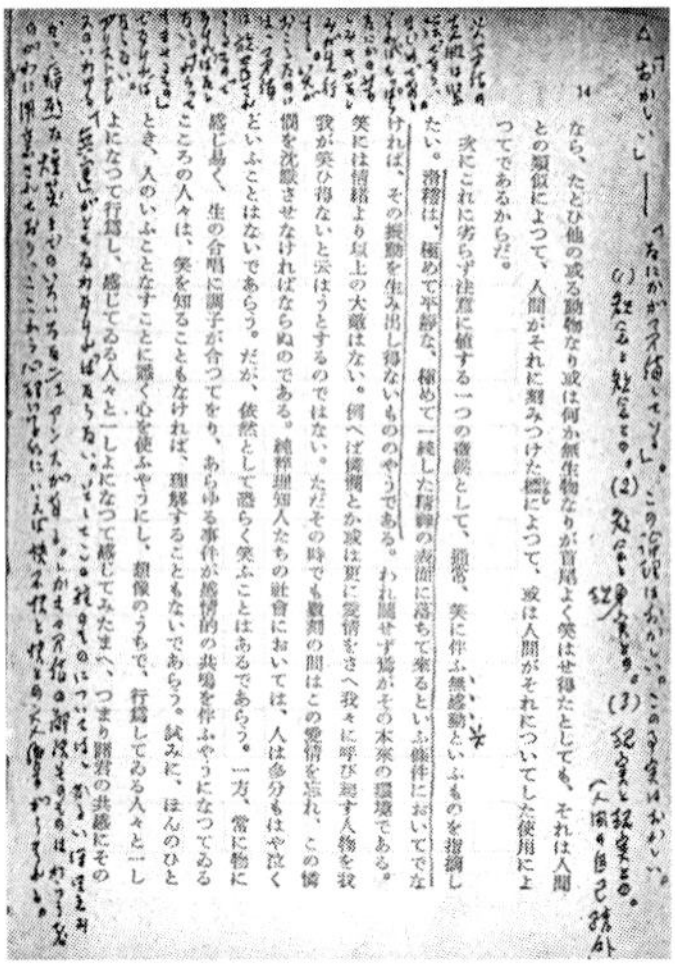

14

なら、たとひ他の或る動物なり或は何か無生物なりが首尾よく笑はせ得たとしても、それは人間との類似によつて、人間がそれに刻みつけた標によつて、或は人間がそれについてした使用によつてであるからだ。

次にこれに劣らず注意に値する一つの徴候として、通常、笑に伴ふ無感動といふものを指摘したい。滑稽は、極めて平静な、極めて一統した精神の表面に落ちて來るといふ條件においてでなければ、その振動を生み出し得ないもののやうである。われ關せず焉がその本來の環境である。笑には情緒より以上の大敵はない。例へば憐憫とか或は更に愛情をさへ我々に呼び起す人物を我我が笑ひ得ないと云はうとするのではない。ただその時でも數刻の間はこの愛情を忘れ、この憐憫を沈黙させなければならぬのである。純粋理知人たちの社會においては、人は多分もはや泣くといふことはないであらう。だが、依然として恐らく笑ふことはあるであらう。一方、常に物に感じ易く、生の合唱に調子が合つてをり、あらゆる事件が感情的の共鳴を伴ふやうになつてゐるこころの人々は、笑を知ることもなければ、理解することもないであらう。試みに、ほんのひととき、人のいふことなすことに悉く心を使ふやうにし、想像のうちで、行爲してゐる人々と一しよになつて行爲し、感じてゐる人々と一しよになつて感じてみたまへ、つまり諸君の共感にその

上・左　ベルグソン『笑い』への古在による書き込み
上・右　植木枝盛と民権三女性。右端が清水紫琴（1891 年、大阪にて）
下　家永教科書裁判「杉本判決」の直後、東京地裁前で（1970 年 7 月）。左に古在、右に家永三郎

上　ヴェトナム人民支援パリ集会に際し、パリのバスチーユ広場へ向けての「日本代表団」のデモ行進（1972 年 2 月）。左端は瀬長亀次郎、その右が古在
下　「インドシナ人民の平和と独立のためのパリ国際会議」（1972 年 2 月）。壇上左端に古在
（写真提供：藤沢市湘南大庭市民図書館）

上　左に古在、右に吉野源三郎。1975年頃、生協会館にて
下　戦後の古在の代表作『和魂論ノート』（1984年）表紙カバー

凡例

一、この「セレクション」の配列は、冒頭においたインタヴュー「父母のことなど」、最後においた論文「カント『永久平和論』について」は例外として、ほかは発表順（初出時の）とした。各文章の内容をうかがうことができるように、手短な案内文と初出を、巻末の「解題」に記した。Ⅰは一九六〇年代まで、Ⅱは七〇年代、Ⅲは八〇年以降に発表されたものをならべた。

二、執筆された時期によって、かな遣いなどに変化がみられるが、本書ではそれを統一することはせず、本書が依拠した底本のままとすることを基本とした。明らかな誤記は、断りなく訂正した。また、適宜ふりがなをつけた。若干の不明箇所には「ママ」と記した。

三、本書でふれられている人名などは、今となってはなじみの薄いことも少なくないかと考え、簡略な「注」を付けることにした。短い注は〔　〕に入れて本文中に挿入し、短くないばあいは、それぞれの文章末に配置した。ただし、ごく一部に著者自身による〔　〕もあるが、煩雑さをさけ、編注と区別して表記してはいない。なお、文中の（　）は、著者自身によるもの。

四、本書には、こんにちの時点でみて差別用語とされることばが含まれている。しかし、著者が故人であり、差別の意図はなかったと判断し、そのままにしてある。

目次

父母のことなど〔古在由重インタヴュー〕

――ぼくは初め父〔古在由直、一八六四～一九三四〕からの影響からか、いわゆる理科系統の学問にしか興味がなかったし、旧制の高等学校では、理科〔旧制高校には、文科と理科の区分があった〕を三年やりました。そのほかの興味は全然なかったのですね。ぼく自身についてよりも、父の話をしましょう。

父のことをいえば、農芸化学者でした。ただし、父のこういう道も全く偶然からなんですね。明治十三年〔一八八〇年〕の十六歳のときに故郷の京都郊外から単身で東京に出てきて、幼年学校みたいな軍人コースの学校を受験したのだそうです。そうしたらたまたま体格検査で落ちた。初め軍人にでもなろうかと思ったのでしょうね。そして一度は京都にかえったけれど、翌年にふたたび上京。ある日、のんきに通りを歩いてきたら、友だちに会った。そうしたらその友だちがいうには「これから駒場の農学校――つまりいまの東大農学部の前身――に試験を受けにいくが、いっしょにこないか」とさそわれた。そこで父も後年にいっていましたが、試験を受けるというより「試験をためしてやろう」というので、いっしょに試験場へいったんだそうです。しかし、全く準備もしてなかったんで、三つの科目にはなにも書かずに大きなマルを書いて答案を出した。しかしながら、その結果としては友だちは落ちて、自分のほうはたしか三番ぐらいの成績で受かってしまったと笑って思いだしていたことがありますよ。

そんな全く偶然のことから農学の道へいって、今日でいえば生化学とでもいうような勉強をするようになりました。要するに発酵化学ですね。だから、毎日のように顕微鏡をのぞきながら研究生活をおくっていたんです。そのころのわが国では、わりあい先進的な学問だったでしょう。そういう意味で農芸化学の日本における開拓者の一人だったのではないでしょうか。そして当時教師はみんな日本に来ていた優秀なドイツ人学者たちでした。

卒業後に、父は農科大学〔のちの東大農学部〕の教師になりました。これも最近の公害問題の激化がきっかけになって、ある人びとがふれていますけれども、明治二三年〔一八九〇年〕からあの足尾銅山の公害の調査をやっています。これは今日も高く評価されていますね。宇井純〔一九三二～二〇〇六、環境問題研究家・運動家〕さんなどもそれをとりあげました。父は調査の結果として農作物その他の被害がまったく鉱毒によるものだ、とはっきり断定したのですね。いまでもある程度はそうですが、当時の大学の先生たちは、そういうふうにはなかなかいわなかったし、またそんな仕事をひきうけもしなかったようですね。(1) 父は綿密な調査をして、有毒という結論を出しました。もともと、被害地の農民を代表して三人ほどの人たちが東京へ来たのです。こまかい点は、ぼくもあとで調べてわかったのですけれども。そしてこの三人は当時の〔東京〕高等師範学校、いまの〔東京〕教育大学〔筑波大学の前身〕の大内という先生に「だれか公正な学者はいないか」と聞いたら、「駒場の農科大学に古在由直なる者あり。この人ならば公平無私、信ずるに足る」というような紹介状をもらって、やってきました。農民代表といっても、おそらく県会議員もそれにははいっていたと思いますが、とにかく現地の人たちに頼まれてやりはじめたのです。あとでその時のことを調べてみたら、まだ父は二十七歳ぐらいでしたか。やがてそのあとでドイツその他へ留学しました。その期間は二年の予定のはずだったのですけれども、結局、五、六年になってしまいました。政府から、日本へ帰れといっても帰らない。文部省関係の人まで催促に来たらしい。しかし帰らない。たしか研究の途中だったのだそうです。そういう点は初志を貫くというところがあったのですね。だから私の母〔豊子・筆名は清水紫琴、一八六八〜一九三三〕のほうは苦労をしたにちがいないけれども。そしてその間の生活をおぎなうためにも、小説や随筆を書いていました。京都郊外の父の実家に、祖母とぼくの兄をかかえて引っ込んでね。

父は明治以前の元治《げんじ》元年〔一八六四年〕生まれです。一般に明治時代の早い時期にヨーロッパへ留学した日本の学者たちというのは、ぼくの見るところ、あとの時代にくらべて、当時のヨーロッパの自由な雰囲気を満身に受けているような感じがします。つまり明治の歴史というのも二十年代ぐらいから、とくに二十年代後半ぐらいから天皇制国家のもとで急速に反動化していきますね。大正時代は多少はいいとしても、昭和になるとまた非合理的な思想統制がひどくなっていく。だから、明治の十年代から二十年代にかけて青年期をすごした人には、わりあいに自由な解放的な気持ちもあったし、またそういう気持ちのままヨーロッパに長くいたとすれば、国粋主義の意味での日本的なものはまだなかったんですね。むしろカラッとしていて。そしてその人たちの多くは、ありのままに全身でヨーロッパの空気を受けとめている。父と同時代の他の人たちを見ても、やはりそういう気がします。明治初年からの自由民権運動がくずれさった以後の時期をヨーロッパで過ごしたわけですからね。

ついでに母のことについていいそえますと、ぼくの母が父と結婚したのは、あの自由民権の運動がすでに退潮してしまったあとでした。明治二十五年〔一八九二年〕でしたから、もうすでにその波は、数年前にひいてしまっていた時期です。結婚前に、ぼくの母は香川県の工場や奈良県の未解放部落にも行って、演説などをしていた経験があったようです。そのあとでは『女学雑誌』〔一八八五年創刊。編集人は巌本《いわもと》善治〕の編集部にいて、ほとんど毎号この雑誌に小説や評論を書いていました。いまは『女学雑誌』の完全な復刻も出版〔臨川書店〕されていますが、毎号のようにいろいろな名前をつかって書いています。他の雑誌にも小説は幾つか書いていて、いいものは少ないかもしれませんけれども、「こわれ指環」〔『女学雑誌』に一八九一年に発表〕や「移民学園」〔一八九九年。この作品以降、絶筆〕その他は筑摩書房の日本文学の全集〔『明治文学全集』〕や講談社の同種の全集にも収録されています。

これらのことを考えると、さっきいったように、結婚への母の踏み切りというのも、自由民権の波がすっかり退いてしまったという時代の空気とのかかわりがあるようですね。ある意味では、いろいろな過去、かつては無二の親友でもあった福田英子《ひでこ》〔一八六五〜一九二七〕の自伝〔『妾《わらわ》の半生涯《はんせいがい》』〕のなかにもふれているような過去に別れをつげて、自分の安息の港を結婚生活のなかに求めようとしたのではなかったでしょうか、もちろん、ぼくの想像ではあるけれど。ただ、ぼくが感心するのは、この母を受け入れた父です。父には、ぼくの見るところ、なにも政治的な意識はなかったはずなのに、どうしてそんな女性をむかえたのか。しかも母は自分の意にはそわなかったにしてもすでに十代のときに最初の結婚をしていますし、その後には離婚して、父との結婚をするまでに、福田英子の自伝にも書いてあるように、大井憲太郎〔一八四三〜一九二二、自由民権運動に挺身、のち衆議院議員〕との間に子がありました。いまでもまだそうでしょうが、その当時の女性の結婚条件としては、けっしてよくはなかったわけですね。父が全然そういう点を問題にしなかったところは、そうとうなもんだと思います。

そんな経歴の持主だったからぼくの父も母も子どものいわゆる教育にはほとんど無関心だったのですよ。ぼくの場合にも、ぼくがどんな学校を選ぼうとも、また学校へ行こうと行くまいと、あるいはどんな学科を選ぼうとも、このようなことについては全く両親とも無関心でした。ぼくの青年時代にもまだ、よく哲学などを専門にえらぶと、親が反対するようなことがありましたが、そんなことも全く問題にしませんでした。というのは、両親ともそれぞれ自分のことに忙しかったという点もあったと思うのです。こんな点についてはぼくはあまりにも恵まれすぎていまして、全くの温室そだちなのです。親との葛藤みたいなものは全然なくて。しかし、いまになってみれば、中学時代から理科がすきで勉強したということは、哲学を学ぶのにもたいへん役に立ったと思います。架空な思弁や美文調の作文みたいなものはあまりなじめなかったし、好きでもなかったのです。そしていまでも架空な思弁で論文をこしらえあげることなどはできません。ぼくとしては、これでいいのだと思っています。考えてみればそもそも日本で哲学科が文学部にぞくしていること自身が、それほど必然的なことではないし、また適切でもないのではないかと思われます。もし哲学に科学性が要求されるとするならば。

もともと、ぼくは子どものときから田舎に育ちました。二十歳のころまで。当時の農事試験場、いまの農業技術研究所が北区の西ケ原にあって、そのころはそこら一辺も全くの農村でした。当時の市電に乗るためには、この西ケ原というところから三十分ぐらい歩いて本郷の三丁目まで行かなければならない。ぼくがかつてそこで高等学校時代まで過ごしたところのすぐそばに、長幸男・武田清子〔一九一七〜二〇一八、思想史学者〕夫妻がいまは住んでいます。おそらく百メートルか二百メートルほどのすぐそばに。だから小学校も近所の村立小学校で、生徒はみな農家の人たちばっかりでした。そしてぼくは虫や魚や林や藪に親しみながら育ってきました。毎日このように自然と親しみながら生活していたのです。そのためでしょう、ぼくにとっては自然のものしか興味がありませんでした。いまはこんなに老人になってしまいましたけれども、もともとひどいいたずら小僧、ひどいあばれん坊でしたよ。小学校の六年のときには、いまのことばでいえば三日間ほどクラス全体のストライキみたいなものをやりましたし、中学校では四、五年のときだと思いますが、やはりいたずらのために有期の停学をくったこともあります。けれども全然、両親はこんなことにも全く関心がなかったようですね。ぼくの保護者という名義でしょう、父というのは。だからこの処分について学校に出頭しろという手紙がきたわけですね。しかし処分の理由もぼくにたずねないし、学校にも全然出頭などしない。自分の研究にいそがしかったのでしょうけれど、しかしぼくとしてはむしろ、おれは親に信用されているんだなと感じましたね。親が自分を信じてくれているということ。あとから考えると、これもまた結果としては一つのだいじな教育だったと思います。しかし学校から帰れば、縁がわにカバンをなげだしたまま、近所の松林や神社や小川へとんでいって、日の暮れるまであそびまわっていたのですよ。いいですね、田舎そだちは。

そうそう。いつか丸山眞男〔一九一四〜九六、政治学者・思想史家〕さんと対談(2)をしたとき、おかしいことがありました。「運動はいつごろから始めましたか」といわれたから、ぼくは「小学校のときから」と答えたのです。というのは、ぼくはランニングと野球が大好きで、小学校の時には日本一の中距離ランナーになりたいという夢をもっていたこともあり、高等学校のときも陸上運動部で三年間を過ごしましたからね。「小学校のときからですか。早いですね」と丸山さんがいうから、「早いって、べつにそれほど。ランニングなどがおもだったんだから」といったら、「ああそうでしたか、なにか政治的な運動かと思った」ということでした。運動違いです。

とにかくそんなわけで小学校、中学校、高等学校ではそれほど勉強したわけではありません。むしろスポーツに熱中していた。唯一の自慢は、高等学校のときに槍投げ、当時インターカレッジ、いまでいえばインターハイで、全国記録を持っていたことです。中学のとき草野球のピッチャーをやっていましたからね、肩の力が強かったのです。高等学校に入学したとき、先輩たちがバットかなんかを持って、寮の室へやってきた。そして「おまえは野球部にはいらなければいかん」といわれました。ぼくの感じでは、まるで脅迫でもするかのように。こわかったですね。なにしろ、寮にはいりたてのときでしたから。

それまでのぼくの中学校は、京北中学という学校でした。いまは京北学園といっています。東洋大学と同居しているような、文京区にある学校でした。私はいつも服のボタンがさかさまになっていたので、体操の教師からきみは北京中学なのか、とどなられましたよ。しかしあすこも不良少年、いまでいえば非行少年たちが非常に多かったのです。しかし、ぼくの友人たちはむしろこの部類の人だった。もちろん、いわゆる軟派ではなくて、硬派です。とにかく北区の西ケ原から歩いていちばん近い中学校、三〇分ほどあるいてそこに通っていたのでした。いわゆるいい学校へいくとかいうことは、ぼくも全然考えたことはなかったし、もちろん親も考えなかった。小学校も、いちばん近いところへいったのだし。いまでもたまに中学校のクラス会がありますけれども、もちろん中学は五年制の旧制でしたから、だいたいは中学を卒業すればそれ以上の学校にはいきません。ことに、いわゆる優秀校ではなかったから。

中学卒業は一九一八年です。それまでは全く自由に遊びながら、あばれながら、けんかしながらね……。けんかというのは、ベトナム人民〔当時は「ベトナム戦争」の時代〕じゃないけれども、からだは小さくても強くなれるんですね。高等学校へはいったら、ぼく自身がびっくりしたというよりも、みんながびっくりしましたね。ほとんどみんな東京のいわゆるエリート校や地方の県立中学からきている人で、秀才コースの人が多いんですよね。ぼくはそういう経歴ではないもんですから、靴もはかずに、いつも地下たびをはいていました。非行みたいな少年の多かった中学校の出身でしょう。だから上級生たちからもひどくおそれられましたよ。今度の新入生には不良が一人はいってきたって。

しかし、やはり両親からはなんにもとがめられたことがありませんでしたね。ぼくの体験からいえば、教育というのは、親が子どもを前にして説教するのはおよそ無意味なのではないでしょうか。親がなんにもいわなくても、自分たちがどうふるまっているかということこそ、子どもにはつよい影響をあたえるのでないですか。おのずから親の行動を身に感じますからね。だから親のいったことで覚えているのは、ぼくに対していったことよりも、むしろ親がお客と話しているときのことばです。ぼく自身も小学校や中学校の特定の先生、それから友人との対話によっては深刻な影響をうけましたけれども。

いつか『毎日新聞』から、「感銘した本を一冊」という原稿をたのまれて、ほんとに困りました。記憶している本は、もちろん何冊かあります。しかしぼくには二十歳ぐらいまで数学とか自然科学の本が多いでしょう。これではあまりおもしろくない。直接に人生観にあまり関係ないから。考えてみると、本からの影響というよりも、知らず知らず両親からとか友だち、ことに高等学校三年間の寮生活での友だちから、あるいは小学校や中学校の先生からのほうが影響が強かったね。たとえ本という場合でも、ぼくの親しい友だちがこの本を読んでみないかと貸してくれるとか、やはりそこには友だちという人間がちゃんと媒介になっているんです。この人間そのものからの影響のほうが強い。きりつめていえば、むしろぼくをつくってくれたのは、むしろ身辺の人たちがよってたかって自分という存在をつくってくれたのだ、いいにしろ悪いにしろ。ぼくはそういうふうにしか思えません。だから、少年時代には数や図形の世界や自然の事物から刺激をうけたので、どちらかといえば活字からの影響というのは少ない。たとえば共産主義というようなときにも、そうなんではないですか。もちろん、共産主義とは何かということを文献で読んで、いろいろ影響を受けるでしょう。しかし目のまえに出現した一人の生きた共産主義者、これがどういう人間であるかということの意味は意外に大きいですよ。思想としての、理論体系としての共産主義そのものは肉眼には見えませんから。目に見えるものは、自分のまえに立ったり、そこらへんを歩いている共産主義者でしょう。その人がたまたまりっぱな人であったか、そうでなかったかによって、共産主義についての人の考え方はずいぶん違ってくるわけですよ。知性だけに偏った特殊な人は別として、普通一般の市民というのはそうなのではないですか。この共産主義者と称される人はいただけないけれども、理念としての共産主義そのものはいいはずだなどといっても、だめです。

――要するに共産主義者ならば最もいい人間であるはずだけでは、だめ。現実にそうなってなければだめですよ。このことは一般にいえるのではないですか。生きた人間そのものからの影響こそが直接だ、ということは。この意味から、さっきもいったように一冊の本にも必ず人間が介在しているのだと思うのです。ある程度の段階をこえれば、自分で本屋へ行って適当な本を選ぶということになるでしょう。けれども、「この本を読んで非常におもしろかった。ひとつ読んでみないか」と、友人がすすめてくれる。教師がすすめてくれる。こうしてその本も友人や教師などとつながってくるわけですよ。突発的に一冊の本が自分の目のまえに出てくるのではない。こんな気もちから、『毎日新聞』から注文をうけたときには、ぼくの母の過去のことについて記している福田英子の自伝『妾の半生涯』についての感想をかきました。この場合にも、ぼくとこの著作との媒介の役をすることになったのは、ほかならぬぼくの母という人間でした。

ぼくはあとになってからいろいろの本、たとえばベーベル〔一八四〇～一九一三、ドイツの社会主義者〕の『婦人と社会主義』〔一八七九年刊〕などを読んで、婦人問題についても労働者階級の立場からの問題の提起と解決の方向を知りましたけれども、初め、子どものときから感じていたのは、むしろわが国の女性一般の隷属的な状態ということですね。これは少年時代からぼんやり感じていました。これについても別に母親自身が口でいったわけではありません。むしろ母親からおのずから発散されてくる雰囲気ですね。そこから、婦人一般の隷属状態に対する不満とか批判とか、とにかくそういうような気分を感じたように思います。もともと自分は大学の教師の息子だし、深刻な社会的矛盾などはわからなかったのです。そしてぼくの母が屈従の位置におかれていたというのではなかったけれども、最後まで母は心のなかではそれに対して戦っていたようです。ぼくとしてはそんな雰囲気を感じながらそだったような気がします。結婚前には自由民権運動に直接かかわっていた母ですから、当然ことばの端々にそのようなものは感じられました。しかし考えてみれば、自分の親が反動的だったたから、それに反抗しながら成長したという経路。このような道をとおって成長したほうが、むしろたくましいのではないですか。ぼくは、この意味でもまた全くの温室そだちでした。これがむしろぼくの弱点でもあるのです。

——「唯物論研究会」についていいましょう。これに参加したのは三十歳〔代〕のなかばからでした。(3) だから、高等学校のときはもちろん、大学生活のときでも、さらにその卒業後にすぐに大学〔拓殖大学・東京女子大学〕の教師になってからも、大学卒業後数年間はぼくは全く非政治的だったのです。高等学校から大学時代のわが国のアカデミー哲学の世界ではなんといっても新カント主義〔一九世紀後半から二〇世紀初頭にかけて、ドイツを中心としたカント復興の運動・学派〕がその主流でした。ぼくもその時分の影響下に哲学を勉強しました。しかしカント〔一七二四〜一八〇四、ドイツ観念論哲学の創始者〕哲学というのはやはりまぎれもない観念論であり、しかもその性格はコスモポリタニズムだといいえましょう。その後のフィヒテ〔一七六二〜一八一四、ドイツ観念論の哲学者〕などに現れてくるようなドイツ国粋主義というのは一点もないのですね。この点ではやはり啓蒙思想の子ですから。カント哲学というのは人間の普遍的な精神の研究を問題としているのですから。その後のフィヒテやヘーゲル〔一七七〇〜一八三一、ドイツ観念論の哲学者〕やロマン派になれば、次第にその実質は純ドイツ的なものをおびてくるのです。しかしカント哲学そのものは別として、ヘーゲル哲学やロマン派の思想もそれが一九二〇年代後半からのドイツ本国における当時のナチス化の過程と次第につながってきました。純粋のカント学派にぞくした人びとは、論理実証派のヴィーン学団の人びとと同じように、カッシーラー〔一八七四～一九四五、ドイツの哲学者・思想史家。ナチス政権誕生とともにイギリスへ、そしてアメリカに移住〕にせよケルゼン〔一八八一～一九七三、ドイツの法学者。一九四〇年にアメリカに移住〕にせよ多くは亡命した人なのでした。ナチスに追われて結局はアメリカにいった人が多かったですね。そしてぼくもカント主義から出発したけれども、そしてヘーゲル哲学までのドイツ古典哲学〔ドイツ観念論とほぼ同義で使用される用語〕や古典文学〔ここでは、ゲーテやシラーに代表される一八世紀のドイツを中心とする文学を指す〕にうちこんだつもりだったけれども、この日本の条件のもとでやはり基本的にはカント哲学の基本精神を維持したのではないかと自分では思っています。要するに、ぼくの勉強の過程のなかでは、それはその後までもずっと連続して発展したように思われます。やはり、カント哲学で学んだものは、すこしあとから自分で整理する結果になりますけれども、「批判」という精神です。カントの主著というのは、みんな「批判」でしょう。主著の三批判〔『純粋理性批判』『実践理性批判』『判断力批判』〕、有名ですね。カントからいろいろ影響は受けましたけれども、結局、その中で後まで生き延びていったのは、この批判的精神ということになるのですね。くわしい話ははぶきますけれども、そしてこの批判的な精神というのは、ドイツの古典哲学を通して発展的に深められていったと思うのです。いろいろなジグザグはありますけれども、批判的な方法の発展というのは、ぼくによればほかならぬ弁証法的な思想の発展と結びついており、ヘーゲルで頂点に達し、そして最後にフォイエルバッハ〔一八〇四～七二、ドイツの哲学者。キリスト教批判で知られる〕で宗教の批判として具体化されたのですね。マルクス〔一八一八～八三、ドイツ出身の思想家・革命家〕

やエンゲルス〔一八二〇〜九五、ドイツの思想家・革命家。マルクスの盟友〕も、若いときはフォイエルバッハ学徒であったと自分でいっています。マルクスの初期の著作を見ても、その著作の標題の文字だけを見ても、「批判」ということばはたびたびついています。『ヘーゲル法哲学批判』や『ヘーゲル国法〔論〕批判』、『経済学批判』や『批判的批判の批判』、それから最後『資本論』はその副題として「経済学批判」というように。この批判の意味は、フォイエルバッハで非常に鋭くなると思いますけれども、マルクスにおいては理論的な活動にとどまらずに現実そのものの批判になっていく。それをマルクスは弁証法の本質は「批判的・革命的」であるというようにいっています。だから批判というのは、普通一つの理論に対する理論的な作業ですけれども、そういう理論一般や宗教などを生み出す現実そのものの矛盾の批判、ここまでいかなければ批判の本質はついに徹底しない。現実そのものの批判といえば、これは現実の実践的な変革ということに当然ならざるをえません。だから本来の批判はここに至ってはじめて自己を完結することになります。そういう意味で、ぼくの中ではドイツ古典哲学とマルクス主義哲学とはずっとつながっているのですね。実践的批判というのは現実の批判であり、現実の変革であり、いわば革命的な性質を持っているということ。こういうふうに受け取られます。ぼくにとっては、だから若いときにカントをはじめドイツ古典哲学を勉強したことは、マルクス主義をある程度勉強する以前にはずいぶん道草を食ったものだとも思いましたけれども、さらにあとからふりかえれば、やはり役には立っていると思いましたし、いまも思っています。

　だからぼくがマルクス主義のほうへ向って、当時かなり危険とみなされた道へ進みかけたとき、親は、ぼくの健康ということについては心配はしたようですけれども、根本においては「きみはきみの信ずるところへ行け」というような気持ちでいたようです。とくに母は、はじめ自分の子どもは自分のかつての経歴とみなかけはなれた方向へ行ったと思っていたらしい。ぼくの兄の専門は早く死にましたけれども、電気工学でしたし、まえにいったようにぼくも初め理科の学生でした。あとで哲学へ転じたけれども、それも母が考えていたようなものとはまったく違って、いわば政治観や人生観とはあまりかかわりのないものだったわけですね。けれども母の晩年、ぼくがそういう政治へのつながりを持ちはじめたときには、ぼくの身の危険へのある種の心配とともに、なにか喜びの感じをももっていたようです。いってみれば、やはり自分の子だったのだという、一種の喜びですね。一身上のことには心配をいだいたかもしれないけれども。

ただ、これはほかでもふれたことがありますが、母が死ぬ一週間ほど前にぼくにいったことがある――、「世の中というものは、あんたの考えるようにそう簡単には変わるもんじゃないよ」と。そのときは、そうも思わなかったけれども、そのあといろいろな世界の歴史を考え、とくに戦後の日本の歴史の過程を考えると、ときどきこの言葉が思いだされて、非常に身にしみることがありますよ。ほんとうに重いことばです。「世の中というのは、あんたが思っているほど簡単に変わるもんじゃないよ」というのは。これは自分の若いときの体験からにじみでた切実な思いだったのでしょうね。こうして母は六十五歳で亡くなりました。しかしただ晩年になっても、夜の十二時から夜ふけの二時ごろまでは読書していました。これが唯一の自分の自由時間だといって。その読書も、トルストイなどロシア文学が好きでした。それから宮本百合子〔一八九九〜一九五一、作家〕さんの若いときの作品、十七歳ぐらいのときでしたか、『貧しき人々の群』〔『中央公論』一九一六年九月号〕、これを雑誌で見たとき、「ようやく女性が本格的な小説を書き始めた」といって心から喜んでいましたよ。そればかりでなく、ぼくもびっくりしたのは六十歳以上にもなって、『中央公論』などの雑誌を読んで、たとえば大塚金之助〔一八九二〜一九七七、マルクス主義経済学者〕さんの論文はなかなかいい、などといっていました。自分もせめて作家として生きぬこうとしたのにそれができなかったものですから、ああいう百合子さんみたいな小説などを見て、あたらしい女流作家が出てきたことに喜びを感じたのでしょうね。それまでの身辺小説などには満足感がなかったのです。

　ところで戦前の「唯物論研究会」のことに話をもどせば、この会の仲間たちとはお互いにいつも万一のこと〔治安維持法違反などで逮捕されること、極刑に処せられることなど〕を覚悟しながら、それぞれの全力をあげていたといえます。さむざむとしたきびしい時代にたがいに自分たちのからだをすりあわせてあたため合ったというような点もありますけれども、あのような友情のつながりというのはぼくの一生の中でもまったく特殊なものですね。よく戦争へ行って生死を共にしようとした人たちの戦友会というのがあるでしょう。気分だけからいえば、あれと同じようなものですよね。軍隊でいっしょに戦った人たち。これは戦場でのことだけれども、ぼくたちもまた反戦のたたかいのなかで生死を共にすることを契い《ママ》あったという感じはある。あのような結びつきは、あのような特別な環境でなければ、およそ出てこないのではないでしょうか。

だからぼく自身としては、やはり三十代が全力投球の時期でした。戸坂潤〔一九〇〇～四五〕さん[4]も本間唯一〔一九〇九～五九、社会運動家・評論家〕さんも、そのほか多くの同志たちももはやいなくなってしまって、いまはぼくたち少数の者は全く生き残りとなりました。あのころにはみな二十代から三十代。ここに、本間さんの遺児であるエル子さんが、未来社に勤めているということで同席しているので、本間さんのことを話すと、本間さんなどはぼくよりも十歳も若かった。ぼくが最後にふたたびつかまったのは三十七歳でしたから、そのとき本間さんは二十七ぐらいだったはずです。みな会の幹部たちはいっせいに検挙された。早朝、同じ時刻に全部一発で、一網打尽。もちろんそれも予想外のことではなくて、半年ぐらい前からはほとんど確実に予期されていました。予期されていたのだけれども、やはりやらねばならぬというのでやっていたのです。だから実際の効果ということは実はあまり考えなかったので、結局はこの現状を見過ごすことはゆるされないというだけで……。ぼくの場合には、この検挙の五年前の最初のぼくの逮捕のとき《ママ》〔年〕に、母はすでに死んでいました〔三三年七月〕。そして引き続いて父も。唯物論研究会へ参加したのは、その二、三年あとのことです。満州事変が三一年にはじまり、三三年〔六月〕に最初にぼくはつかまっています。これは政治活動のためでした。ぼくはマルクス主義というのを知ってから、べつに理論家になろうとかいうようなことは全く考えなくなりましてね。なんでも役に立つことならばやろうと、いろいろなことを手伝いました。その初期のときにはまだ父も母も生きていましたし、そして母自身も病気で伏せっていましたし、父も病気で床についていました。しかもぼく自身もまた、つかまっている最中に重い病気になって、執行停止で出てきたのです。そして両親に会って、家にいたのです。監視つきで。こんな状態で、母はその一週間で死んでしまって……。これはあとで人から聞いたのですが、ぼくがつかまったあとでの母はすこしも動じなかったようですね。「由重も坊ちゃんだから、これはいい修業になるだろう」と、いっていたということを、死後に母の友だちがぼくにつたえてくれました。だから、そのときはほんとうにつらかったけれども、全体として非常にめぐまれていたぼくなのです。結婚前の母には福田英子や大井憲太郎や植木枝盛などとのつき合いがありましたから。福田英子の自伝や植木枝盛の日記などをみると、たとえば福田英子の出獄のときなども母は出獄の迎えにいっています。だから投獄とかなんとかいっても、べつにそれほど驚きはしなかった。父も度胸のいい人だったし、そういう意味では親との抵抗や摩擦というのは家庭内にはありませんでした。ぼくとしては、かえってそれだけにつらい思いだったことも事実です。母の死を追って、父親も、それから一年足らずで死にましたし、いまでも胸をえぐられる感じです。

　こんな事態については、ぼくもあらかじめ覚悟していなかったわけではありません。ぼくは、父がときたま人に話している自分の身がまえの一つを、少年のころから聞いていました。「自分はいつでも最悪の場合をまず考えておく、どんなときにでも。しかし実際いままで経験したところでは、最悪の二番目ぐらいのことしか結局おこらなかった」ということです。最悪のことをまっ先に考えているから、他人を《ママ》父は《ママ》大胆な楽天家のようにみていたんですね。いつのまにかそれはぼく自身の対処法ともなっていて、あぶない政治活動にかかわる前にも、やはり最悪の場合を考えておいたのです。つまり、ぼくがつかまった間に最愛の両親が死ぬこともありうるが、それでもおれは大丈夫かといくたびか自問自答しました。そしてこのときには、ほかならぬこの最悪の場合が起こったのです。こうして親にもぼくの生命についてずいぶん心配をかけたろうし、身辺の人たちにもいろいろな迷惑をかけたと思います。しかし、あの戦争下、あのファシズム下では結局ぼくとしてはあれよりほかにしかたはなかったのではなかったか、と思います。ぼくたちをとりまく時代の状況を考えれば。ぼくとしては、そういう意味では悲しみに堪えなかったけれども、仕方はなかったという思いでした。

ただ予想と違ったのは、ぼく自身が今日までこんなに生きのびたということでしたね。こんなに生きている自分というもの。こんなことは自分ながら全然想像もされなかった。ぼくだけではなく、当時の人たちはだいたいそうだったと思います。いつくるかわからない自己の死、近親の死、生活の苦しみなど、最悪のことはいつも覚悟されていましたから。事実、ぼくの身のまわりにでも親友の戸坂潤や尾崎秀実《ほつみ》〔一九〇一〜四四、評論家・ジャーナリスト。刑死〕や三木清〔一八九七〜一九四五、哲学者。日本の敗戦後の一九四六年九月二六日、豊多摩刑務所で獄死〕も死んだり殺されたりしていますし、たとえまた獄死しないまでも、からだをいためて敗戦後に早く死んでしまったし。さっきの本間さんもその一人でした。かれは、ぼくより一〇歳も若いのだから後事をすべて託そうと思っていたのに。

父についてもまだいろいろなことが思いだされます。まえにいったように、父は若いときに足尾銅山の鉱毒調査をやりました。けれども、べつに自覚的に農民の階級的な味方とか立場にたったというのではなかった。「うそはいやだ」という、ただこのことだけを押し通したのですね。科学者の当然もつべき態度でした。それからまた、知らず知らずのうちにぼくの少年時代から教訓を受けたのは、「自分について人がどういっているかということは問題ではない」ということでした。他人にあれこれ思われるだろうからというようなことは問題ではないということ。これも直接にぼくが父からいわれたのではないけれど、父の身の処し方はいつもそのようだったことは、いま思っても感心します。人間というのはどうであるか、どうするかということこそ問題なので、これについて人の頭でどう思われているかということは問題ではないということ。科学者にとっては、人が何をいうかではなく、物が何をいうかということこそ大事だということ。たとえば、こうやれば他人の誤解を受けはしないか、本の活字にはこう書いてあるではないか、権威者がこういっているではないかなどと、そういうことにふりまわされる必要はないということ。この態度の必要さを知らず知らずのうちに感じながら、ぼくもそだったと思います。また実際に正直であるということ、誠実であることこそ大事なので、この点について「世間の人がどう思うか」などといわれたときには、父はよく「なんじゃい」といって笑っていた。もともと父は実験化学者でしたから、父としてはこれは当然の態度だったのです。

そういう意味でいえば、科学的社会主義〔マルクス主義〕もぼくにとってはそういうものなのだと思っています。政治家としてふるまう場合には特定の意味から他の人びとの気もちや考えの状態を十分に配慮する必要があることは、いうまでもありません。しかし自分の理論的確信そのものはそれとは別です。そうでなければ、戦前や戦中のように世間の人から「赤」などといわれて、ぐらついてしまう。そうそう、一〇年ほど前にぼくは京都の大学で講演をさせられたことがありました。そのあとで学生たちとの懇親会をやっているとき、マルクス主義の話が出ました。そのとき、一人の学生が「先生はマルクス主義者ですか」、「マルクス主義を絶対に正しいと思うのですか」という質問をしたのですよ。ぼくは答えました。「ぼくはマルクス主義をなにも宗教のように信仰しているのではない。ただ、ぼくたちの社会の歴史のなかに時代の根本課題というものがある。根本的な矛盾と苦痛というものがある。一体これをどうすれば解決できるのか。ぼくの思うところでは、ほかにもいろいろな解決方法の提案はあるだろうけれども、ながい歴史の試練にたえぬいてきたということからも、また戦前から戦後へわたるぼく自身の経験からも、マルクス主義こそいちばんよくそれらの課題にこたえてきていると思っている」と。そしていわなくてもいいのに、おまけながら、こういうことをぼくはいったのです。「だからさ、もしそれ以上の理論が出てきたとしたら、いつでもぼくはマルクス主義を捨ててしまうだろう」と。そうしたら、ぼくのすぐ横にいた主催者がわの学生がぼくの袖を引っぱっていうのですよ。「いまの最後の発言はちょっと誤解をまねくから、訂正しておいてください」と。ぼくはべつに改める必要も補う必要もないと思っていたら、とたんに参加者の中から一人の学生が手をあげて、「いや、そんなことをいう人に限って、捨てっこないと思います」ってね、それで、ぼくも改めて補足などせずにケリがついてしまった。みんなからも笑い声がおこりました。わかったのですね。実際のところ、そうなのですよ。ぼくはなにものも信仰はしないのです。真理というものは固定して鎮座しているわけではありませんからね。もしそんなものだとしたならば、それはおよそ科学ではありません。科学的社会主義も、これが科学である以上、現実の歴史の挑戦と問題提起に的確に答えうるという実績によらなければ、その真理性の保障をかちとることができません。だれかがいったように、大切なのは「マルクス主義の立場にねそべることではなく、この立場に立つ」ということです。これがぼく自身にどの程度までできているかはわかりません。ただ、心がまえだけは戦前から今日までいまいったとおりです。科学の精神はこれではないんですか。

編注

（1）古在由直に調査を依頼した農民たちは、同じく農科大学助教授長岡宗好にも依頼していた。他方、政府は足尾銅山鉱毒事件調査委員会を作った。これらの動きについて、簡略には、鹿野政直『近代日本の民間学』（岩波新書、一九八三年）三五頁以下、参照。『鹿野政直思想史論集』第一巻（岩波書店、二〇〇七年）に再録。その二六六頁以下。

（2）古在由重・丸山眞男対談は、雑誌『エコノミスト』毎日新聞社、一九六六年六月一四日〜八月二三日に「一哲学徒の苦難の道」として連載。太田哲男編『暗き時代の抵抗者たち』（同時代社、二〇〇一年）に収録。また、『丸山眞男座談５』（岩波書店、一九九八年）にも収録。

（3）唯物論研究会　略称・唯研。古在は唯研の創設メンバーではなかった。古在が唯研の活動に参加しはじめたのは、古在が三三年に治安維持法違反で検挙され、出獄してのちの一九三五年であった。唯研について詳しくは、古在由重『戦時下の唯物論者たち』（青木書店、一九八二年）参照。

（4）戸坂潤について古在は、戦後まもなく「戸坂潤と唯物論」を書いた。初出は『回想の戸坂潤』（三一書房、一九四八年。のち、勁草書房、一九七六年）。この文章は、「戸坂潤のこと」と改題して、『古在由重著作集』第三巻『批評の精神』（勁草書房、一九六五年）などにも収録された。
　戸坂潤『日本イデオロギー論』（岩波文庫、一九七七年）の「解説」も古在による。

I

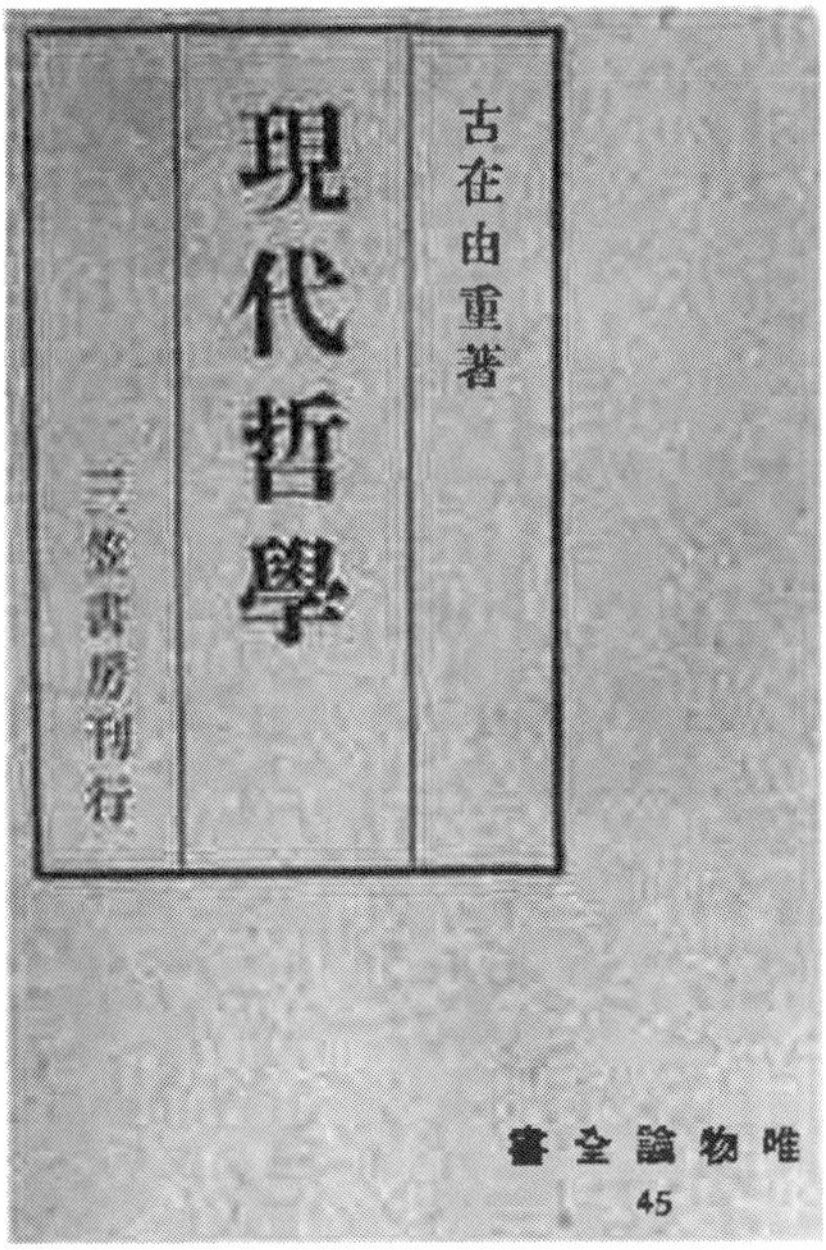

『現代哲学』（1937年）函
古在の最高傑作『現代哲学』は、日中戦争開始に沸く社会状況に抗して書かれ、「唯物論全書」の１冊として刊行された。刊行の際、「日本精神」「日本的なもの」を批判的に記述した箇所を含む４頁分が検閲により切除された。

植木枝盛のこと

明治時代の日本の歴史をふりかえるとき、もっともわれわれの関心をひきつけるのは自由民権の運動である。明治七年〔一八七四年〕ごろから二〇年ごろまでにわたるこの青年日本の激動期は、思想の歴史からみてもまことに興味ぶかい一つの時期であった。そればかりではない。かぎりない希望をはらんで前進をつづけながら、しかもさまざまな起伏ののちついに挫折をもっておわったところのこの十数年の民主主義運動の歴史は、たとえみじかいものではあったとしても、今日なおわれわれにいくつかの貴重な教訓をあたえている。

植木枝盛〔一八五七〜九二年、安政四年〜明治二五年〕は、この自由民権を代表する人々のなかでももっともかがやかしい思想家であり、またもっとも急進的な理論家でもあった。かれの名はあまりひろくは知られていない。あれほど大胆に近代的な意味での基本的人権を要求し、まぎれもない人民の抵抗権および革命権を主張したかれの思想も、まだくわしくは知られていない。昭和のはじめに『明治文化全集』〔一九二七〜三〇年。吉野作造らが編集〕が出版されて、そのなかにはかれの『民権自由論』（明治一二年）、『天賦人権弁』（同一六年）などもおさめられた。そしてそれ以来かれのことについては吉野作造〔一八七八～一九三三、政治学者〕、鈴木安蔵〔一九〇四～八三、戦後すぐに憲法研究会を組織〕その他の諸氏によるいくつかの論説があらわれた。しかしかれのことが一層よく紹介されはじめたのは、なんといってもこの戦後であろう。

このたび「岩波新書」で家永三郎氏〔一九一三～二〇〇二、歴史家〕の『革命思想の先駆者　植木枝盛の人と思想』〔一九五五年〕があらわれて、ここにはじめてこの革命的民主主義者についてのまとまった評伝があたえられることになった。いままでその全貌を知られなかったこの思想家のすがたのいくつかの面が、この著作によって光をそそがれるにちがいない。わたしにはいま別に植木枝盛を論じる力はないけれども、家永氏のこの力作が完成されたのをみて、はからずもわたし自身の胸にひとつのささやかな追憶がよみがえってきた。いまはなき母へのわたしの追憶である。母が死んで、もう二〇年あまりの年月がたつ。もともと、この母への追憶をとおして、植木枝盛へのわたしの関心もひそかに成長してきたのだった。

＊

昭和八年〔一九三三年〕に母が死んだあとで、わたしは母の手箱のなかに色あせた一枚の写真をみいだした。〔本書口絵参照〕それには植木枝盛、わたしの母、ほかにふたりの女性が一緒にうつされていた（これは家永氏の今度の新著の口絵におさめられた）。写真のうらをみると、明治二二年〔一八八九年〕一月八日という日づけがかかれており、またこの四人の名もそれぞれにしるされている。植木が三三歳、母が二一歳のときだった。ほかのふたりの女性もまだわかい姿である。母の生前には一度もその口から植木の名すらきいたことがなかったけれども、この一枚の写真によってはじめてわたしは植木と母とのあいだに交際のあったことを知った。そしてそれまではただ自由民権史上の一人物としてしか心にうかんでこなかったこの短命な先駆者に、それ以来あるしたしみの感じをおぼえるようになった。

そののち相馬黒光《こっこう》女史〔一八七六～一九五五、社会事業家。夫・愛蔵とともに新宿・中村屋を創業〕の『黙移』（昭和一一年）が出版されたとき、そのなかに「紫琴女史のこと」という一節があるのをみいだした。もともと黒光女史のこの著作はすでに昭和九年の一月から六月にわたって雑誌『婦人之友』にかきつづけられた文章をあつめたものであるが、たまたまわたしの眼にとまったのはそれが一さつの単行本になったときである。〔清水〕紫琴というのは明治二〇年代に『女学雑誌』の編集にたずさわって多少の作品や評論をもかいた当時の母の筆名である。ところで、わかい日の母のおもかげのえがかれている『黙移』のこの一節によってあらたにわたしが知ったのは、植木枝盛とわたしの母とが当時「相思のあいだがらだったともつたえられて」いたということだった。ただし、黒光女史はそのすぐあとに「真偽のほどはわからない」ということばをつけくわえ、このことについてはこれ以上なにもふれておられない。相馬黒光女史のことは生前の母からたびたびその名をきいていた。そして母の死後、面接していろいろ昔ばなしをうかがったこともある。しかし、ついにこの話題についてはそれ以上くわしいことをきく機会がないままに、女史はことしの春に世をさられた。

さて植木枝盛たちと一緒にうつされた母の写真は、戦争中のごたごたなどにもかかわらず、さいわいにも今日までわたしの手もとに保存されてきた。両者のあいだがらはどんなものだったのか？　これはもちろんそれ以上はわからないし、またわかる必要もない。ただ、わたしはこの夏に高知新聞社から出版された『植木枝盛日記』（昭和三〇年）をみて、そのなかに母の名が数回にわたってしるされているのを興味ぶかくみいだした。

この枝盛日記によると、明治二一年（一八八八年）四月二三日、奈良での日記にはじめて植木をたずねた母の名がみえている。同年一一月一三日、京都の日記には「雨。岡崎とよ子女史に会す。南禅寺に往観。同処山上疎水工事を視る。永観堂に紅葉を観る」とある。ここに岡崎というのは母の初婚のときの姓だった。なお、二二年一月六日、大阪での日記に母の来訪がしるされており、翌六日には「夜岡崎女史、富永女史と同じく兆民居士〔中江兆民〕を訪ふ」という記事がある。

さきにのべた写真のことについてはその翌八日おなじく大阪での日記に「岡崎女史、富永女

東京・青山墓地の古在家墓所には、由直の墓、トヨの墓がある。古在家の墓の墓誌には、古在由重・美代夫妻の名前も刻まれている。また、「思想は冷凍保存を許さない」という古在のことばを刻んだ石碑も並ぶ。（編者撮影）

史、石田たか女と高麗橋中村にて写真」としるされて、写真のうらの文字そのままであり、そのこまかい記録ぶりにはおどろかざるをえない。なお、母が最初の結婚にやぶれて清水という旧姓にかえってからの同年二月二一日の大阪での日記にも、「大井憲太郎、小林樟雄、新井章吾、名古屋より着阪。片岡健吉外《ほか》十五名神戸より来阪――出迎人最盛。清水とよ子来る」とあり、そのほか二三年五月二三日、一二月二八日の東京での部分に母の名がみえる。

明治二四年一月七日、植木は芝山内《しばさんない》の弥生館における集会で壮士たちのため頭部に負傷をうけた。その当時に見まい状をおくった人々の名をまとめてかきつらねた同年二月四日の日記のなかに、もう一度だけ清水とよ子の名がみえているが、そのあとにはもはやみえない。

自由民権の波のすでにひいた翌二五年の一月二三日に明治のかがやける民権論者、植木枝盛は三六歳の若さで病死した。おなじく一〇月に母は再婚して家庭の人となり、昭和八年までいきたが、その過去についてはほとんどかたることがなかった。ただその晩年の数年間には、すでに政治的な関心をもちはじめたわたし自身ともときどき明治の歴史を話題にのぼすことがあったが、植木の名はついにきかれなかった。なお先日わたしは家永三郎氏から、〔東京〕教育大学関係者所蔵にかかる古典籍の展示会（昭和二八年）の出品解説のうちに母あての植木枝盛の手紙（明治二二年一月一九日、稲田正次氏所蔵）の記事があったことをおしえられた。しかしこれはまだみせていただく機会をもっていない。

ジョー・ルイスの怒り

ジョー・ルイス〔一九一四〜八一〕といえば、だれしも知るヘビー級ボクシング界のゆるがぬ王者だった。かつて第二次大戦前後の一一年間にわたって文字どおり不敗の地位をたもち、二五回におよぶ栄光のタイトルをまもりぬいたこの黒人ボクサー。かれが引退してもう一〇年になるだろうか？　数年まえ、かれは自分の選手時代のながい過去をふりかえって、つぎのようにかたった。

「わたしはデトロイトの貧民街にうまれた人間だ。いや、わたしだけではない。ヘビー級のボクサーたちはおおくは貧乏人の家にうまれた連中だ。デンプシーは鉱夫だった。サリヴァンは鉛管工だった。ジョンソンはドックの船工だったし、タニーもやはりまずしい海兵あがりだった。わたしはわすれない。こどものころ、わたしはいつも空腹であり、学校からかえるとすぐに氷の配達にでかけて、毎日五セントの金をかせがなければならなかった。生活のくるしさはやがてわたしの胸にはなやかなボクサーへのゆめをそだてあげた。あのリングのうえで敵を足下にうちのめし、たっぷり金をふところにおしこむボクシングのチャンピオン！　とうとうわたしは、ならいはじめていた愛用のバイオリンをなげすてて、ゆめの世界をめざして出発した……」。

「道はけわしかった。はじめてタイトルを手におさめたのは、二三歳のときである。しかし、きびしい修業の日々はむしろそのあとにきた。みなさんはご承知かどうか。たとえ黒人のばあいであろうとも、ひとたび金と名声とをえたのちには、誘惑はつぎつぎにあらわれてくるのだ。ナイトクラブ、有閑階級のとりまき、そしてふしだらな生活へのたえまない誘い……もし一度でもこの泥沼に足をふみいれたら、そのときかぎり、永久にタイトルとはおさらばしなければならない。おおくのタイトル保持者たちはついにそれらに抵抗できなかった」。

「しかしわたしはすべてそれらの誘惑をはねのけることができた。毎朝かならず五時にはおきて、人影まばらな道路をはしった。酒やタバコにはまったく手をださず、ひたすらトレーニングに身をうちこんだ。そうして毎夜九時までにはかならず床についた。これが選手時代のわたしの日々の鉄則だった。もし長期にわたってのわたしの勝利に秘訣があるとすれば、これはまさにこれらの日々の生活の規則ただしさにあったといえよう」。

これがジョー・ルイスの回想の一節である。ところで最後に、とくにわたし自身の印象にきざみこまれたひとつの文句をしるしておかなければならない。かれがあの著名なドイツ人ボクサー、シュメリングの挑戦をみごとにはねのけるまでの決意の告白である——

「わたしが金もうけをわすれて、たたかったことはただの一度しかない。それはシュメリングとのリターン・マッチのときである。かれはあのナチスの人種理論、選民思想の信奉者だった。(1) そして、自分こそはもっともすぐれたアリアン人種にうまれたということを、ほこらしげにかたっていた。よろしい。このうぬぼれの鼻っぱしらをたたきおってやろう。わたしはひそかにこう決意した。そしてその日のために万全の準備をつみかさねたのだった」。

みごと決意はつらぬかれた。強敵シュメリングの肉体は、たぎる怒りを胸にひそめた黒人ボクサーの足下にみごとにうちふせられた。

そしてこの強敵がほこりとしたあのファシスト・ドイツも、やがてその数年後にはもろくもくずれおちてゆく。

大戦後、ジョー・ルイスがどんな生活をおくっているのか、わたしは知らない。たまたま、かれについてのちいさな新聞記事が一度わたしの眼にふれたことがあった。一九五〇年夏ごろのリオ・デ・ジャネイロの新聞からの報道である。そのころルイスはこのブラジルの首都へ飛行機でとんでいた。かれの名声はうすれるどころか、いまだに近隣諸国にひびきわたっているらしい。かれの訪問旅行は、アメリカがわの計画した「アメリカ・ブラジルの親善友好」をもくろむプログラム演出の一幕だったのだ。新聞やテレビのおおがかりな宣伝さわぎのうちに、心もかろやかに首都の飛行場にかれは到着した。

かつてのボクシング界の王者はやがて有名なホテル、「コパカバナ・パラス」へむかえいれられる。ここはアメリカの将軍たち、金満家たち、外交使節たちが宿泊する高級かつ快適なホテルであるらしい。はやくもかれの到来を知ったファンのむれは、あらそってホテルのホールへおしかけた。

かれは、その訪問プログラムの手はじめに、さっそく一場の演説をしなければならないことになった。演題は――「アメリカの自由と文明」である。もちろん、あらかじめ用意されてきたものだろうし、内容もアメリカ政府の宣伝の目的に十分にそうものだったにちがいない。とにかくもかれは、この重要な使命をはたすため、いささか興奮のおももちで熱弁をふるいはじめていた。

そのときである。靴音たかくホテルのマネジャーがやってきた。ルイスはふりかえった。マネジャーはいう。「ルイスさん！　アメリカのお客さんたちは、黒人のあなたと一緒にこのホテルに宿泊することに抗議しています。どうか別のホテルへうつってもらいたいのです」。一瞬、弁士の顔には苦渋の影がうかんだ。アメリカの「自由と文明」？　ブラジルとの「友好親善」？　そしてニグロへのこのやりきれない侮蔑は？　しかしかれも、同国人たちのこの一片の抗議にはたえかねて、すぐさまホテルをひきはらう用意にとりかからねばならなかった。

リングのかこみのなかでは、ただの一度すら屈することを知らなかったルイス。かつては人種的優越感におごるシュメリングを、怒りにもえてうちすえた「褐色の爆弾」、ジョー・ルイス。かれの胸には、はたしてどんな気もちが去来しただろう？　かなしみか、それともあらたな怒りだったか？

（1）シュメリング自身はナチスの人種理論に同調していなかったようだが、この「リターンマッチ」が行われた一九三八年には、スポーツの政治利用も顕著になっていた。

思想とはなにか——安保闘争のなかから

歴史は創造的である。しばしばそれはたいくつな反復の日々であるようにおもわれるかもしれない。しかし、ときには、あらたな事態がすさまじい速さで全面へひろがりはじめ、やがてわれわれ自身をもそのなかにまきこんでしまうことがある。このとき、現実そのものの発展ははるかにわれわれの計測と想像の力をこえ、そのくみつくせない創造性をはっきりわれわれの眼のまえにあらわす。

一九六〇年の五月一九日から一カ月あまりにおよぶ安保条約改定をめぐっての歴史の激動。これこそまさにこのような創造的な日々だった。

はじめにこの一カ月の歴史をメモふうに略記しておこう。

五月一九日から二〇日へかけての深夜、政府とその与党は衆議院に警官隊をひきいれ、この力をかりて悪評たかいこの条約を強行採決した。しかしかえってこれは民衆の胸に怒りの火をもえあがらせ、やがて嵐のような総反撃をよびおこす転機となる。採決のとき、政府とその与党はばんざいをさけび、祝杯をあげ、そして一種の安心感に身をゆだねたにちがいない。しかしこの瞬間にこそ国民の多数は平和と民主主義にとっての重大な危機を肌身に感じた。新条約の批准に反対するための国会請願の署名数はまもなく一千万の線へのぼった。交通労働者を先頭として大規模な政治的ストライキが三回にわたっておこなわれた。労働組合や学生大衆ばかりでなく、主婦、商人、学者、文化人、一般市民の集団——要するにあらゆる世代と階層をふくむ無数の群集が全国各地で安保反対の行進に参加した。とくに、暴力団および警官隊による血なまぐさい殺傷をみた六月一五日の国会周辺のデモンストレーション、さらに新条約の「自然成立」を翌日にひかえてついに三〇万の数を突破した一八日の国会周辺の大デモンストレーションは、けっしてわれわれの記憶からきえさらないだろう。

このあいだに、「自然成立」の条件とされている「衆院採決後三〇日」という時間はついに経過した。それは人影もまばらな国会議事堂内部における空虚な物理的時間のながれだった。しかもこれとともに、六月一九日午前零時、新安保条約はひとりでに成立したことになったという。つづいて日本とアメリカとのあいだの批准書の交換が人目をさけておこなわれた。それはたしかに形式上の成立ではあったが、同時にまたアメリカ政府みずからも不満と不安の表情をかくせなかったほどの事態であり、およそありうるかぎりでのもっともみじめな成立だったといえよう。しかし人民のたたかいは、もちろん、これでおわったのではない。むしろ、これからである。批准の阻止にはいたらなかったとしても、アメリカの大統領アイゼンハワーの日本訪問をやめさせ、首相の岸信介をとにかくも退却〔六月二三日、岸首相退陣表明〕させた人民のこのすばらしいエネルギーは、絶対にきえうせることはない。かならず、それはこねあげられた既成の事実をつきくずし、あたらしい明日への道をきりひらいてゆくだろう。

このメモふうなスケッチをかいたのは、なにも安保闘争の諸問題にたちいるためではない。そこから「思想とはなにか」という問題へのいとぐちをみいだすためだった。なぜなら、これらの日々はたんに政治的な事件であるばかりでなく、またひとつの思想的な事件でもあるからである。それはわれわれの意識にどんな変化をおこさせたか？　どんな思想的条件をあらたにうみだしたか？

ここにひとつの感想文がある。ある高等学校のＰＴＡの雑誌にのせられた一女生徒の手記である。編者のまえがきによると、この学校の先生たちは安保闘争のひろがりのなかで職員会議をひらいてつぎの二点をきめ、これをいくたびか全生徒にうったえた。すなわち、⑴授業をすててデモに参加しないこと、⑵家庭の了解なしにデモに参加しないこと、である。それなのに六月一六日にはついに国会周辺のデモンストレーションに無断参加したいくたりかの生徒が発見された。これらの生徒は先生のもとめに応じて自分たちの感想をつづったが、そのうちのひとりの女生徒はつぎのようにいっている。おそらくなまなましい体験の直後にしるされたものだろう。

「……私は今日〔国会へのデモに〕いこうとはおもっていませんでしたが、先生がたの話をきいていると、警官隊のあまりにひきょうなやりかたに、私はがまんできませんでした。くやしくてくやしくて、どうしようもありませんでした。でも私たちはなにもできません。だから、せめて拍手でもおくったほうが、テレビをみて『くやしい、くやしい』といっているより、どんなにいいかとおもったからです」。

「昨夜はとうとう学生がころされた〔安保闘争に参加していた東大生樺美智子が六月一五日に死亡〕。おとなたちのやっている政治は、あまりにもなさけない。人がころされるのを、だまってみているわけにはいかない。死んだ人は二度ともどってはこない。そんなに人間のいのちはやすいものではない」。

「この気もちは私しかわからないことです。先生が私たちをしかっても、なぐっても、どなってもかまいません。どんなことをされてもかまいません」。

「先生は、ただ拍手するためにいったのかとおもわれるでしょう。しかしこの拍手のうちにはいろいろなことがふくまれているのです」。

「私たちが先生や親にだまっていったことは、ほんとうにゆるしてください。二度とそのようなことはしません。しかし昨日のように私たちが拍手しにいったことは、私には一生わすれられないことでしょう……私はこのような経験をして、ほんとうによかったとおもっています」。「わかってください、先生、この気もちを！」

これは一例にすぎない。しかしおなじ世代のわかい人々にもこれとおなじような気もちをいだいた者は、けっしてすくなくはあるまい。わたし自身についていえば、このような気もちを隅々まで理解するにはあまりにふるい世代にぞくしている。ただ、たいせつな一点だけはよくわかるとおもう。なぜなら、世代や階層のあらゆる障壁にもかかわらず、あの日々にはひろい国民層のうちにひとつの基本的な一致、力づよい共感がうみだされたからである。議事堂をめぐるデモンストレーションのひきつづく隊列のなかに年わかい高校生の一群をみいだしたとき、正直なところ、わたしはふかい感動をおぼえた。大学生にくらべると、さすがにかれらの身体はまだいくらかほそくみえる。どこかにまだ少年らしいおもかげさえのこっている。おとなたちから、ともすれば「いまどきのわかい者は……」という当惑の口調でかたられるところの、かれら。しかも、みよ！　かれらはいま怒りをこめ、たがいにかたく腕をくみ、足なみをそろえて行進してくるのだ。かれらの眼、かれらの歩調はゆるがぬ自信にみち、「アンポ・ハンタイ！」のシュプレヒコールは夏空たかくひびきわたる。あっぱれなわか者たち！　わたし自身もまた心から拍手をおくったことを告白しよう。かれらの背後には、いまここには姿をみせないけれども、おなじ思いの無数の友だちがいるのだろう。

しかしさらにわたしの意表をついたことがある。それはこの隊列のなかにいたひとりの高校生がもらしたことばだった。かれはいう。「ぼくらは戦後にそだち、あたらしい憲法の精神によって平和と民主主義がたいせつなことを身にしみて感じています。じつは、いままで戦前からのおとなたちはみんなだめだとおもっていたんですよ。しかしきょうここにきてみたら、ぼくらの味方になるおとなたちもたくさんいるのを知りました。ずいぶん年配の人もまじっているんですからねえ」。

ここには世代をこえた共通の通路がある、大道がある、とわたしは感じた。そしてこの共鳴と感激こそ人間的な思想へのひとつの出発点ではなかろうか、と。

もう一度まえに引用した手記にもどろう。「一生わすれられない拍手」についてかたるこの感想をみて、おさないという人もあるだろう。親や教師の心配をよく理解しながら、それでも「このような経験をしてほんとうによかった」というのを、矛盾だらけだと批評する人もあるかもしれない。しかし、なにかしっかりした理論的認識をもっている人々を別とすれば、このような怒りや悲しみを系統的にのべることはだれにとってもやさしい仕事ではないのだ。そればかりではない。たとえば家族の生活をおびやかす処分をかくごしてストライキに参加した人々、自己の職場や学業や家事をやむなく放棄して集会や行進に参加した人々のばあいにも、それぞれに矛盾が感じられたことはたしかだった。問題はむしろ、あらゆるおそれやためらいにもかかわらず、人をそのような行動へ決意させるものはなにかということである。

さっきの手記のばあいに、自分を「拍手」にまでかりたてたものとして、学校での話やテレビのニュースで知った警官隊の残虐、そのさなかでの一女子学生の死、そして今日の政治のなさけない実状などがあげられていた。そのほか、たとえはっきり気づかれてはいないにせよ、たくさんの要因がそこにはむらがっているだろう。そしてこれらはみな印象、記憶、想像の形でひとつの背景をかたちづくっているにちがいない。たとえば政府が国会でさまざまな非民主的行為をかさねたこと、韓国やトルコで人民が決起して反動政権をうちたおしたこと[1]、アメリカのスパイ機Ｕ２[2]がソ連でうちおとされ、しかもこの種のＵ２機がわが国の厚木基地にも配備されていたことなど。これらはいわば客観的な事態にぞくする。しかしこれらだけでは、もちろん、まだ特定の意欲と行動はおこらないだろう。なぜなら、これらを特別な関心なしにみすごすこともできるし、さらにおなじ事態から現実逃避の態度もうまれうるからである。重要なのはむしろ主体的な条件、思想的な背景であるだろう。すなわち、直接的には新憲法による戦後教育の力、これにもとづく人権意識と平和意欲の成長であり、間接的にはやはり戦後のさまざまな闘争（平和運動や基地、勤評、松川裁判、警職法などをめぐっての闘争）[3]がもたらした成果である。あの怒りと悲しみは、すべてこれらのものをふみにじる非人間的なものにむかっての激情、抵抗にほかならない。

われわれにとって必要なのは、われわれ自身に直接の衝撃をあたえるいくつかの個別的な事態を一層ひろい視野のもとにつかみなおすことである。このとき、それらすべては未来へいきる自己の自由と幸福への道に、そしてわが国の平和と民主主義への道につながってくる。さらにひろくみれば、あすの世界の歴史の進路にまでつながってくるだろう。このような全体への展望のもとにのみ、はじめてわれわれの個々の情感や体験――「拍手のうちにふくまれているいろいろなもの」、「私にしかわからないもの」――はひとつの系統づけられた思想にくみこまれることができる。われわれの抵抗を持久の姿勢につよめるもの、われわれの激情に透徹した理知の眼をあたえるもの――それは思想である。

今度の（そして今後の）安保条約反対のたたかいは、とくにこのことを痛感させたといえよう。戦後われわれは原水爆禁止を中心とする平和運動[4]や警職法反対に力づよくみられた人権闘争など、いくつかのたたかいを経験してきた。しかし安保闘争はある意味においてはこれらすべてのものの集約された発展であり、とくに平和、独立、民主主義へむかってのわれわれのたたかいを一点に集中させたということができる。なぜ政府は議会民主主義にたいするあのようにろこつな挑戦をあえてしなければならなかったか？　このいわゆる「相互防衛条約」が、「極東」という適用範囲や条約発動にさいしての「事前協議」(5)などについてのあらゆる弁解にもかかわらず、平和と中立への国民の念願をたちきる本質のものとしていよいよその正体をばくろしはじめたからである。さらにまた、広範囲の軍事基地および駐留軍をみとめ、沖縄その他を外国の占領にゆだねることによって、わが国の主権をおかすということがいよいよあきらかになったからである。こんどのたたかいほど平和、独立、民主主義の不可分なむすびつきをはっきりさせたものはない。これらはいわば三位一体である。そのひとつをふみにじる者は他の二者をもふみにじらざるをえないし、逆にまた、そのひとつをまもる者はあわせて他の二者をもまもらなければならない。そしてこのことは、幸か不幸か、岸信介という一個の象徴的な人物への不信と反感のうちに直観的にとらえられたのだった。

この意味からいって安保闘争は、いままでのように個々の反動的政策への反対へわれわれをたちあがらせたばかりではなく、あらゆる反平和的、反自主的、反民主主義的な政策の政治的担当者へわれわれの怒りをむけさせたということができる。いいかえれば、それは今日までの政治そのもののありかたに疑問をなげかけさせた。そして憲法の保証する「国民主権」にふさわしい政府、議会とはなにかという問題にわれわれを直面させた。このことは、憲法にいう「生命、自由および幸福追求にたいする国民の権利」を行使するためのあらゆる運動や闘争をひとつの環につなぐことを、さらにあるべき未来へのヴィジョンとプログラムをそこからみちびきだすことを要求するだろう。すなわち、阻止と防衛だけではなく、積極的な未来の構図を要求するだろう。はじめに安保闘争はたんに政治的な事件であるばかりでなく思想的な事件でもあるといったのは、まさにこのような課題を提起しているからだった。

国会にたいする「請願」という形でしめされた行動は、けっして頭をさげてのおねがいではない。それは、政治というものが——たとえ過去に一回選挙されたにせよ——盲目的に国会と政府に一任されてしまうのではなく、たえず国民の声に耳をかさなければならないという要求である。それは、国民が選挙当日だけ、あるいは投票の瞬間だけの主権者ではなく、毎日毎時の主権者であるということの証明である。人民主権としての民主主義のふかい自覚であり、行使である。これは政治における人民の主体性の奪回にたいする根本的な要求をふくんでおり、これとともにまた対外的には自主中立の確立と国家主権の回復をめざしている。このような意味で、安保闘争は政治におけるわれわれの内的ならびに外的な自主性と主体性のためのたたかいといわざるをえない。

たしかにそれは一九一八年の「米そうどう」のような直接の窮乏からの自然発生的な暴動ではなかった。それはまた、戦後におけるビキニの「死の灰」(6)のときのような生命への直接の恐怖からの運動でもなかった。なるほどU2機の撃墜やパリ首脳会談の決裂によって政局にひとかたまりの暗雲はあったけれども、全体として国際関係はおおきく緊張緩和へむかっていて、かならずしも戦争の切迫感はなかったといえよう。さらに国民の生活水準についてみれば、いずれにせよ終戦直後の低水準からのかなりの向上があるし、ことにこの数年来の生産の上昇につれて一般に消費面における好転は多少とも存在する。したがって全体としてみれば生活の危機感はうすれ、むしろ不確実ながらも一種の

「安定感」があるといえる。たとえ残業その他の過重労働と月賦制度のおかげにしても、ささやかな住宅にテレビや電気冷蔵庫を、ときには小型の自家用車をさえそなえることも、いまは夢ではない。(7) 病気その他の突発的な事故がおこれば生活はたちまち危機につきおとされるにせよ、とにかくささやかながら夢をもつ余地もうまれてきた。そればかりではない。ある程度の「余暇」の発生にともなってあらたにいろいろな大衆娯楽（登山、スキー、スケート、野球、映画、週刊誌など）がひろがって人々をとらえている。

学者たちが指摘するように、またアメリカにおいていっそう典型的にみられるように、それらすべての状況から現存の政治形態および社会制度についての疑問や批判や反逆の気もちは次第にきえさって、ある種の「保守的な」気分がひろがりうるということは、うたがいない。すなわち政治的な関心のない「無思想」の大衆がつくりだされる条件があり、このような現象は新中間層、いわゆるホワイト・カラー(8)の階層においていちじるしいとされている。

消費面の舞台はある程度までひろげられ、この舞台のうえでかなりの余暇をたのしむこともできる。しかしこれだけではけっして心からの生活のよろこびはあたえられないだろう。消費と余暇の枠はたしかにひろがった。あるいは、ひろげうる見こみがある。しかしそれにもかかわらず人々は、この枠のそとがわのさらに頑丈な枠、うごかしがたい鉄の枠のなかにおちこんでゆく自己を感じないではいられない。ひとつの壁は多少ともこわされたようにみえる。しかし人々は、そのうしろにたちはだかるところのはるかに巨大な壁、はるかにぶあつな壁に未来をさえぎられる自己をみいださずにはいられない。いや、この枠と壁は自己の外部にみいだされるばかりではない。それは自己の内部、自己の人格そのものにもおしかぶさり、これをしめつけようとする。

筋肉労働者がその肉体的労働力を商品として売るように、ホワイト・カラーはいわばその道徳的(精神的)労働力をも資本家のために売らなければならない。身体のたくましさ、腕力のつよさ、筋肉労働の熟練度よりも、むしろ「パーソナリティ」(人がら)が仕事のためのたいせつな条件となる。人ざわりがよく、機転がきき、あかるい気分をあたえ、しかも上役にはおとなしいことなど。たとえばセールスマンにとっては、客にむかっていつも笑顔で対応し、愛想をよくすることができるかどうかが就職の条件である。こうして、今日の資本主義社会では人々の人がらそのものまでが大規模に労働市場の商品となった。アメリカの社会学者(9)がこの現象を「パーソナリティの市場」とよんだのは、まことに適切である。それは内的自己の喪失であり、主体性の放棄であり、仮面の生活を意味している。しかし、いきた人間であるならば、いつまでもこのような状態にたえられるはずはない。

アーサー・ミラー〔一九一五〜二〇〇五、アメリカの劇作家〕の『セールスマンの死』〔一九四九年〕の主人公はむかしを回顧してなげいている――「あのころは個性というものがにじみだしていましたよ。尊敬しあい、友情をかよわせ、感謝しあったもんですよ。ところがこのごろでは、そんなものはどこへきえてしまったのか、さばさばしたもんだ。友情をしめすこともないし、個性などというものには一文の値うちもありはしない」。そしてかれは、自分の生活をかざるはずだった新式の住宅や家庭用具や自動車のための月賦や借金をすっかりはらいおわったとき、こっそり自殺してしまうのである。

この最後はいたましい。だが、このような社会状況にたいする不満と反発は別な形でもあらわれている。登山やスキーの大量的な出現も、やはり自己の生活のこのかぎられた場面でのいのちの洗濯、仮面の放棄、主体性の回復という意味をひそめているといえよう。西部劇の流行、「かみなり族」の進出、スリルとサスペンスへの魅力。これらもまたこのおもたい気圧のもとでの野性と冒険と自発性へのあこがれであり、灰いろの日々の味気なさからの脱出であるだろう。

ほほえましい反抗もある。ちかごろ街頭にみかける「ヒゲのわか者」もそれだ（読売新聞、一九六〇年七月三〇日）。かつてはヒゲは権力の象徴であり、政治家や将軍や警察官の威圧的なアクセサリだった。しかし今日のアメリカ渡来のビート族のヒゲはむしろ権威へのひとつの挑戦であるらしい。ひとりのヒゲのわか者はいった。「世のなかはすっかりＪＩＳマーク的になってしまって、つまらない。人間の顔だって、どいつもこいつもおなじになったから、このヒゲはそういう画一的なものへの反発なのさ。ヒゲをはやしてから人にあうと、眉をしかめる人と愛想よくしてくれる人とに、はっきりわかれる。そのとき、わたしの存在ははっきりする。ちょうど、むしゃくしゃしているとき打楽器のボンゴをおもいきりたたくように、胸がすっとする。これがまあヒゲの効用ですよ」。

『セールスマンの死』の主人公はうごかせぬ枠のなかで自己の幸福をおいもとめ、ついにむなしく自滅の道をえらんだ。「怒れるわか者たち[10]」はこえられぬ壁の存在を予感し、これへの挑戦にかれらの気ばらしをみいだしている。しかしこの壁はびくともしないだろう。そしてすべての人々の青春と未来にくらい影をなげかげることをやめないだろう。かぶせられた仮面をなげすて、一個のいきた人間としてのまったき人格と主体性をうばいかえす道は、どこにあるか？　結局はこの壁そのもの――はっきりいえば現代の政治、これをささえる独占資本主義の体制――をつきくずす以外にはありえないのだ。

安保反対のたたかいは、まえにのべたように、われわれを今日における政治の主体、政治のありかたに直面させた。平和と民主主義の旗のもとにこの意想外なエネルギーが爆発したという事実の根底には、このような政治によって維持される今日の社会そのもののありかたへの反逆がひそんでいる。わたしは、ストライキやデモンストレーションにたちあがる巨大な集団のなかに、「怒れるわか者」の真の姿をみた。犠牲者への人々のいのりのうちに真に人間的な悲しみをみた。スクラムをくむ者たちを、ゆきかう隊列の者たちを、ひとつにつなぐ真に人間的な愛情と連帯をみた。そこには日々の灰色の懐疑とニヒリズムを一気にふきとばす否定の精神、あふれる青春の情熱があった。ひとつのことに全身をうちこみ、自己をいきぬく人間の表情があった。それは、この日本という国のいたるところで、あらゆる階層と世代をまきこむ激情の日々、創造の日々だった。

勤労するすべての人間の生命、自由、幸福への道はこの激情から出発する。それらを約束する未来へのヴィジョンも、まさにここからのみうまれるだろう。このヴィジョンから、われわれの未来への正確な設計図が作成されなければならない。それに必要なのは冷厳な理知であり、科学の思考である。

これによってのみ、たぎりたつ激情の火花はわれわれの進路をてらしだす照明となり、ひとつのたくましい思想となることができる。思想は——あつい心臓、つめたい頭脳を要求する。

(1) 一九六〇年、韓国では「四月革命」によって李承晩政権が打倒され、トルコでは学生の反政府デモを機に軍のクーデタが起こってメンデレス政権が崩壊した。
(2) 一九六〇年五月、ソ連領空に侵入したアメリカの偵察機U2型機を、ソ連が撃墜し操縦士を逮捕した。
(3) 一九五〇年代には、石川県の内灘《うちなだ》における米軍試射場問題、東京の砂川《すながわ》の基地拡張反対運動など、基地をめぐる運動が活発化した。勤評闘争とは、教員の「勤務評定」が教育の管理強化につながると反発した教職員組合による運動(一九五七年)。松川事件は、一九四九年に福島県内の松川で起こった国鉄列車往来妨害事件。この事件での逮捕者二〇名に対する裁判の一審では全員が有罪となったが、六一年の仙台高裁判決では被告全員に無罪判決が出され、最高裁もこの高裁判決を支持し、全員の無罪が確定した。この事件・裁判では、被告の救援を求める運動が広く展開された。警職法反対闘争とは、一九五八年の警察官職務執行法改正に反対する運動。国会に突如上程されたこの改正案は、戦前の「オイコラ警察」を想起させるところがあるとして、また、「デートも邪魔する警職法」と女性週刊誌に揶揄《やゆ》されるなど、広範な批判を呼びおこした。
(4) 原水爆禁止を中心とする平和運動の発端は、一九五四年三月一日、アメリカがマーシャル諸島にあるビキニ環礁で水爆実験を行ない、操業中の日本の漁船・第五福竜丸などが、設定された立ち入り禁止区域外にいたにもかかわらず被爆。帰国した第五福竜丸の乗員一名が被爆のために死亡するという事態となったことである。これを機に、原水爆禁止運動が広く展開されるようになった。
(5) 「極東」「事前協議」は、いずれも一九六〇年の日米安全保障条約第四条などにみえ、安保反対運動のなかで焦点のひとつになった問題であった。

（6）「死の灰」とは、核実験や原発事故などに伴って生じる放射性降下物を意味する。ビキニ水爆実験の際、第五福竜丸の乗組員は、大量の「死の灰」を浴びた。

（7）テレビ受信契約数は、一九五八年五月に一〇〇万台を、六〇年八月に五〇〇万台を突破した。電気冷蔵庫の一般家庭への普及も進んだ。高度経済成長を象徴するようなできごとであった。自家用自動車の普及は、そのあとになる。

（8）ホワイト・カラーとは、管理的事務労働にしたがう労働者のことであり、生産現場で直接労働にたずさわる「ブルー・カラー」と対比された。アメリカの社会学者ライト・ミルズ（一九一六〜六二）の『ホワイト・カラー』（原著・一九五一年、日本語訳・五七年）は日本でもよく読まれた。

（9）ここで「アメリカの社会学者」といわれているのは、前注の『ホワイト・カラー』などで「パーソナリティの市場」について論じたライト・ミルズを指している。

（10）一九五〇年代後半のイギリスに、「怒れる若者たち」と呼ばれる作家群が登場していて、オズボーン『怒りをこめてふりかえれ』（青木範夫訳、原書房、一九五九年）などが日本でも一定の読者を得ていた。

木馬の歴史

むかしながらの木馬のなつかしい姿は戦後はもうみられない。このごろの子どもたちは、おそらく「鞍馬」とよばれる体操競技の用具しか知らないであろう。これもたしかに木馬の一変種にはちがいない。しかし、ざんねんながら、この木馬には首がない。たてがみもないし、尾さえない。なぜこのようなものに馬という名をのこしておかなければならないのか？　ただ名まえだけの馬にすぎず、とびのるための相手ではなく、とびこすための障害にすぎないではないか？

戦前のおもちゃやの店さきには、まだりっぱな木馬が一つや二つはならべられていた。飛行機や戦車などの当時の最新式のおもちゃと一緒に、店の奥のほうにはよくそれがみかけられたものだった。子どもがまたがってゆりうごかすための、平行した二本の弓なりの台木。この台木のうえに気もちよくのびた四つの脚。かたく、つややかな肌、ふさふさとしたそのたてがみ。いさましい、堂々たるすがたである。好奇にもえるおさない者たちの眼は、なによりもこのおおしい姿にひきつけられたのだった。そしてかれらのあそび部屋で、ねじのこわれた自動車や、つばさのもげてしまった飛行機はみすてられても、樫の用材でつくられたこの頑丈な木馬だけは、いつまでもかわらぬあそび相手をつとめたのだ。

これもしかしいまはむかしがたりである。こどもたちの忠実な相手をつとめてきた木馬の歴史も、いまはもうおわったといっていい。けれども、さかのぼれば、その歴史はまことにふるいものだった。そのほろびの歴史にさきだって、かつてはひさしい栄えの過去がここにもあったということを、わすれてはならない。

1

史上に名だかいのは、そのむかしギリシア勢があのトロイア攻略のときにもちいた木馬の話である。この木馬こそ、おそらくは巨象もはるかにおよばぬ大きさだったのだろう。なぜなら、その脇ばらのなかには、智謀ならびないオデュセウスをはじめとして、一〇人にちかいギリシア軍の武装の勇士たちが息をこらして身をひそめていたのだから。

敵の堅塁を目のまえにして、ながい年月を攻めあぐねていたギリシア勢は、ついにひとつの計略をおもいついた。まずかれらは、あまたの船を岸べにあつめて、いまや帰郷の途につくかのようにみせかける。そしてかれらは、力をあわせておおきな樫の用材をあつめ、きざみ、くみあわせて、巨大なすがたの「山なす木馬」をつくりあげる。なんのために？　これこそ、帰国する自分たちの海路平安をいのってのアテネ神へのささげもの――かれらは敵陣にむけてこういう風説をまきちらす。

はるか城壁からそれをながめたトロイア勢の意見は、はじめはまちまちだった。もし風説のとおりならば城内へそれをひきいれろという者もある。いや、海か炎のなかへなげこめという者もある。しかし、万一にも木馬のなかにギリシア兵が身をかくしているとしたならば？　そこで、トロイアがわの祭司ラオコーンはいそいで城壁をかけくだり、槍をひっさげてちかづき、ぐさりその槍を木馬の脇ばらにつきさしてみる——

「槍は身ぶるいしてつきたち、馬腹こだますれば、うつろなる洞はうなりの音をひびかす」。

なかに敵のかくれている気配はない。やはり神聖なささげものだったではないか？　しかもこのことは、ついでおこったおそるべき事件によってなおさらたしかめられたようにみえた。というのは、やがて二匹の大蛇が波まから岸べにむけて身をうねらしながらすすんできて、祭司ラオコーンとそのふたりの子の全身にまきついたからである。このすさまじい光景をみて、トロイア勢の意見はたちまち一致した。これこそまさに神罰だ！　すぐさま神馬を城内の神殿にまつらなければならない！

「かれらは異口同音にさけぶ、
馬像を神殿にひきいれて、女神のおおみこころにいのれ、と。

ただちに城壁はきりさかれ、町の防壁はうちひらかる。
みなよろこびてその仕事につき、
木馬の足にはちいさき滑車をとりつけ、首には麻の大綱をからぐ。
不吉なる造作は武器にふくらみて、いまや城壁をよじのぼりゆく。
まわりには少年と未婚の少女ら聖なる歌をうたい、
よろこばしげにその手綱をとりぬ」。

トロイアの運命はここにきまった。祭壇のまえにすえられた木馬からは、オデュセウスをはじめギリシア軍の猛将たちが身をおどらせてとびおり、城門を内部からおしひらき、味方の伏勢を一気に城内へよびこんだ。勝敗はついに決したのである。

少年のころ、なにかの本でわたしはこの話をよんだ。すっかり気にいった話のひとつだった。ただ、おとなたちがなぜこんな木馬などにまんまとだまされてしまったのかは、いささか腑におちなかった。しかしよくみれば、この伝説もきわめて自然なものだといえよう。

ホメロス時代のギリシア人にとって馬という動物はなにを意味したか？『イリアス』や『オデュセイア』によると、それは日々の食糧や労役にではなくて、むしろ神々へのいけにえのため、あるいはまた戦車や競技などのためにつかわれていたらしい。ときにはそれは人間のようにその名をもち、人間とともにそのかなしみをわかつ。ときにはまた人間をもこえて、神々からの血統をひき、未来をつげる予言の力をさえそなえている。「足はやき不死の馬」。「みのれる麦の高きをとび」、「ましろにくだける荒波のかしらをしのぎとぶ」天馬。かれらのあいだでは馬はこのように神聖ないきものでありえたのであって、さればこそトロイア人もあの木馬にあざむかれたのにちがいない。わたしたちの祖先の古墳や遺跡などにも、ふるい時代のちいさな石馬や陶馬や木馬がしばしばみいだされるし、神社には絵馬などもささげられた。これらをおもいあわせてみると、馬というものに宗教的、呪術的な意味がひそめられたのは、なにも古代ギリシアにはかぎらないものとみえる。

ついでながら、この神聖視されたささげものを、ギリシア人が敵をあざむくひとつの詭計、ひとつの謀略としてつかったことに、あらためて注意しよう。この奇抜な計略の成功こそはトロイア城陥落へのきっかけであり、これはふるい伝統的な信仰の敗北でもあった。ギリシア軍の入城は、同時にまたあたらしい現世的な、涜《とく》神的な智恵の勝利にほかならなかった。

かくて、トロイア落城とともに、木馬はすでにその神的な栄光の歴史から世俗の歴史への転落をよぎなくされる。

2

つぎにはドン・キホーテ(1)。かれの愛馬ロシナンテは、従者サンチョ・パンザのまたがるロバとともに、ひろく人に知られている。総身に傷あとをとどめ、四つの足には爪われれひどく、骨と皮とのみすぼらしい姿。おぼつかないあゆみ。ドン・キホーテがみずからつけたロシナンテという名は、もともと「駄馬の筆頭」という意味だった。その素性からいえば駄馬にすぎなかったとしても、この名をえて一躍それは世界第一の乗馬となるのだ。以後、それはかれの遍歴のかわらぬ道づれとなるであろう。

「世にきこえたる騎士、ラ・マンチャのドン・キホーテはいぎたなき床をおきいでて、その名もたかき駿馬ロシナンテにうちまたがり、いにしえよりきこえたるモンティエルの原をばこえゆきぬ」。

愛馬ロシナンテはそのぎこちない足どりによってすでに「木馬的な」存在だといえよう。しかし、それでもなお、ひとつの独立したいきものではある。それはなおいきものとしての我意と抵抗をもちつづけており、かならずしも主人公の気まぐれのままにはうごかない。その自由意志はこの騎士の命令や念願にも容赦なく反逆するであろう。だからこそ、ドン・キホーテの空想のつばさが自由自在にはばたくためには、ロシナンテにかわって、やはり「ほんものの」木馬が登場しなければならない。

こうして主人公の目のまえにあらわれたのは、あの森のなかでめぐりあった公爵夫妻の用意した木馬クラビレニョだった。クラボは釘、そしてレニョとは木片の意味だという。この馬ならば、その額にとりつけられた木製の釘の回転によって自由にその進路をかえることができる。だく足で、つばさもなしに天界をゆき、悪魔がはこぶかともおもわれる快速であの大空をとぶ。

ふとトロイアの木馬のことをおもいだしたドン・キホーテは、ややためらいを感じはしたが、いさぎよく身をひるがえしてクラビレニョの鞍にまたがった。しりごむサンチョも、主人の声にうながされて、その尻に座をしめた。目まいをふせぐ目かくしをされ、「ばんざい」の声におくられて、ふたりはこれから遠方の見しらぬ涯《はて》へ出発するのだ。堂々たるドン・キホーテの姿は、あたかも「フランダーズ人の織物にえがかれ、ぬいとりされたローマの勝利者の像」のようにみえた。すでにクラビレニョは空へむかってはしりだしたらしい。ふたりはささやきあう。

主人――「ああ、風がおれたちのうしろへ吹いてゆくようだ」。

従者――「さよう。まるで千台のふいごであおぎまくっているように。つよい、つよい風が……」。

目かくしされた主人と従者には、なんにもみえない。みんなは、ふたりのまえに勢ぞろいして、たくさんのふいごで力いっぱいあおぎたてていた。ふたりは、いよいよつよく自分たちのうしろへ吹きすぎてゆく烈風をうけて、飛行の快速を信じてうたがわない。やがて、みんなは火のついた麻なわをながい棒のさきにむすびつけ、これをかざして、かれらの顔をあたためはじめた。騎士たちは、いよいよ火と光の国へちかづきつつあることを確信する。

しかしついに――火はクラビレニョの尾にもえうつった。なにがおこったか？ その脇ばらには、武装の兵士たちのかわりに、しこたま花火と爆竹がつめこまれていた。突如の爆音！ 閃光！ みよ、ふたりの騎士は身に火傷をおって、つめたい大地へなげだされた。しかもなお――かれらはいま天界でゆめみたばかりのすばらしい幻影からさめやらないでいる。おそらくは永久にさめることがないであろう。

おもうに、馬というものへのかれらの愛着にはふかいものがある。馬がそもそも封建時代の武士にとってなにを意味したかを、かえりみよう、ロシナンテなしにドン・キホーテをおもいうかべられないように、そもそも騎乗なしに封建武士の修業や戦闘をかんがえることはできない。たしか社会史家のマクス・ヴェーバー〔一八六四〜一九二〇、ドイツの社会学者〕もどこかでいっていたとおもうが、乗馬をぬきにしては封建制そのものさえかんがえられないのではないか？　馬は騎士の身分にとってはまったく不可分のいきものであり、むしろ肉体そのものの一部ともいえるほどだった。なぜあの「うれい顔の騎士」があさはかにも一匹の木馬にだまされたかも、これをおもえばわかるような気がする。

木馬から地上へなげだされたドン・キホーテ。これにあびせられた哄笑。それはまた、ほろびゆく騎士道そのものに未練なくわかれをつげるための哄笑ではなかったか？

ホメロス以後もはや人は木馬のたくらみにのらなくなったように、セルバンテス以来もはやそのような信頼をもすてさった。こうして、いつか木馬はあどけない子どもたちの仲間へ転落してゆく。

3

さて、歴史はこれでおわったのか？　いまの世に木馬に身をゆだねるのは、おさない者たちだけになってしまったのか？　（しかも、それさえいまはわすれさられようとしている。）

詩人ヘルデルリン〔一七七〇〜一八四三、ドイツの詩人〕は、おとなになっても人はときに木馬にのることがあるといっている。かれに『ドイツ人へ』と題する一篇の詩がある——

こどもをわらってはいけない、かれが鞭をならし、拍車をあてて、
木馬にのって得意になっているのを。
きみたちドイツ人よ、きみたちもまた
行動にとぼしく思想にひたっているのだから。

それとも、雲まから光のさすように、
やがて思想から行動が、書物から生活がうまれるとでもいうのだろうか？

これは自己の民族の運命をおもう詩人のなげきだった。あのフランス大革命の激動にもかかわらず、いたずらに抽象の思弁と空想にふけっているドイツ人へのなげきだった。もしこれが木馬の役目であるのならば、それはごみ箱へすてさらなければならない。それはただ行動にかわる幻想のための道具にすぎないのだから。

しかし、わたしはかんがえる。もうひとつ、人の心をおおきく未来の行動へむかってふくらませるような役目もありはしないか？　そして青年になっても、おとなになっても、人はついに木馬を手ばなせないのではなかろうか？

こどもたちの部屋をみよう。そこにはいろいろな木馬がいる。たてがみも尾も、刷毛のようにすりきれたもの。耳は欠け、ところどころペンキの肌いろもはげおちたもの。かれらはそれぞれの手なれた馬にまたがって、天空たかく夢の国をかけめぐったのだ。しかし、じつはかれらだけではない。人々は、老いも若きもみなそれぞれの木馬をもっている。ちいさいのや、おおきいの。まっしろなのや、くりいろのや、まだらのなど。それからまた、やわらかな毛なみのや、たかく尾をふりあげたのなど。そしてだれもがそれにまたがっている。愛児をそだてる母親も、恋をささやくわか者も、あすの世界をゆめみる科学者や革命家でさえも。

人々よ、木馬のおろかさをわらってはいけない。人は永久に木馬にのるのだから。

木馬脱出
――ひとつの後日ものがたり

もし今日まだ木馬の名ごりがあるとすれば、それは体操用具としての木馬だろう。「馬とび」はたしかに、その本史がきえさったのちの、いわば名ごりの「後史」ともいえよう。もちろん、そこにはもはやほとんど原形はとどめられていない。それは、とびこされるためにだけ地上によこたえられた箱のようなもの、たんにひとつの象徴的なものにすぎない。しかしながら――はからずもここにひとつのエピソードがある。それは色あせた木馬の後史に不意のかがやきをあたえた絶妙な事例であり、名誉ある木馬の歴史のためにわたしはぜひともこのエピソードをつけくわえなければならない。

あの第二次大戦のときの話である。一九四三年のことだった。ナチスの収容所につかまっていた二人のイギリス空軍将校は、はしなくも木馬をつかってみごとにそこから脱走したのである。この話は“Wooden Horse escape”としてイギリス人にはひろく知られているらしい。わたしはそれをエリック・ウィリアムズの『木馬』(Eric Williams, *The Wooden Horse*, 1949) という著書でよむことができた。この著書はその後三年のうちに二〇版ちかくを出版しているから、おそらく随分ひろくよまれたものなのだろう。(2) 著者のはしがきによれば、かれはすでに一九四三年に『監視台の犬ども』(*Goon in the Block*) という題名でイギリスの空軍将校ピーター・ハワードを主人公とする話を一さつの書物にかいた。これは、ベルリン空襲中にうちおとされて捕虜となりながら、万難をおかしてついにスエーデンへの脱走に成功した飛行士の仮名である。当時はまだ戦争のさなかだったため、敵を利するのをおそれてくわしい事情をはぶかねばならなかったし、わざわざ事実をまげた点もあった。戦後に出版されたこの『木馬』もはやり三人称の形でかたっており、いろいろの個人的な顧慮からいくたりかの人物と人名とには変更がくわえられている。しかし、そこにのべられている話は事実そのままだという。実際、人間の最大限ともいうべき忍耐と決断と鉄の神経とを要求したこの冒険談の真実は、けっして作為ではないにちがいない。どんな空想もこんな奇抜な光景を案出することはできないだろうから。

この冒険談の主人公ピーター・ハワードは、まえにもいったように、ベルリン上空でうちおとされたイギリスの飛行士である。かれは捕虜としてナチスの収容所にいれられたが、一度ここからの脱出に失敗した。そして一九四三年の一月に、おなじく脱出に失敗した経験をもつ飛行士のジョン・クリントンとともに「スタラーク・ルフト第三号」とよばれる収容所にうつされた。ここは松林をきりひらいた場所であり、脱出不能（escape-proof）といわれるこの堅固な監獄には長釘をうちつけた高さ一二メートルの塀が二重にはりめぐらされ、この塀にそって一定の間隔に「犬どもの箱」（goon box）がある。これらのなかにはそれぞれ機関銃とサーチライトをそなえた番兵が二人ずつ警戒の眼をひからせていた。そしてさらに塀から数メートルのところに有刺鉄線がはられており、これをとびこえようとする者はただちに射殺されることになっていた。収容所の建物をめぐるこの鉄線の内側のせまい回路がすなわち囚人たちの運動場であり、そのあたりの地表には砂、土、朽葉などがまざりあい、その底にはかたい黄いろい砂の層があった。どうしてこんな包囲をやぶることができよう？

二人は昼も夜も、運動のときでもベッドのなかでも、たえず脱走の方法を案出し検討することに集中した。ある日のこと、二人が運動場の回路をあるきまわっていたとき、ひそかにつぎのような会話がかわされた。前後の事情ははぶくことにして、この会話の模様だけをしるしておこう。話の口火をきったのはジョンである……

「……トロイアの木馬はどうかな？」これをきいてピーターはわらった。

「トロイアの木馬だって？」

「そうだ。ただし馬とびのあれさ。学校でやったようなあの木馬だよ。ほら知ってるだろう、上にも脇にも綿などをつめて地べたにすえつけるあの四角なやつを。これならおれたちは、毎日はこびだしては、とびこえてあそべるわけだ、そしてほかの連中がとんでいるあいだに、だれかひとりがそのなかにはいって地面をほるんだよ。そうすれば相当おおきな穴がほれるし、すくなくも地下一フィートぐらいはほりぬけるにちがいない。あさめしまえの仕事じゃないか」。

「砂はどうする？」

「馬にいれて一緒にもどってくるのさ。道具ぶくろかなにかをつかえばいい。おれたちはどこかの小屋に馬をしまっておき、おれたちのどっちかがそのなかにはいって、ほかのやつらにそれをはこびださせなければならない。そしておれたちがもどってくるときに、砂を一緒もってかえるんだ」。

「すると、とても丈夫な馬でなければいけないわけだな」。

「なあにきっとうまくやれるよ。芝居小屋には用材をいれる袋もある。きみはそれを適当なふくろにつくりかえられるだろう」。

ジョンの眼にはもうそれがみえるようだった。結末まではっきりみえた。まるでできあがった物のように。跳躍用の木馬。そのしたに垂直の縦穴。そうしてながい、まっすぐなトンネル。自分たちが毎日この仕事をつづけて、とうとうトンネルをほりぬいてしまうまでのいろいろなこと。そうしてついにはトンネルをくぐりぬけて、まんまと脱出するときのありさまさえ目にみえた。

「ではおれたちの『脱獄委員会』にこの話をもちだしてみよう」、とジョンはいった。

「いそぐことはないよ。まず仕事全体の計画をねりあげてからでいい」。

「いや、すぐにいこう」、とジョンはいった。

「おれたちがおしゃべりをしているあいだに、ほかのやつがおもいつくかもしれないからな」。

そうして一時間後かれらは運動場にもどってきた。かれらはこの計画を委員会にもちかけたのだった。委員会ははじめこの話をうけつけず、つぎにはそれをわらったが、ついに本気になりはじめたのである……

さて、これからどのようにして仕事がすすめられたか？　どのようにしてドイツ在住の外国労働者の乗車パスを手にいれ、これのコピーをつくったか？　どのようにして外部の地理や交通その他のくわしい事情をさぐり、さまざまな失敗をくりかえしながらも仕事をやりぬいていったか？　これらはすべてスリルにとむ一篇のものがたりである。ふたたび詳細ははぶいて、ただそのなかの図解五つをここに模写させてもらおう。

このような操作と口にあらわせぬほどの苦心と忍耐によって、四カ月後の午後六時、かれらはついに脱出に成功した。かれらというのはピーター・ハワードとジョン・クリントン、そしてニュージーランド人のマッケーの三人だった。トンネルをぬけだして、かれらは松林のなかをひたはしりにはしってゆく……

もちろん、かれらのまえにはさらにいくつもの困難がまちかまえている。どんな方法でこれらの困難をつぎつぎに始末していったかは、この著書の記述にまかせるよりほかない。いずれにせよ、それ

トンネル—縦穴のなかの男が最先端の男から砂の鉢をひきよせている。

てんびんぼうをはめた木馬

3人をはこぶ最後の場面。2人はコンビネーションとずきんをつけ、これらは、トンネルの口からぬけだすとき眼につかないように、くろい色にそめられている。第3の男はトンネルのうえの穴をもとのとおりにしなければならない。天井のかぎはトンネルから砂ぶくろをもちかえるためのもの。

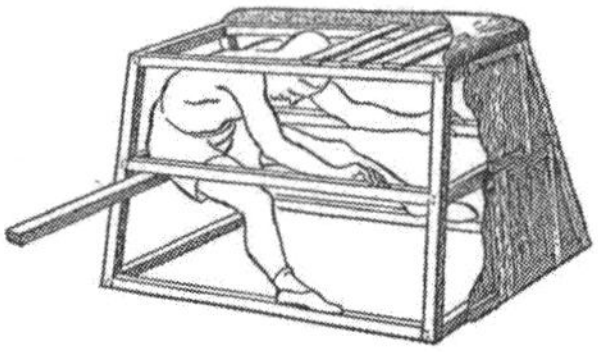

ひとりの人間をはこぶ木馬の骨ぐみ

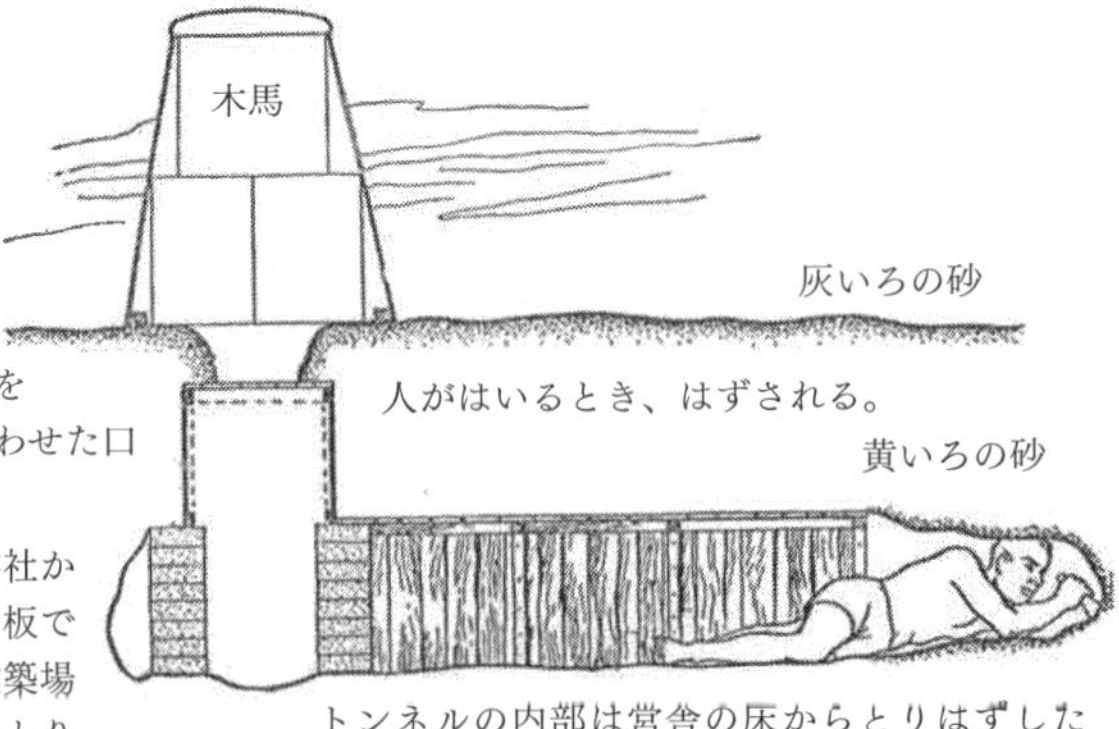

縦穴の上部は赤十字社からきた荷箱のベニヤ板でかこまれ、これは建築場からぬすんだ煉瓦にとりつけられている。

トンネルの内部は営舎の床からとりはずした板でしっかりとめられている。毎日2回の馬とびを4カ月つづけても大丈夫なように。

Eric Williams: *The Wooden Horse* より

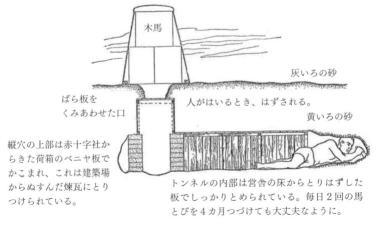

は万全といわれたナチスの監獄をやぶった英雄たちのものがたり——木馬による脱出の痛快な冒険談といえよう。かつてトロイア戦争の古典的な木馬が敵城侵入を成功させたように、現代のそれはみごとに敵城脱出を成功させたのであった。

（1）『ドン・キホーテ』は、スペインの作家セルバンテス（一五四七〜一六一六）の小説。
（2）この作品は、一九五〇年に同じ題名で映画化された。（脚本もウィリアムズが書いた。のち、DVD化された）

二六年前の獄中メモを読んで

八月一五日という日をおもうと、やはりわたしは多少とも回顧的にならざるをえません。まず、わたしの個人的な回顧から、話をはじめさせていただきたいとおもいます。

ちょうど二〇年前の今日、八月一五日に、わたしは家族の疎開先の京都におりました。当時わたしは、保護観察法という法律のもとで監視されておりました。この点からも、自由な旅行などはできなかったのですけれども、このときはもはやかってに汽車にのって、敗戦の前日、すなわち八月一四日に家族のもとにつきました。実は、わたしはそのころある職場につとめていましたが、八月九日、すなわちソ連の対日宣戦布告の報道をきいて、東京の家をでて、知人の家に身をうつし、すぐに退職とどけをだしておきました。というのは、日ソ中立条約〔一九四一年四月調印〕のおかげで身の安全をたもっていたのに、ソ連が敵国となったとすると、万一、アカとかスパイとかいう名のもとに、身があやうくなるかもしれないと感じたからです。

しかし、同時にまた、広島、つづいて長崎に原子爆弾、当時のいわゆる新型爆弾あるいは高性能爆弾がおとされてからは、もはや目のまえに敗戦がせまっているのを感じましたし、さらにポツダム宣言〔米英中が四五年七月二六日に発表。二八日、鈴木首相これを「黙殺」と談話〕のこともきいており、敗戦まぎわの新聞にも「国体護持」という活字が一度ならずあらわれたことからも、敗戦が数日中におこりうることを知りました。

ちょうど二〇年まえの八月一四《ママ》日の昼ごろでした。わたしは電車にのって東京の家をでかけました。電車のなかだったとおもいますが、ビラがはってあります。そのビラには、親子で野菜の畑をつくっている画があって、「なにがなんでもカボチャをつくれ」という文句がかいてあったのでした。すこしまえまでは「なにがなんでも勝ちぬくぞ」といういさましい文句であったのに、もはやなにがなんでもカボチャをつくれという状態になったのだな、つくづくと感じました。

それからまた、京都駅についたときにみましたことは、いわゆる繁華街の家屋の強制疎開の光景です。人々が家の梁や柱に綱をつけて、汗みどろになって家々をひきたおしているありさまでした。あすは戦争はおわるというのに、と心のなかでおもいながらも、わたしはだまってそのそばをとおりぬけてゆきました。疎開さきにたどりつくと、四人の子どもをかかえた妻が、懸命に防空壕をほっているところです。というのは、広島の直後、わたしは今度は京都があぶないとおもって、できるだけおおきな防空壕をつくるように、電報をうっておいたからです。うしろからわたしは妻の肩をたたいていいました。「戦争はおわったよ」、と。妻ははじめはあっけにとられていたようでしたが、すぐにそのことをさとりました。子どもたちは栄養失調のために、青ぶくれした顔をしていました。しかし、ああ、おれたちの命もたすかったなという気もちが、こみあげてきました。

しかし戦争の残虐さは自分の身辺にもいくつかありました。個人的なことになりますけれども、わたしの兄は敗戦の二ヶ月まえにみじめな状態で病死し、わたしたちはリンゴ箱のようなそまつな棺を荷車にのせて、兄のなきがらを火葬場にはこびました。弟は徴用のためにシンガポールにゆき、生死不明でした。戦後、その死が確認されたのであります。そのほか、たくさんの友人、知人が戦死しましたし、親友の戸坂潤も、敗戦をまえにして八月九日に長野の刑務所で、栄養失調のために獄死しました。これらは、たくさんの日本人がうけたむごたらしい犠牲にくらべれば、ものの数ではないかもしれません。しかしわたしは、みずからなめたこの経験をとおしてもなお、こんりんざい二度と戦争があってはならないとおもわざるをえません。戦後二〇年、いろいろな事件が起こり、そしてすぎていきました。ある意味からいえば、もっともっと実りおおかるべき二〇年間でありえたのに、という感じもないではありません。しかし、やはりさまざまな屈折、困難、起伏にもかかわらず、歴史はやはり前進しています。まちがいなく、そしてしっかりした足取りで前進しています。

戦前そして戦中、わたしの青年期さらに壮年期まで、この戦前と戦中のなかにすぎていきました。わたしは治安維持法のために二度検挙されています。一度目は、満州戦争のはじまった二年後の一九三三年、二度目は、一九三八年の秋でありました。戦後とちがって、戦前は警察署の留置場にも治安維持法の容疑者は非常にながくおかれたのです。わたし自身もそこに一年半ほどおかれて、それから拘置所のほうへうつされました。わたしはそのとき、反則行為ですけれども、うすい、小さな紙きれに自分の感想をいくつかかきとどめて、そしてそれをある方法によって家へとどけることができました。それをわたしはひさしくわすれていたのですけれども、たまたま先日その紙きれがでてきましたので、[1]鉛筆のうすい、こまかい字をたどってよんで、それを原稿用紙に一部分うつしておきました。

いまからちょうど二六年まえになります。一九三九年の九月一〇日、ヨーロッパにはすでに第二次世界戦争の口火がきられていました。わたしのこの文章は、すこし若気のいたりで肩をいからしていますけれども、そのなかにつぎのような箇所があります。

「世界史のかかる偉大な転換期においてかかる状態にあるのは、残念千万だ。しかしおもえば、われわれがかかる状態にあるという事実そのものも、またこのような世界史的動乱期の一所産なのである。全世界のいたるところに、いかに莫大な数のわれわれがおなじような、いな、もっとひどい状態におかれていることだろう」。

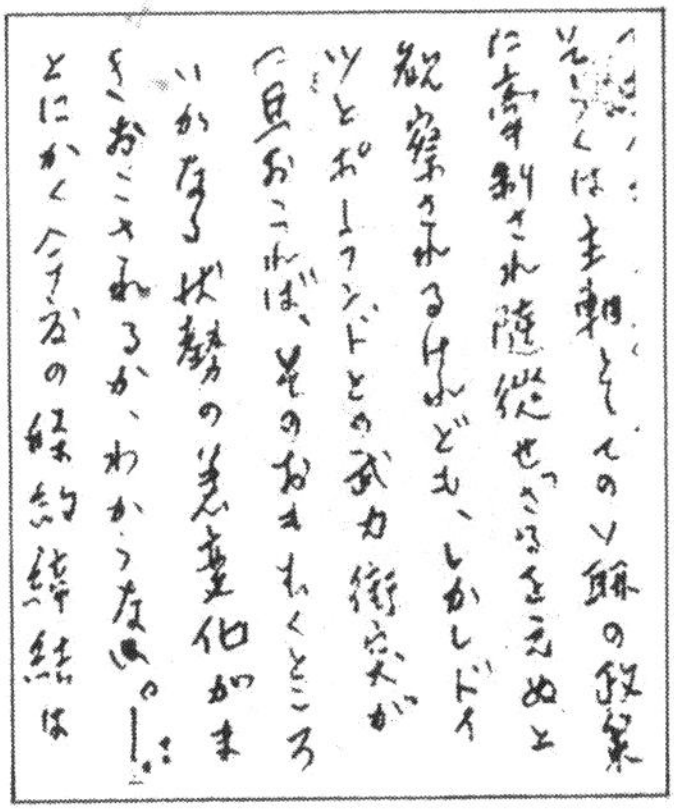
獄中メモ

それからいろんなことをかいていますが、またこういうような文句もあります。これはちょうどさっきの留置場のなかで、一九三九年八月すえの独ソ不可侵条約をきいたときのことでした。つまり一九三九年の夏のおわりです。
「ソ連の今度の外交的成果〔独ソ不可侵条約のこと〕は、その革命的平和政策のもっとも光輝ある勝利にほかならないことをわすれるな。その目標は、あきらかに日本による攻撃の阻止にあると同時に、結局においてナチス権力の動揺、ナチス権力の倒壊にあるのだ。みずから戦火にまきこまれないようにという、単に消極的な意義をもつにすぎないとみる者は、すなわちレーニン主義の政治的本質を知らない人である。さらに今度の戦争においては、かの人民戦線〔反ファシズム・反帝国主義・反戦主義を共通目標として、共産党や社会民主主義政党などの結束を志向〕の戦術が諸国家間の闘争関係にも拡大さるべき意義をもつとおもわれる。イギリス、フランス等々は、それらがファシズム・ドイツに対しては、民主主義的性質のものであるゆえに、自国の人民によってナチス権力の打倒という目標および行動に対する支持をうくべきであろう。しかし人民の支持はこの画然たる限界を超えてはならず、それをこえたときには徹底的に反対されなければならないだろう……」。

こういうようなメモを一枚の紙きれに書いておいたのが、たまたま先日みつかったのでした。

さきほど日蓮の教え、キリストの教え、つまり神を信じる方々のお話がありました。ところで、「神を信じる者も信じない者も」という言葉があります。わたしたちは――「神を信じる者も信じない者」もいまや力をあわせて侵略戦争をおしつぶさなければなりません。わたしは、さっきのご紹介にもありましたように、神を信じない側にたっています。しかしながら、戦前、私がとらわれていたときにも、キリスト教の方々はおられましたし、天理教本道その他の信徒の方々もすくなからずおられました。神を信じる者も信じない者も、やはり決定的な一点――戦争反対、平和の擁護という一点においては腕をくんで全力をつくすことは可能であるし、また、必要であるということ。このことをわたしは戦前および戦中から痛感していました。そして今日ますますそれを強く感じる者の一人であります。

すこし話がふるいことにながれましたけれども、そこから、戦前と戦後との比較によってわたしがなにを感じとるかということを、つけくわえたいとおもいます。それは、なんといっても、戦前にくらべて戦後のちがいというのは、戦争反対、平和擁護の力がはるかに、はるかにおおきくなったことにほかなりません。

かえりみますと、日清戦争、日露戦争の当時、日本人でなおかつ戦争に反対した人は、かぞえるほどしかいませんでした。われわれはその名をあげることさえもできます。内村鑑三とか幸徳秋水とか、そのほかいくたりかの人々の名をあげることができます。さらに、一九三一年からはじまる、日本のいわゆる一五年戦争のあいだ――このあいだに日本人にして戦争に反対した者も、けっしてすくなくはありません。おそらく今度は、数万人ということができるでしょう。治安維持法の検挙者の数からいっても、もっとおおいかもしれません。

しかしながら戦後の平和擁護者、戦争反対者の数にいたっては、これはもはやその数をかぞえることはできない。だれだれが戦争に反対する、だれだれが平和をまもるということは、もはやいうことはできない。日本においても、全世界においても、有名無名の無数の人々が巨大な力をなしてこの一点に力をそそいでいる。この事実を、私は非常にふかく感じる者であります。戦前を知っていればいるほど。

戦前、われわれがなんとかある部面で一つの抵抗をこころみたとき、それがはたしてどれだけの効果があるかということは、実はもはや念頭になかった。一種の特攻精神です。やむにやまれぬ大和魂というやつですね。これでぶつかっていったにすぎず、これによっていったいなにごとができるのかは知らない。とにかく、とらえられる以上は、なにか邪魔にはなるのだろうという、こういう証拠しかわれわれにはなかったのです。それをかんがえると、今日の平和の力というものが夢にもおもわなかったほどおおきくなったということを痛感せざるをえません。

それからもう一つ。戦前をかんがえてみますと、なぜわれわれが戦争へひっぱられていったのか？あれほどたくさんの人が？　これはやはり「エスカレーション」ではないけれども、国民生活の全部面にわたってすこしずつ変化がすすんでいったのです。経済の場面では平和経済が軍事経済へ徐々にきりかえられ、政治の場面では軍部の力が徐々にくわわり、法律の場面ではこの戦争をよりよくおこなうための、そして戦争反対の力をよりよくつぶすための法律が一つ一つつくられました。さらに教育の面、思想の面、文化の面では、映画とか小説などをもくわえて、すこしずつ軍国色が強められていった。この「すこしずつ」というやつがくせものです。すこしずつならみのがしてもよかろう、こういう感じがあります。これはいまでもそうですね。台風のためということでアメリカの輸送機C130が九州へやってくるという。ひどいことだなとおもうけれども、これは台風のためだったらしい。しかも実際にはこなかった。まあ、よかった。こういうことを一つ一つなんとかがまんし、なんとかそれに慣れ、それをみのがしていくということ。このことがいかに重大な結果をみちびくかということを、戦前の歴史も十分におしえています。

これはほんとうに科学的な実験かどうか知りませんが、ある人がいいました。一匹の蛙をコップの水のなかに入れて、もう一つのコップには熱湯をいれておく。その水のなかにいれた蛙をいきなり熱湯のコップにいれると、その蛙はあつがってとびだす。けれども、一つのコップですこしずつ水をあたたかくして、すこしずつすこしずつ熱してゆくと、蛙はいい気もちになって、最後には——蛙はとびだすかわりに「のびて」しまう。これは正確な実験かどうか知りませんが、たしかにそういうふうなことはわれわれのばあいにもあるのです。

だからわたしはもうしたい。「私は火事には反対だ。ようし、火事がおこったら、けしてやるぞ」。これでは実はこまるのです。そうではなくて、火事をおこすようなすべての条件、これらすべてを毎日毎日、毎時毎時つぶしてゆかなければならない。これこそ火事に反対だということだ。火の用心ですね。火事がおこらないようにすることこそ、火事に反対なことだ。火事がおきたら、おれはいさましく水をかけてやるぞというのは、けっして火事反対ではない。このことは、平和の力そのものについてもいえることだと思います。一つ一つの力は、それだけだったらあまり役にたたない。いま、おれひとりがこうやったってなんの役にたつのか？　しかしながらその微分、この極微の力というものが積分されたとき、それはおおきな力となることができる。このことは支配階級のほうがよく知って、いままでもそれをつかっているのです。われわれの平和の力をすこしずつ、たとえちいさなものでも、積分しておおきな力にしなければならない。エスカレートしなければならない、平和のあらゆる力を。

こういうふうにわたしは、戦前をかえりみながらおもいます。

いろいろ問題点はありますけれども、すべてはぶきまして、戦後における砂川、内灘、警職法、松川裁判、安保闘争、現在のヴェトナム戦争反対にみられるわれわれの努力と闘争、これらをみますと、戦前と戦後、ことに現在とのちがいが非常にあざやかにうかびあがってきます。もはや、「やむにやまれぬ大和魂」ではない。今度は実力を持って侵略戦争の勢力を圧倒しなければならないし、また圧倒できる条件がわれわれのもとにあります。

わたしは幸か不幸かいきのこった者の一人として、全力をあげて戦争反対、平和の擁護へ、みなさんとともに努力したいとねがっているものです。

わたしもわかいときに、人間はどういうふうにいきるべきかということを問題にして、二〇歳くらいのとき、哲学というような学問をこころざしました。倉田百三〔一八九一～一九四三〕の『愛と認識との出発』〔一九二一年刊。当時の学生たちに大きな影響を与えた〕というような本をよんで人間はどうしたらただしくいきられるのだろうか、そのためには哲学をやればわかるだろう、こうおもって哲学の研究をえらんだのです。しかし、その後の周囲の状況、一九二〇年代における野蛮と非文化、そして戦争準備。この状況のもとで、どうしたら人間はただしくいきられるか、人間の尊厳とはいったいどこにあるのか？　そこで、さっきの抽象的な問いから、わたしはやはり戦争に反対し、平和をまもり、民主主義をつらぬくことにこそ自己のいきがいをみいだし、ここにこそやはり知識人というもののいきるべき道をみいだしたつもりであります。

わたしは、今日これをかんがえてみても、これはけっしてまちがっていなかったと信じています。いろんな点であやまりはあった。力もたりなかった。しかし根本的な方向にくるいはなかったとおもっています。それからまた、いま、ここにわかい方々がかくもたくさん、おなじ関心と決意と勇気をもってたちあがっておられるということ、まさにこのことにこそ、無限の希望を託するものであります。

（1）この「獄中メモ」の写真版は、『古在由重著作集』第六巻『戦中日記』の「獄中メモ」の箇所に掲げられている。

三木清をしのんで

哲学者、三木清のおもかげをしのぶとき、わたしにまっさきにうかぶのは、「なつかしさ」とでもいうべき気もちである。このすぐれた人物にこのような情緒でつながるということは、ふしぎかもしれない。しかし、尊敬、敬愛、信頼というような形容詞よりも、やはりわたしには「なつかしい友」という気もちこそぴったりくる。なぜか？　かれはわたしの先輩だった。あとでのべるように、かれはわたしに一つのつよい刺激をあたえたといわなければならない。しかし哲学者としてのつきあいを、ついにわたしはもたなかった。つまり、かれからの思想的な影響というものはわたしにはまったくなかったし、もちろんかれにとってもそれはなかったにちがいない。晩年十四、五年のいわば私的なつきあいであり、しばしばの訪問や来訪にもかかわらず、談話はいつも哲学の領分のほかのことについてかわされるのがつねだった。

　三木清という名をきいたのは、たしかわたしが東京大学の哲学科を卒業したころである。それはわたしのまわりの哲学の先輩や先生たちからだった。しかし、そのすぐれた才能についてかたられるとき、しばしばかれの「行状」のわるさがつけくわえられた。わたしはそれを――つまり行状そのものの善悪というようなものではなく、そんなことをうわさする人々、そんなうわさをつたえる人々をこのまなかった。ときには、非難の意味とともになにか「ねたみ」をおもわせるような話は、わたしにはあまり興味がなかったばかりか、むしろいやな感じだった。かれについてのわたしのぼんやりした好感は、かえって案外こんな反感からめばえたのかもしれない。

かれは、わが国においてアカデミー哲学の世界の壁をマルクス主義哲学へむかってつきぬいた最初の哲学者である。[1] このいわば冒険的な「事件」はわたしにとって――そして同時代の他のわかいおおくの哲学々徒にとってもまた――深刻な意義をもったといえるだろう。ただし、わたし自身のばあいについていえば、当時わたしはかれの論文や著書をまったくよまず、ただこの「事件」にも刺激されてさらにマルクス主義の古典をよむ道をえらんだような気がする。

もし記憶にまちがいがなければ、わたしがはじめてかれを杉並区高円寺の家にたずねたのは一九三〇年のくれごろだった。かれが共産党に資金をだしたという嫌疑でとらえられて、その数月後に豊多摩刑務所からでてきた直後のことである。かれはそのころ服部之総《しそう》〔一九〇一～五六、歴史家〕その他から批判され、非マルクス主義的という刻印をうたれ、おそらくその拘留中に「哲学にたいするわれわれの態度――三木哲学に関するテーゼ」（プロレタリア科学研究所[2]）によって追いうちをかけられていた。この逮捕のためにかれがすべての教職もやめざるをえなかったことは、いうまでもない。わたし自身はこのころすでにマルクス主義正統派の立場にたっていたつもりだったけれど、なにか同情の念をとどめがたく、めずらしくもひとりでかれを訪問する気になったようにおぼえている。

そのとき、かれはあまりひろくない庭でシャベルをもちながら、草をいじっていた。和服をきて、ひろい額のその顔をうつむけながら。やはり、どこかにやつれと失意が感じとられたとおもわれた。どんな話がそのときかわされたか、三十数年後のいまとなってはまったくおぼえていない。しかし、とにかくこのようにしてかれとのつきあいははじまったのだった。

それ以後、上智大学の故クラウス神父のもとでの「プラトン・アリストテレス協会」でもしばしば顔をあわせることになった。しかし、正直なところ、哲学的交流のようなものはわれわれのあいだにはうまれなかった。ただ、それよりも貴重なものがうまれたといってもいい。ファシズムや右翼をきらうという点においては直接の親近感をもっていたし、さらにそののちわたしが二度逮捕されたのちにも真にかわらぬ友情をもちつづけてもらった。日本評論社の『現代哲学辞典』の編集のためにはかれの家に週一回ずつ樺俊雄《かんば》〔一九〇四~八〇、社会学者・哲学者〕、美作《みまさか》太郎〔一九〇三~八九、編集者〕の両氏をくわえて四人があつまったこともある。わたしが二度めにとらえられたのはその最中だったが、かれはわたしの生活のためにもいろいろな配慮をしてくれた。ほんとうに、ありがたい友であり、先輩だった。なつかしさが心にわいてくるのは、これらのためだろう。

この原稿をかきながら、ふと気がつくと、わたしの目のまえにひとつのおおきな鉄製の灰ざらがある。これはもともとは作家、川端康成氏〔一八九九~一九七二〕のものであり、これは「文人囲碁会」での優勝の賞品としてもらったもので、それがそのままいまでもわたしの手もとにのこっているのだ。

「文人囲碁会」の結成や歴史については、たとえば野上彰氏の『囲碁太平記』（一九六三年、河出書房）にくわしい。そのはじめに三木清という一章がある。野上彰氏というふしぎな人物と三木清との密接なつながりもそこにくわしくしるされているが、この著書にたよって当時の記憶をよみがえらせてみよう。著者によれば、ある日「三木の家で碁会をもよおすことになった。大内兵衛〔一八八八～一九八〇、マルクス主義経済学者〕、高倉テル〔一八九一～一九八六、作家〕、渡辺義通〔一九〇一～八二、歴史家〕、古在由重、松本慎一〔一九〇一～四七、社会運動家〕たち、それに豊島与志雄先生〔一八九〇～一九五五、文学者〕をよぶことにして通知をだした。ちょうど大内さんが拘置所からでてこられたばかりのときだ。」唐木順三氏〔一九〇四～八〇、評論家〕もいたかとおもう。要するに、碁をうちながらの時局談の一日は息ぐるしい時代の快適のひとときだった。かれの――わたしには縁どおい――哲学と、かれのいきいきして的確な政治談とのつながりの有無の問題はひとつのおもしろい主題だが、この点についてはここにはもはやふれられない。

その後、埼玉県の鷲の宮への疎開、逮捕、獄死にいたるいきさつやその期間の活動やその全生涯の意義については、別の機会にしるしてみたい。

自分はつくづくとおもう。いままでたくさんのすぐれた友人や先輩にめぐまれすぎたほどめぐまれたが、三木清もまたそのなかでのきわめて貴重なひとりだった、と。〔口絵写真参照〕

（1）新カント派から出発し、ドイツに留学してハイデガーなどに学んだ三木清は、アカデミズムの立場からマルクス主義思想の位置づけをこころみ、その諸論文を『唯物史観と現代の意識』（岩波書店、一九二八年。『三木清全集』第三巻、一九六六年、所収）にまとめた。

（2）「諸科学のマルクス主義的研究・発表を目的」として、一九二九年一〇月に創設。弾圧のため、一九三五年には活動を終了。

私の古典——森銑三『渡辺崋山』

日本民族の遺産

このテーマをあたえられて、いろいろかんがえあぐねたすえに、あえてこの書をえらびだすことにした。そしてついでにそれにくわえて、高野長運『高野長英伝』にも一言ふれてみたい。つまり「古典」そのものというよりもむしろ、まさに「わたしの」というところに力点をおいてみたのである。

いまは、わたしには特別に「座右の書」ともいわれるべきものはない。読書による開眼もさることながら、もともとわたし自身の精神を形成してきたのは、むしろ直接に事物、事件、人物などからの感銘だったような気がしてならない。「座右」の書ではなくて、むしろいまもいきつづけている、いわば「体内」の現実経験である。たとえば個々の自然現象だった（天体、生きもののふしぎさ）。また身辺の私的な体験を別とすれば、いくつかの歴史的な事件（関東大震災、一五年戦争（一九三一年の満州事変から四五年の敗戦まで、一五年にわたる戦争〕、安保闘争など）であり、過去に実際にめぐりあったかずかずのいきた人物たちだった。

これらすべてのものの姿は、座右どころか、いつも心のどこかにひそみつづけ、目をつぶればみないきいきと心にうかびあがってくる。しかも、そのときの印象よりは、さらにあざやかに。また、ときには、あたらしい、おもいがけなかった断面をもみせながら。

これらはみな過去数十年のわたしの心の歴史にふかくきざみこまれ、おりにふれてたえずよみがえり、あるときは郷愁や希望を、あるときは勇気と激励をあたえてくれる。したがって、わたし自身の精神の軸をつくってきたものは——くりかえしていえば——すべてこれら直接に現実的なものからの持続的な刺激だったという感じをまぬがれない。

しかしながら、もちろん、それらをきっかけとしてなにかの書物に熱中したばあいも、けっしてすくなくなかったにちがいない。それらすべてのものの意味や真相を一層あかるい光のもとにてらしだしてくれたもの、一層こまやかな姿でえがきだしてくれたもの——それはけっして自分の経験だけのつみかさねによるのではない。未知の世界をひらいてみせてくれたものは、なおさらのことである。

あの太平洋戦争のたえまない空襲のさなか、わたしはいつもすぐに外へとびだせるように、ちいさな手さげカバンを用意していた。

そしてこのなかには、知人の住所録やいくつかの応急薬品などのほか、やはりちいさな文庫版（レクラム版〔ドイツのレクラム文庫〕）の書物二さつがいれてあった。ほかでもない。ホメロスの『イリアス』と『オデュセイア』（いずれもJ・H・フォス〔一七五一〜一八二六、ドイツの詩人・翻訳家〕によるドイツ訳）である。これらはわたしの愛読書でもあり、過去三千年の歴史をいきぬいてきた作品なのだから、まさに世界文学史上の古典中の古典といえるだろう。ただしこれら二つをえらんだのには、その小型というところにもおおきな理由があった。

戦後、ことに近年におけるわたしの読みものといえば、ひまがないために大変かぎられている。わかい時代の多読、乱読にそむいてそれはまず、おもに毎日の新聞——古典にはもっとももとおく、なまの事実にはもっともちかい新聞記事である。そしてつぎに、ときどき、それはいわゆる古典である。したがって、両者のあいだの媒介物としての書物は（解説書や週刊や月刊の雑誌をもふくめて）あまりよむ機会にはとぼしい。もちろんわたしとしてはこの種の書物のもつたいせつな役わりをかろんじる気もちはない。しかし、それらはやはり、なにかの意味での古典的なものへの手びきとしてである。古典としては、たとえばゴーリキー〔一八六八〜一九三六、ロシアの作家〕の『回想』（文学的肖像）なども心にうかぶけれど、これもまたそれ自身が古典にぞくするといっていい。だから、ここではやはりわが民族のほこるべき古典的遺産の一層の理解へみちびいてくれた名著をあげることにしよう。

そのひとつは森銑三〔一八九五〜一九八五、歴史学者・書誌学者〕『渡辺崋山』（初版一九四一年、改訂版一九六一年）、高野長運『高野長英伝』（一九二八年、増訂版一九三九年、第二増訂版一九四三年）である。

卓抜な先進的思想家

渡辺崋山という人物へのわたしの関心はふるい。しかしそもそもはもっぱらその絵、ことに写生画だった。そして写生画といっても、風俗画よりもむしろ虫や魚や鳥の絵だった。というのは、二〇歳ちかくまで田舎にそだったわたしには、少年時代の日々の生活をみたしていたのは生きものへの愛着だったからである。どちらかといえば、ちいさい虫ども――アリ、セミ、トンボ、クモ、カマキリなどがだいすきだった。たまたま、わたしは崋山の絵にすべてこれらのものの実に絶妙な生態描写があるのをみいだした。

それは、つきない興味だった。わたしのまずしい本だなにもいくつかの崋山画譜がおかれているが、その「生動の気」においては、ちかごろの発達した昆虫写真もおよばないとおもう。

やがてわたしの関心はそこからかれのえがいた一群の肖像画へもおよんでいった。絵というものには無知なわたしではあるけれど、かつてロダン〔一八四〇～一九一七、フランスの彫刻家〕がルーヴル博物館《ママ》にあるウードン〔一七四一～一八二八、フランスの彫刻家〕作の胸像――ルソー〔一七一二～七八、フランスの思想家〕、ヴォルテール〔一六九四～一七七八、フランスの哲学者〕、ミラボー〔一七四九～九一、フランス革命初期の革命指導者〕、フランクリン〔一七〇六～九〇、アメリカの政治家〕の胸像のまえでひとりの弟子にそのそれぞれについての秘密を指摘したことが、まさしく崋山の肖像画についてもいえるのではないか？（ウードン作の他のいくつかを、一〇年ほどまえに、わたしもいそぎ足ながらレーニングラート《ママ》〔現在のサンクトペテルブルク〕のエルミタージュ博物館《ママ》でみた）。

「もし芸術家が写真のなしうるように表面的な輪廓だけを再現するだけなら、また、もしさまざまな顔だちを克明に、しかし性格にかかわらせずにしるすのなら、かれはなにもほめるにはあたらない……ひとくちでいえば、すべて顔だちが表現的（エクスプレシーヴ）であること、すなわち本心の啓示であることが必要です」。――「ところであなたはラ・フォンテーヌ（一六二一～九五、フランスの詩人）のあのいましめをおぼえていますか――ゆめゆめ人を見かけできめてはならぬ、と」。――「胸像や肖像画ほど明察を要するものはありません……すぐれた胸像はひとつの伝記のねうちをもち、回想記の諸章のようにえがかれ、時代、人種、職業、個人的な性格、これらすべてがそこにしめされています」。

それからのち、わたしが画家としての崋山だけではなく、卓抜な先進的思想家としての崋山を知るようになったとき、森銑三氏の前記の労作およびこれにつらなる同氏の諸著はまことに貴重な指南となった。

みずから諸方へ足をはこび、諸所の文庫をたずね、あらたな資料をみつけだして、いままで不明だったことの真相をつきとめたその熱意と労力には文句なしに頭をさげずにはいられない。

なぐさめと勇気

崋山にはわが国の画史のうえでも肖像画として群をぬくといわれる鷹見泉石《たかみせんせき》（一七八五～一八五八、蘭学者。下総国古河藩家老）の像、あるいは愛情あふれる末弟、五郎の肖像、武士像や力士像などとともに、また二人の先輩および師の肖像がある。高名な画家、市河米庵《べいあん》〔一七七九～一八五八、書家〕と博学の儒者、松崎慊堂《こうどう》〔一七七一～一八四四〕とのそれである。この二人の肖像をみくらべるとき、いつもわたしはこのばあいの崋山のえがいたものには、たんにそれぞれの肖像画が伝記や回想録にあたいするばかりでなく、まさに「予言的」なものさえひそむことを感じる。たとえ自覚的ではなくても、ある意味では未来の人間模様さえすでにそこに感じとられているのではないか？

米庵は自己の肖像を崋山にたのみ、数日後に完成したとき「真にせまる」としておおいによろこんだ。しかし幕府による弾圧、いわゆる蛮社の獄〔一八三九年〕によって崋山や長英などがつかまったのち、ある画会である人（水戸の藤田東湖〔一八〇六～五五、水戸学の学者〕とつたえられる）から崋山との面識をたずねられて「知らぬ。どんな人か？」とこたえた。さらに相手から「君の肖像はだれのえがくところぞ」と追及され、赤面してさったという（ついでながらこの点だけについていえば戦前のわたし自身もまたいくらかの似た事例をみているので、とくに印象ぶかい）。

これに反して、崋山逮捕の報をきき、七〇歳の高齢と重病とをもかえりみずにその救援に必死の精魂をそそぎ、唐律や明律をも引用しつつ、水野越前守〔水野忠邦、一七九四～一八五一、老中として「天保の改革」を主導〕へむけて崋山の無罪、かえって誣告《ぶこく》者の断罪を上書した松崎慊堂。それはまことに比類ない情愛にあふれ、冷徹な論理、峻厳な正義感にみちた一代の名文章である。もちろん、この二つの肖像画は「蛮社の獄」以前の作であるけれども、それぞれの性格のちがい――いささかの卑俗さと高貴、沈着との微妙な対照はすぐ《ママ》にその像にとらえられているといえるだろう。

天保一二年（一八四一年）一〇月一〇日づけ、すなわち自刃の前日、弟子の椿椿山《つばきちんざん》（一八〇一〜五四、文人画家）にむけてかかれた遺書の一節はいう。「数年ののち一変もそうらわば、かなしむべき人もこれあるべしや」。この一句は、四半世紀後に明治維新をひかえて、たとえ予言的ではないまでもたしかに予感的である。むさぼるような多面的な知識欲をもって世界の大勢を展望し、博大な見識、強固な意志、他面ではまた春風のようにゆったりとした風貌をそなえ、しかも窮乏のどん底で自刃しなければならなかった渡辺崋山。この崋山の生活、人格、思想、身辺のことについて森銑三『渡辺崋山』はなんらあやうげな私見をまじえることなく、信用さるべき記録、日記、手紙などによりつつ正確無比な、淡々とした筆致でかかれている。これによってわたしは実におおくのことをおしえられた。戦前にも、そして戦後にも。ものぐさのわたしなのに、この著作にはすくなからぬ書きいれやメモのしるしをつけている。きわめて散文的な調子でかかれながら、そこには崋山への著者の心からの傾倒がひそんでおり、他のすべての類書も――画論は別としても、すくなくとも当分は――ついにこれをしのぐことはできないだろう。これによってわたしはどれほど崋山その人の著作の活動の理解をたすけられたか！

一九六一年のその増訂版は、ちょうどその年の出版直後の春に、わたしが病院でねているとき買ってもらってよみかえした。いま、たまたまそれをひきだしてページをひらいていると、あるページの欄外にわかりにくい字でわたしのメモのひとつが目にはいってきた。その本文というのは、著者が崋山の友、医者の加藤玄亀が虎の門の金毘羅《こんぴら》まいりについてかいている個所だ。文化一三年（一八一六年」の三月一〇日にこの友人が渡辺乙弥という一二歳の少年をつれてこのこんぴらまいりにいったということを加藤の随筆『我衣』からそこで紹介され、そしてこの少年こそ崋山の三番目の弟、助右衛門ではなかったか、なお傍証をまちたいということがつけくわえられている。まことにこまかい考証の問題であって、なにも直接わたしの主要な関心にはかかわりないけれど、わたしのメモがその個所についているのをみた――「一九六一年三月一〇日、たまたまこの書を虎の門病院六階の六二五号室の窓ぎわのベッドのうえでよむ（二月一四日以来、即発性気胸ならびに腎盂炎のため入院）。左手に目をやれば、すぐそこにこんぴら神社がみえ、あたかもこの日が祭だった。毎月一〇日が祭日だという。ふしぎな暗合だった（仰臥のままじるす）」。また、無精なわたしとしてはめずらしいことだけれど、去年の初夏はじめて崋山の幽居の地、田原〔愛知県〕へゆき、その城址をながめ、自刃の室をのぞき、その墓石のまえにたたずんだのも、もとはといえば、数年まえの入院中にこの新版の巻頭におさめられた数葉の田原の写真をみてからののぞみだったのである。

崋山のわかい友、同志の高野長英とその伝については、もはやそれをのべる余白がない。崋山はわたしをなぐさめ、勇気づけてくれる。病気のときもそうだったし、去年の夏わたしが娘を海でうしなった〔娘のひとりが海での事故で死去〕とき、ふかい痛みをやさしくいたわってくれたのも自然や人物をえがいたあたたかい崋山の絵だった。長英――より近代的な、より戦闘的な、そして最後に捕吏たちを切りつけて自害した長英の生涯は、わたしを勉強と活動へかりたてる。

おもえば、長英の名がわたしの頭にきざみこまれたのは、二〇歳のころだった。これもまた偶然のめぐりあわせである。当時、父の勤務上からわたしの家族は東京大学にちかいいまの文京区真砂町二七番地の借家にすんでおり、その筋むかいの三〇番地に『高野長英伝』の著者、曾孫の長運先生が医者を開業していた。わたしはたびたびその姿をもみた。それだけではない。三〇歳あまりでフィリピンの海で戦死したわたしの弟が、小学三年のころガラス戸にぶつかって、こなごなになったその破片が腕一面にめりこんだことがある。さっそくこの長運先生に治療をねがったが、さてそののち、とりのぞかれたこまかい破片がたくさんのこって、こまりぬいていた。父はいった——「長英はじつにえらかったが、長運さんはヤブかね」。ふだん「えらい」というような形容詞をあまりつかわなかった父のことばだけに、そのときの印象はいまもわすれられない。あとでおもえば、ちょうどそのころ、長運先生は東奔西走しながら長英伝の資料あつめに精魂をうちこんでおられたのだろう。その数年後に長英伝は出版され、やがてわたしは、ガラスの粉ならぬこの珠玉のような、くわしい著作をよみ、以来これもまたすばらしく興味ふかい「わたしの」古典——長英の著作と活動へのかけがえない案内書となった。

崋山、長英。とくに後者についてもかきたいことはいくつかあるが、いずれにせよ上記の二書をあげてここに感謝しておきたい。

〔付〕いのちある言葉

けだし東都、獄を置きて二百五六十年、この間、犯罪の徒、獄にくだる者幾百万を知らず。しかれども瑞皐《ずいこう》のごとき心に忠節をいだいて、著述をもって罪を得る者いまだ二人を見ず。——高野長英

瑞皐は長英の号です。かれは岩手県の水沢の出身でした。瑞はここでは「水」を、皐は「沢」を意味しています。かれはこの号に終生の愛着をもっていましたが、故郷を思う気持ちがつづいていたからでしょう。〔中略〕

ここにかかげた長英のことばは、ひそかに獄中でしるしたものです。徳川幕府が東都（江戸）に獄をもうけてから入獄者は無数にあったけれども、思想と著作によって投獄された者は、自分ひとりだというのです。ここには、まさしく確信にみちた真理探究者の覚悟と誇りが感じられるではありませんか。その後三十年たたぬうちに幕府はたおれて、明治維新は到来しました。真理の探究のために一身を犠牲にした人は、ヨーロッパではすでにルネサンス時代にみられます。しかしわが国では、長英のような人こそ最初のひとりだったとみていいでしょう。

〔「いのちある言葉」として古在が選んだ高野長英のことばとその注釈より。古在由重・丸岡秀子他『いのちある言葉』（童心社、一九七五年）所収〕

II

『世界』1974年2月号
小特集「戦後史と私」に掲載された古在「敗戦直後の記憶から」では、ヴェトナム反戦運動の意義づけにも論が及んだ。

長英と私

一昨年（一九六九年）から、わたしは高野長英〔一八〇四～五〇〕の故郷である岩手県の水沢へ四回もいった。これは高野家をたずねて、長英関係の事蹟をしらべるとともに、この地の長英研究者たちから話をきくためだった。しかしさらにまた、それは高野家の人々との歓談をたのしむためでもあった。旅行ぎらいのわたしがこのようにたびたびそこへでかけたのは、よほどつよい引力にひかれたからだといえる。その一つは長英への青年時代からの関心につながる。そしてもう一つは現在の高野家の人々との半世紀の昔にさかのぼるつながりである。

旧制高校から大学までの時期にわたしの家族は本郷の真砂町にすんでいた。父が東京大学に在職していたので、家族はそこにちかい借家にいたのだった。せまい道をはさんで、わたしの家の筋むかいに「高野医院」という標柱をたてたちいさな開業医があった。ここの先生の名は高野長運である。高校生のころ、こがらなこの高野先生が和服姿でその格子戸をあけて出入されるまめまめしい姿を、たびたびわたしはみた。それればかりではない。わたしの家族の者はときどきこの長運先生のお世話になっていたのをわすれない。とくにわたしがおぼえているのは、のちに太平洋戦争で戦死したわたしの弟が、小学校三年のときに怪我をして、長運先生の手をわずらわしたことである。そのとき弟はガラス戸にぶつかって一方の腕をきずつけ、ガラスの破片がその腕いっぱいにつきささったのだった。さっそく高野医院へつれてゆかれた。おりよくも在宅していた先生が、さっそく応急の処置をとってくださったのは、ありがたいことだった。しかし、いそがれたためか、これらの破片は十分にはとりきれずに、数日のちにあらためてもう一度先生の治療をうけなければならなかった。そして二回めに、はじめてそれらは完全にとりさられたのである。

わたしがこのことをおぼえているのは、弟の怪我よりも、むしろそのときに父の口からもらされた一言からである。父はいった。「長英はえらかったが、長運先生はヤブだなあ」。この一語は、どういうわけかしらないけれど、わたしにはきわめて印象的だった。もともと父は無口な人だったのに、ときたま口にする批評は急所をつくことがしばしばだったようにおもわれる。ただしこのとき「ヤブ」といったのは、人がそうおもうほど、わるい意味ではない。ただわたしの記憶にのこったのは、この「ヤブ」ということではなかった。むしろ「長英はえらかった」ということばである。というのは、父が心をこめて「えらい」というような表現をつかったことは、めずらしかったから。そして高校生だったわたしは、父がこのように評した長英という人物におぼろげな興味をいだいた。どんなふうにえらかったのだろう、長英は？　わたしはしかしくわしくつきとめようともせずに、時はすぎていった。

あらためてわたしが長英の著作や活動について多少とも知識をもちはじめたのは、『高野長英全集』四巻の出版された一九三〇年ごろである。そのまえに長英の曾孫、長運氏による『高野長英伝』(一九二八年)も出版されていた(ちなみにこの『高野長英伝』はのちに増補改訂されて一九四三年に岩波書店から刊行されている)。これらは長英の生涯や業績についてしるされた唯一のくわしい資料であり、今後もこれをぬきにして長英をかたることはできないだろう。おもえば、わたしが真砂町にすんでいたときも、長運先生はこの偉大な曾祖父の足跡をさぐり、手紙その他の資料をあつめるために、各地をめぐって東奔西走しておられたにちがいない。治療のためにだけすべての精力をそそぐことは、おそらく不可能だったとおもわれる。むしろそのおかげで、このような不朽の資料がのこされたことは、われわれにとってはまことにありがたい。それはとにかくとして、やがて昭和初期からの戦争と弾圧のすさまじい時代を懸命にいきることになった自己のなかに、長英へのかつての思慕と尊敬がなおさらふかまったことは、うたがいない。

とくにわたしが感銘をうけたのは、『聞見漫録』におさめられたかれのヨーロッパ哲学史概略だった(『西洋学師ノ説』)。ヨーロッパ哲学の元祖タレス〔古代ギリシアの哲学者〕から筆をおこして近世のフランシス・ベーコンやデカルト以後にまでおよぶこの短文は、もちろんオランダの著作にもとづいたものだろう。しかし今日から一三〇年あまりまえの天保時代〔一八三一~四五〕に、長英の関心がこのような領域にまでおよんでいるのは、おどろくべきことである。『長英全集』にはこの文章は活字の形ではなく写真版としておさめられているけれど、もっともはやい時期にそれを紹介し論評したものに、雑誌『学芸』(一九三八年四月号)にのせられた吉野裕氏(筆名は椎崎法蔵)の論文がある。長英のこの哲学史ノートについては、ふるい記憶にまちがいがなければ、わたしの師だった桑木厳翼教授の私宅をたずねたときにも耳にしたような気がする。桑木教授の戦前の著書にはすでにそれにふれられている箇所もあった。いずれにしてもこの短文は、自分の研究領域にもかかわるものとしてとくに興味がもたれた(戦後には板沢武雄『日蘭文化交渉史の研究』〔吉川弘文館〕のなかでこれにふれられている)。

もちろん長英はたんに一部の専門にだけたずさわった人物ではない。かれの見識はまさしく百科全書的であり、この点においてもかれをしのぐものはまれだといっていい。しかもかつて一八世紀のフランス百科全書家たち〔一八世紀の啓蒙思想家たちが『百科全書』を編纂・出版した〕もそうだったように、かれはいたずらに博識をもとめたのではなかった。まさにかれが直面した実践的な課題こそ、かれを必然的に百科全書的な学者としなければならなかったといえよう。もともとかれはなによりもまず臨床医であり、医学者であり、また日本科学史における近代生理学の祖として不滅の地位をしめている。しかも時代の緊急な課題に応じて、凶作をすくうためには『救荒二物考』がかかれたし、京都における地震のときにはただちに『泰西地震説』によってこの現象についての近代科学の理論が紹介された。これらのことをみても、かれの博識がたんに学問的な好奇心からではなく、その根底において時代の切実な実践的課題にむすびついていることを、われわれは知ることができよう。

いわゆる蛮社の獄に連座するにいたった証拠物件の一つとなった『〔戊戌《ぼじゅつ》〕夢物語』、そしてあの

『聞見漫録』などは長英の国際的・世界史的な展望のひろさとたしかさを証明している。かれは日本の立場から世界の情勢をとらえるとともに、世界の立場から日本人民の直面する課題および進路をさぐった。蘭学の歴史をたどるとき、かれほど実践的な性格の人間はおそらくみあたらないだろう。脱獄後の数年にわたるかれの生活は、けっして一身の断罪をおそれての逃亡ではなかった。この苦難な地下潜行のさなかにも、かれは医師として熱心な治療の仕事にたずさわった。疲れを知らぬエネルギーをもって学問の研究に身をうちこんだ。『三兵答古知幾《タクチーキ》』(1)その他のすぐれた翻訳もこの時期に刊行されている。さらにいくつかの藩をわたりあるきながら、好学の人たちをあつめて教育と啓発に力をそそいだ。危険を知りながらあらゆる土地で長英の身を必死にかくまった人たちの数の多さも、たんに時勢の気運への予感と期待がかれらをそうさせたからではなかった。その抜群な人格的魅力が人々に献身的な援助の念をいだかせずにはおかなかったことは、あきらかである。

まことに長英は徹底的な科学精神の所有者だったとともに、実践的な行動力をもつ人間だった。日本科学史におけるかがやける星である長英。しかもまた幕末日本の歴史的課題を一身にうけとめた戦闘的な長英。これら二つの面をあわせつかむとき、はじめて長英の全体像はあざやかにうかびあがるだろう。

おもえば、長英への関心がわたしにきざしはじめてから、すでに半世紀がすぎた。しかも高野家をはじめてたずねたのは、すでにふれたように、ようやく一九六九年のことだった。五代目の末孫、長経氏も尊父長運先生の医業をついで外科の名手である。すでに八〇歳をこえておられるけれども、身心ともにすこやかであり、書や絵や長唄などにも非凡な技をもっておられる。とくにそのするどい観察力と批評眼はどこか長英の面影をしのばせるような気がしてならない。半世紀ぶりの対面はまことになつかしく、たのしいものだった。あの当時、長経氏の夫人が長運先生の『長英伝』の著述にあたって厳父の秘書の仕事にたずさわっておられたことを知ったのも、このときである。そればかりではない。そのころわたしの家ではたらいていた一婦人は、仕事のひまなとき、しばしば高野医院の玄関で夫人と雑談をかわしていたという。夫人が当時のわたしの家の事情をくわしく知っておられたのも、偶然ではなかった。だから、近年わたしがいくたびか水沢の高野家をおとずれたのも、たんに長英思慕の念からではない。長経夫妻へのふるい昔のかかわりあいの縁からでもある。高野家訪問のたびにわたしはあつい歓待をうけ、かたわら長英についてのあたらしい知識をあたえられた。また郷土の研究者たち、とくに高野家としたしい永井庄蔵と伊藤鉄夫の両氏そして医師の岩淵憲次郎氏からもいろいろなことをおしえられたのは、うれしいことである。

四回めに水沢の地におもむいたのは、昨年（一九七〇年）の一〇月三一日だった。この日は長英が江戸で幕府の捕吏たちにおそわれて自殺した命日であり、しかも一二〇年めにあたっていた。すでに東北地方の寒気はきびしく、つめたい雨さえふっていた。この日、高野家の親近者たちによって大安寺で墓前祭がおこなわれ、わたしも参列させていただいた。わかい人たちによって「高野長英頌歌」（森口多里作詞、千葉了道作曲）が合唱された。そしてひきつづいての水沢市公会堂での記念講演の役を、おぼつかなくもわたしがはたすことになった。その演題は――「長英の魅力」。

いま、貴重な資料の散逸をふせぐために、この水沢市に高野長英記念館の建設準備がすすめられている。水沢という市には、それのほかにも後藤新平〔一八五七〜一九二九、内務大臣・外務大臣・東京市長などを歴任〕や斎藤実〔一八五八〜一九三六、海軍大将。海軍大臣・朝鮮総督・首相などを歴任。内大臣のとき、二・二六事件で暗殺された〕のような人々もうまれてはいるけれど、なんといっても高野長英だけがわたしをひきつける。進行中のこの大切な記念館の建設がみごとに完成する日を、またずにはいられない。

追記。この〔高野〕長英記念館の完成式は予定どおり一九七一年一〇月三一日におこなわれ、わたしもまねかれて参列した。

（1）三兵は「歩兵・騎兵・砲兵」、タクチーキは「戦術」の意。

形式ではなく実態で判断せよ

目前にせまる「沖縄国会」〔一九七一年、沖縄返還協定承認案・沖縄復帰関連四法案が国会で審議・可決された〕の重要議題は、もちろん沖縄返還協定の批准だけではない。中国敵視政策の廃棄やアメリカのドル防衛措置への対処も緊急な問題である。しかもなおこの国会が「沖縄国会」とよばれるのは、なぜか？　まさにこの沖縄問題こそは、敗戦以来ひさしきにわたってのわが国の一領域における異民族支配の歴史の鎖をたちきるべき死活の焦点だからである。たしかにこれら三つの問題の背景には、アメリカ帝国主義を窮地においつめた今日のベトナム戦争（インドシナ戦争）の情勢があり、経済不況や反戦気分にあえぐアメリカの国内事情があり、さらに中国をめぐる一般の国際情勢の変化がある。そしてこれらすべてはそれぞれ密接にからみあっていることは、まちがいない。しかし切迫した焦点はなんといっても沖縄問題だ。

これについては、わたしにも特別にあたらしい意見はないけれども、やはりいわねばならぬことはある。おそらくはこれはだれにもいえること、だれもがいわねばならないことだろう。素朴なこと、そして当然すぎることであるだろう。しかしそれにもかかわらず、あえてわたしはそれらをくりかえすことをためらわない。

「沖縄返還」といわれ、沖縄の「本土復帰」といわれる。そして返還されないよりは返還されるほうがいいし、復帰しないよりは復帰するほうがいいという一般論がある。まずこの一般論の吟味からはじめよう。そしてわれわれにとって大切なのは、「返還」という名目や儀式ではなく、その実態であることを確認しよう。

まず第一に、沖縄はだれの手から返還されるのか？　アメリカ占領軍（アメリカ政府）の手からである。だれの手に返還されるのか？　今日の日本政府の手にであり、しかも権力の重要な面はなおアメリカ軍の手にのこされることになっている。くわしい経過についてはここにふれないけれど、すべては日米政府間だけの交渉によってはこばれてきた。返還の条件についての沖縄県民の叫びはむなしくかきけされ、本土人民の声もまたおなじくかきけされてきた。もし日本政府のいうようにそれが「空前の成果」であるとすれば、沖縄には解放をむかえる歓呼の声があがるにちがいない。日本国民はこぞって歓声をあげるにちがいない。しかし現実にはこれらの声はどこにもきこえず、きこえるのはただ不安と非難の声だけである。このことは、それが「人民ぬき、国民ぬきの返還」であることをなによりも雄弁にかたっているではないか。

第二に、沖縄はどんな姿で返還されるというのか？　ひとつの例えをとりあげてみたい。たとえば、いままでわたしの家が不法にもその重要部分を他人に占拠されていたとしよう。ようやくいまその所有権がわたしの手にもどってくるというとき、問題はその家の実状なのだ。もしわたしの家族が安心してくらせる状態だとすれば、もちろんうれしいにちがいない。しかしそれとは反対に、もしその重要部分が占拠者自身の特別な目的のために改築され、他のすべての部屋もあらされており、しかもその一部には侵入者がいすわったり他の侵入者があらたにくるとすれば、どうか？　こんな状態のまま、ただ登記簿のうえだけの名義変更があっても、よろこべないのは当然である。

「沖縄返還」を目前にした世論調査もこのことを証明した。たとえば『琉球新報』（一九七一年七月一一日、『世界』同年九月号収録）のそれをみても、県民の不満はあきらかである。すなわち不安を感じる者は六五％弱（感じない者一六％強）であり、返還後の基地について撤去、縮小、核除去を要求する者は七一％強だった。さらに、復帰後一年間における六、八〇〇人の自衛隊配備の計画について反対者が四七・四％（賛成者は一六・六％）であることも、注目されなければならない。

これらの数字の背後にもわれわれは沖縄百万県民の焦慮、失望、憤激をひしひしと感じないではいられない。『朝日新聞』（一九七一年九月二七日）の世論調査は、自衛隊配備の事項のほかは、本土国民においてもほとんど落差がないことを証明した。要するに、ここでも「核ぬき、本土なみ」という政府の声明を信用しない者が四九％（信用する者一八％）に達している。

要するに、「沖縄返還」協定について判断する際の基準はなにかといえば、ほかならぬこの沖縄県民自身の、そして本土国民の多数の念願だといわざるをえない。ひさしい占領時代を通じて県民の基本的人権はむざんにふみにじられたばかりでなく、一部少数者は別として低水準をさまよう生活の窮乏の歴史はその前途にもなお多大な不安をひかえている。だから基準となるべきこの念願の内容は生活権をふくめての基本的人権の回復、そのための日米軍事基地の撤廃、すなわち平和と民主主義の獲得の道にほかならない。

国会における「沖縄非軍事化宣言」についていえば、ひとつの具体的な積極提案として基本的に同意したい。もちろんこの提案の各項目については国会内外の情勢の変化によって再考の余地はあるだろう。しかし、無条件の全面返還をめざしてのこれに類する緊急の提案がなければ、「それなら反対だけでいいのか、当分は復帰しないというだけでいいのか」という一般の疑念を解消することはできない。とりあえず核保持と核使用の可能性をもふくむ基地および施設の撤去の開始、とくに日本軍国主義の自立化へむかう大規模な自衛隊配備には国会の内外において反対の声があげられ、反対の行動がおこされなければならない。「非軍事化宣言」は日本人民の意志にそってのアメリカとの協定再交渉の道をひらくものとして支持したいとおもう。

敗戦直後の記憶から

いま戦後三〇年にちかい歴史のこの時点にたって、このような文章をかこうとしている自分という存在。まず、このことにわたしはある偶然とふしぎを感じないではいられない。なぜなら、はたして自分にとって戦後というものがありうるかということそのことさえ疑問だったからである。一九三一年から四五年までの戦争。ファシズムと弾圧。二度の逮捕はけっして生命を保障するような条件には自分をおかなかったし、戦争末期の東京の一角で身にふりかかったアメリカ空軍の焼夷弾の火の粉も生命をおびやかした。

無数の生命が世界中で、そして日本でもうばいさられた。ささやかながら、わたしの肉親たちにも異変はあった。わたしの最初の逮捕の直後に両親があいついで世をさったのは、これは老年ゆえともいえるだろう。しかし、ただひとりの兄は敗戦二ヶ月まえに病身に栄養失調の追いうちをかけられて五〇歳あまりで窮乏のうちになくなり、ただひとりの弟は敗戦前年の冬に軍属として南方の海の藻くずとなった。戦争がおわったとき、いきのこったのは五人の肉親のうちでわたしひとりだった。

さらに、わたしの身辺だけをみても、したしい友人たちが非業の死をとげている。尾崎秀実は敗戦前年の秋に刑死した。戸坂潤は敗戦を目前にしつつその一週間まえに獄死した。そして三木清は、敗戦の日はきたのにまだ拘置の状態をつづけられたまま、その一ヶ月あまりのちにおなじく獄死した。いずれも獄中での栄養失調のためである。ついにあたらしい時代はきたとはおもいながらも、おもたい気もちでわたしは戦後へ出発した。

東京は一面の焼野原だった。わたしの家は、焼夷弾をかぶったけれども、けしとめて焼けのこった。敗戦の年の一〇月四日にようやくあの治安維持法が撤廃され、すべての政治犯がながい獄中生活から解放された。それらの数千人のうちのいくたりかが宿泊をもとめてわたしの家をめざして直行してきた。ちいさな手荷物をさげ、やせおとろえた顔をしながら。おそらく全部で一〇人内外にのぼっただろう。釈放はされても、住むべき家がとぼしかったからである。京都の郊外に疎開していたわたしの家族五人は、ちょうどそのころ東京の家にもどってきた。しかし家が満員なので、一泊しただけでふたたび房総海岸に疎開しなければならなかった。それから三年間。このあいだに同居者たちもそれぞれ居住をみつけて、ようやく家族と一緒にすむべき条件ができたのだった。

しかし、こんなことをかきつづけていたら、切りがない。すこし話題をうつそう。さっき自分の戦後生存を偶然といったが、おもえばもうひとつ、自分には予想外だったことがある。それは、敗戦時にひとたび終幕だとおもいこんだ反戦平和の運動に、敗戦の三年、四年ののちにはふたたび参加しなければならなくなったことである。わたしはそのころから平和運動組織の書記局に参加し、原水爆禁止の運動にたずさわり、さらに一九六〇年代なかごろからアメリカの侵略戦争に抗してのベトナム人民への支援の仕事をすることになった。いまもベトナム人民支援はわたしの中心課題になっている。

はたして戦後のわたしのこんな経過があらかじめ展望できただろうか？　すくなくともこんな形での経過は予想できなかった、といわざるをえない。これについては、およそ歴史はわれわれのせまい展望をこえて創造的なのだ、といえないこともなかろう。しかしなお、おそらくは当時においてさえ不可能ではなかった未来への展望をさまたげた欠落が、わたし自身のがわにあったことは事実である。まさにその時点で、ひそかにわたしは未来の日本をバラ色にえがいていたのではなかったか？　もしそうならば、それら欠落の要因はなんであったのか？　ある意味でそこにはこみいった状況がある、いくつかの要因のからみあいがあった。それらを略式に解析してみるならば、およそ三つにわけられるだろう。

(a)まず心理的な解放感をもたらした状況がある。これは戦争中に弾圧をうけていた者たちに多少とも共通だったといっていい。わたし自身についていえば、わたしは「保護観察」という名の法規のもとにおかれて、当局による毎週一度の訪問をうけていた。そしてもし東京以外にでかけることがあるとすれば、書面による報告をしなければならないことになっていた。ときどき刑事が家のまわりを監視していたこともある。気のゆるせる友人たちとの往来はその隙《す》きをぬってのことであり、いつどんな名目でつかまえられるかわからない日々だった。せっかくここまで命をたもってきたのに、もはや敗北の日もまぢかいいまになって不意の襲来をうけてはいけないとおもって、対日ポツダム宣言〔宣言の発表は七月二六日〕の直後わたしは知人の家に身をかくしていた。日本軍降伏の日の切迫を新聞社の非公式情報や外国の短波放送で知りながらも、ふりかえれば、あわただしくもおもくるしい日々の連続だった。

十数年間もわたしたちの頭にかぶさり、あらゆる自由をおさえつけていたところの鉄のような重圧。敗戦とともに、それは一気にとりはらわれた。しかもなお獄中にのこされていた人々のひとりだった三木清の死は、衝撃的だった。一〇月四日にアメリカの占領軍があの治安維持法の即時撤廃を日本政府に命令したとき、その一週間まえの〔九月二六日〕三木清の獄死がひとつのきっかけとなったことはうたがいない。いずれにせよ、アメリカ総司令部は先頭にたってすべての政治家、思想犯を釈放した。やがてアメリカの対日政策もその転換をしめしはじめるが、日本占領直後の政策はこの意味においてはたしかに解放の道をすすめたといえる。

わたし自身にもいくつかの体験があった。アメリカ軍司令部の支配下にあったラジオ放送局からの通達がきて、わが国の戦時中の思想弾圧や拷問などの実状についてかたれという注文があった。また、こんな経験もある。高田馬場駅で国電〔現在のＪＲ〕にのりこんだとき、いきなりわたしはアメリカの軍人たち数名によってとりかこまれた。みれば、そのなかの二、三人は将軍の服を身につけた高官らしい。他は随員らしくみうけられた。わたしはまだ栄養失調の状態をぬけておらず、やせた肩にカバンをかけ、以前から靴も買えなかったので下駄をはいていた。あとからかんがえると、この姿はかれらには異様にみえたようだ。ひとりの将軍がわたしにたずねた――「きみはどういう人か？」わたしの顔つきからか、多少は英語もわかるかとおもったらしい。ブロークンな英語で、「やせたソクラテス」とはいわなかったけれど、「哲学者！」とこたえた。あらためて好奇の目がわたしにそそがれた。つぎつぎの質問にこたえながら、自分の職業や経歴について、なぜ十数年まえに大学教師の職をやめなければならなかったかについてのべなければならなかった。そのそばでひとりの随員がしきりにノートにペンをはしらせていた。やがてわたしのぼろ服のポケットにはチーズやチョコレートがいっぱいつめこまれたには、おどろいた。もしかしたら、これはなにかアメリカがわのニュースにでるのかなとおもわれるほどの熱心さだった。

さらにその翌年の正月における軍国主義者の公職追放の指令。中国での亡命生活からかえってきた野坂参三〔一八九二～一九九三。日本共産党議長などをつとめたが、晩年にソ連のスパイだったことが発覚〕。志操堅固だった尾崎行雄〔一八五八～一九五四。政治家。一八九〇年から六三年間、衆議院議員〕。この両政治家が、テーブル上の老梅の盆栽をはさんで今後の日本のゆくべき道を熱海の岩波茂雄〔一八八一～一九四六、岩波書店の創業者〕の別荘で談合する写真がおおきく新聞にかかげられたのも、そのころだった。ついでながら、わたし自身もその設立にくわわった「民主主義科学者協会」創立大会の席で、アメリカ司令部からの一将校が祝福のメッセージをよみあげた姿をもわすれられない。

いままでかぶっていた空襲よけの鉄かぶととともに、ひさしく一身にのしかかっていた精神上の鉄かぶとがとりはらわれたこの敗戦直後の日々。はらわれた無数の犠牲の重みをずっしりと身に感じながらも、いまついに到来した晴天の歴史の季節。はればれした解放感。それは体験者でなければ容易に共感できないものだったにちがいない。アメリカ軍が「解放軍」とみなされたことの背景には、このような政治的ならびに心理的な背景があった。

(b)このことがけっしてたんに心理的な幻想ではなかったことは、アメリカを主導力とする一連の政策の推進過程をみればあきらかである。手もとの年表をみながら、いくつかの項目をひろいあげてみよう。

一九四五年一〇・四　治安維持法廃止の指令
〃　一〇・三〇　軍国主義教員追放の指令
〃　一一・六　財閥解体の指令
〃　一二・九　第一次農地改革の指令
〃　〃　一五　国家と神道との分離の指令
〃　〃　一七　婦人参政権をもふくむ衆院選挙法改正の公布
〃　〃　二二　労働組合法の公布
一九四六年　一・九　教育改革機関設置の指令
〃　五・三　極東国際軍事裁判所の開廷。A級戦犯二八名の起訴
〃　一一・三　日本国憲法公布

これらは任意の選択にすぎない。しかしこの期間における日本の歴史の展開はまったく劇的だったといえる。わたし自身は、かねて戦争末期から他の友人たちとともに準備していた月刊雑誌（『人民評論』）を、他誌にさきがけて四五年の一一月に発刊することに協力した。総司令部の検閲は軍国主義にたいしてきびしく、わたしはいくつかの事例をおもいだす。

たとえば、わたしの友人の国文学者、近藤忠義君の原稿は、内容はもちろんりっぱに発表されたのに、なぜか筆者の名だけは半分に削除されて、ただ近藤だけになっている。かれは立腹していた。つまり「忠義」という語が禁止されたのだが、これは不幸にもアメリカ籍の二世の担当にかけられてのゆきすぎだったのだろう。しかし、はるかに日本語に精通した者も司令部にはいたらしい。敗戦をみて割腹し憤死したひとりの将軍の記事が新聞にのせられたが、その標題の「自殺」という語はもとの原稿では「自刃」されていたのだという。「自刃」という武士的な表現はハラキリを美化するというのがその理由だった。なるほど、とわたしは感心したことをおぼえている。

十数年まえにやめた大学教師への復帰へのさそいが、いろいろな学校からわたしにきた。しかし、もう教師などをやる気もせず、そんな時節でもないとおもって、みんなことわった（その一〇年後、生活においつめられて、ふたたびわたしは教職につくことになる）。

当時のわたし自身についていえば、なにもそれほど熱にうかされていたとはおもわない。しかし、たしかに目測のあやまりはあった。占領政策の民主主義的推進につれて、ちらほら逆行の兆候もみえてきたのを知りながら、大局的な判断においてあまかったといわざるをえない。

敗戦の翌年の五月二〇日にはすでに大衆の示威運動における「暴民デモンストレーション禁止」のマッカーサー元帥の声明がだされ、つづいて同月二九日には対日理事会のアメリカ代表アチソンがメーデーの決議について「少数分子による扇動」を排撃する演説をした。さらに翌月の一八日には極東国際軍事裁判所のキーナン首席検事が「天皇を戦争犯罪者としてさばかぬ」という声明を発している。さて、その翌年一九四七年一月三一日のマッカーサー元帥による「二・一ゼネスト禁止」の命令は、ひとつの画期といえる。空前の大規模行動となるはずだった二・一ゼネストはきびしく禁止されて、不発におわった。そしてキーナン検事がきっぱり「天皇と財界には戦争責任なし」と宣言したのは、この年の一〇月一〇日である。

すべてこれらのことは、やがて三、四年後の朝鮮戦争と共産党非合法化へむかってすすんでゆくアメリカ帝国主義の本質的な一面のあらわれにほかならなかった。しかもわたしは日本軍隊の解体や財界への制圧や既成政界のよろめきをみながら、アメリカの占領政策の転換過程の必然性や日本財閥のねばりづよい力を過小に評価したといわざるをえない。そしてこのことはまた、日本人民の改革的な努力と組織力との過大評価ともつながっていただろう。

さかのぼっていうならば、わたしは本格的な第二次世界戦争になるまえの一九三九年九月一〇日にメモにかいた――「戦争はあらゆるこれらの外的条件（ナチス・ドイツにたいするイギリス、フランスの軍事行動の停滞その他）にもかかわらず大小多数の国家群をまきこみつつ進展拡大し、おそかれはやかれ大規模な世界戦争に転化せざるをえないだろう」。

また同年九月一八日には次のようにかいた――「さらに今度の戦争においては、かの人民戦線の戦術が諸国家間の闘争関係にも拡大さるべき意義をもつとおもわれる。イギリス、フランス等々は、それらがファシズム・ドイツにたいしては《民主主義的》性質のものであるゆえに、自国の人民によってナチス権力の打倒という目標および行動にたいする支持をうくべきであろう。しかし、人民の支持はこの画然たる限界をこえてはならず、それをこえたときには徹底的に反対されねばならないだろう」。これは、警察の留置場で反則ながらもひそかに鉛筆の芯で紙片にメモした記録の一節である（わたしの『戦中日記』〔『古在由重著作集』第六巻、所収〕一三九、一四二ページ〔一部は、本書所収「二六年前の獄中メモを読んで」にも引用〕）。

そのときはまだアメリカやソ連邦は参戦国ではなかったし、太平洋戦争もまだおこってはいなかった。しかし、切迫しつつあった枢軸諸国（ドイツ、イタリア、日本）対連合諸国（イギリス、フランス、アメリカ、ソ連邦など）の第二次大戦の全局的な性格づけとしては、まちがってはいなかったとおもわれる。

そうでありながら、さっきものべたように、その六年後における連合国による日本帝国主義の敗北にあたってアメリカ占領軍による「画然たる限界ののりこえ」の危険度を多少とも軽視したことは、あらそわれない。

一九四七年四月二〇日にわが国では第一回の参議院選挙があった。わたしの親友のひとり〔松本慎一〕が立候補した。たのまれてわたしはその応援演説のために愛知や滋賀や岐阜や京都の諸地方を候補者とともにあるきまわった。うまれてはじめての経験である。このとき、ひとつの意外な反応が聴衆のあいだにあるのを知った。いろいろな演説会場で質問をあびせられたのだった。すなわち、このアメリカ「進駐軍」ががんばっているわが国の現状で平和革命などありうるかという質問である。わたしはしばしばたじろいだ。わたしにかわって他の弁士がなんとか回答をしはしたが、それはけっして聴衆を納得させうるものではなかったとおもわれた。

第二次世界戦争は、連合諸国のがわからみて、たしかに全体としては反ファシズムおよび民主主義擁護の基本的な性格をもったものといえる。もちろん、戦争遂行の過程においても連合諸国のがわには資本主義諸国間の矛盾とともに、とくにソ連邦という社会主義国と他の資本主義諸国との対立がありはした。しかしこれらの矛盾や対立は、ファシズム権力の打倒という主要かつ直接の目標からいえば、いわば副次的なものだった。しかもしばしば潜在的だったともいえる。いま数年間の大戦争はおわり、連合諸国のなかでもとくにアメリカが日本占領の主役を演じはじめたとき、あの大戦の民主主義的な余熱のさめるにつれて帝国主義本来の侵略性が次第に表面化してくることは、むしろ当然のはずだった。あの演説会場でさけばれたような不信の声は、だからこの面を（そしてこの面だけを）よく指摘していた。それは「鬼畜米英」のひさしい軍国主義教育のためにまだ日本の民主主義的改革を心からはうけいれがたかった人びとの声だったかもしれない。しかしそれにしても、やはり本能的にせよ当時の日本の現実の力関係をただしくみていたとわたしにはおもわれる。

やがてあのコミンフォルム〔共産党・労働者党情報局、一九四七〜五六。ソ連を中心とするイデオロギー的統制組織〕による「平和革命論」の批判がなされたのは、それから三年後の一九五〇年だった。この点に関するかぎり、そしてこの時点においてはすでに、わたしにも十分に同意できた。しかしながら、それはすでにおそかったといえる。歴史のダイナミックスについていえば、わたしは戦争の大局的な性格についてのかねての見解のため、そして一般大衆にはなじまない特殊な自己の解放感のため、かえって自分のすなおな現実感覚がおさえられていたとしかおもわれない。

(c)これらすべての条件から、敗戦直後においてわたしが日本のちかい未来を多少ともバラ色に心にえがいたのは、われながら否定することができない。過去をふりかえれば、「満州事変」〔一九三一年〕から第二次大戦の一環としての太平洋戦争へ、そして日本帝国主義の不可避な敗北への展望をわたしはもつことができた。それはまったくマルクス主義理論の力による。これにもとづいての国内ならびに国際のマルクス主義的文献におしえられての、それは展望だった。この観点のもとに、日々年々の事件を追跡しての結果だった。どんなにとぼしい資料にせよ、またどんなにゆがめられた報道にせよ、もしそれらをあつかう基本的な方法がただしいならば、将来についてもかなり正確な予測が可能になるだろう。ただ、わが国の戦争がまさに一四年つづくという年月のことは予想のほかだったけれど。

戦争はおわり、マルクス主義理論のただしさの確信をわたしはなお一層つよめた。しかし、わたしにとっては、問題はむしろそれ以後にあった。敗戦直後の予想についてはすでにのべたけれども、それから今日までにもいくつかの予想外の事態にわたしはつきあたっている。人はいう。戦前とはちがって、戦後はあらゆる事態が複雑になったのだ、と。しかし、理論はいつでもあたらしい現実、そして過去よりはさらに複雑な状勢にぶつからざるをえないのではないか？　しかもこの創造的な現実の事態によるきびしい試練にたえぬき、あたらしい未来の到来を先取するということ。まさにこのことこそ科学的理論の力、科学的世界観の使命ではなかったか？

マルクスが資本主義社会を分析したとき、その過去にくらべて人間社会の構造はいちじるしく複雑だったにちがいない。レーニンが帝国主義の段階を分析したとき、その過去にくらべて世界史の状勢はいちじるしく複雑だったにちがいない。おそらく今後の歴史についても一般におなじようなことがいわれうるだろう。そして今日は孤立した天才たちだけの努力によってではなく、多数の人々の組織的かつ計画的な研究によって現実理解および現実先取の客観的な条件がそなわっているとおもわれる。

戦後、マルクス主義の理論はいくつかの問題に直面した。たとえば経済恐慌のあたらしい様相、いわゆるスターリン批判〔一九五六年、ソ連共産党第二〇回大会で、スターリンの個人崇拝、大量粛清などが批判された〕の問題、中ソを中心とする社会主義諸国間の矛盾の問題など。これらすべてがマルクス主義そのものの十分な究明を要求する。これなしには、それらの十分な解決ならびに克服の道もみいだされえない。

わたしのばあいには、やはり勉強がたりなかった。また、勉強の姿勢にも弱点があった。くりかえしていうように、敗戦直後における予測の欠陥をうんだ条件のひとつは、過去における自己の確信へのもたれかかりにあったにちがいない。その後にもいろいろな形でそれはわたしのなかにあった。これらについても、はじめわたしは順次にふれてゆくはずだったけれど、もはやそのゆとりはなくなった。

最初にいったとおり、いまもわたしはおもにベトナム人民支援の仕事をつづけている。世界の平和と民主主義の大切な一環だとおもっているからである。ただ、戦後すでに三〇年の歴史がすぎさろうとしている今日、形こそちがえ自分があたかも戦前のように侵略戦争反対に身をいれているということ。これはまったく夢にもおもわないことである。

ただひとつ、つけくわえよう。戦前、戦中、戦争に反対する勢力はわが国ではたしかにちいさなものだった。そしてあの戦争の終結はこの力によってもたらされたとはいえない。しかし今日はちがう。今日までのベトナム戦争の経過をみるとき、わたしは日本そのものをもふくむ世界の平和勢力が戦後三〇年の経過ののちにどんなに増大したかを身に感じないではいられない。日本の人民のひとつひとつのベトナム支援の「微小行動」が、ベトナム人民の勝利への道のためにどんなに寄与してきたか、これからも寄与するかをおもわずにはいられない。人民の歴史は、どんな屈折や起伏をものりこえて、ついに最後の勝利をその手におさめる――これだけは戦前とかわらぬわたしの確信である。

その日の前後

旧制高等学校での寮生活の時代から一〇年間ちかく、わたしは毎日のように日記をつけていた。日々の記録と反省をしるすためだった。やがてしかし、わたしの生活に非公然の政治活動がふくまれるようになってから、それは中止されざるをえなかった。

つづいて「満州事変」。治安維持法違反による再度の逮捕。太平洋戦争への戦局の拡大。そして次第にせまってくる敗戦の気配。空襲の激化。家族を疎開させたのちのわたしには、あすの生命の十分な保証すらあやぶまれる気分があったことは事実である。こんな気分のためからだったろう。わたしは敗戦前年の一月一日から一二月二八日まで十数年ぶりにふたたび日記をつけたのだった。もちろん保護監察法のもとにおかれて週一回の官憲の訪問をうけていたので、そこには省略され割愛されている事実も決してすくなくない。

ところで、いま一九四四年のこの日記〔『古在由重著作集』第六巻に、『戦中日記』として収録〕をひらいてみると、尾崎秀実についてはつぎのような簡単な記録だけがある——「一一月一二日（日）。松本〔慎一〕きたる。尾崎秀実はこの七日についに死刑を執行されたという。おそらくゾルゲ〔一八九五～一九四四〕とともに。もとより偶然にちがいない。しかし、わたしも一面識のあったかれの刑死は、生涯わすれられない記憶をわたしにとどめるだろう。――王兆銘〔一八八三～一九四四、中華民国の政治家〕、きのう名古屋の病院で逝去」。「偶然」というのはロシア一〇月革命記念日との一致の意味だった。

ここには虚飾もある。「一面識」ではない、じつは一九三〇年代以来の友人だった。松本というのはわたしの無二の親友であり、二〇年代の後半ごろからはおそらく週に一回ぐらいは顔をあわさずにはいなかった人である（戦後の四七年一一月に四六歳で病死）。かれと尾崎とはたぐいまれな親友であり、高校時代（第一高等学校文科乙〔乙はドイツ語履修〕）からの同級生だった。わたし自身もおなじ高校の同年級だったけれど、理科にぞくしていたために交際はまだなかった。はじめて大学卒業直後に、おなじ東京大学哲学科の同級生だった吉野源三郎〔一八九九～一九八一〕君をとおして松本を、そして松本をとおして尾崎をも直接に知るようになったのだった。このたまたまの交際がやがて思想的な結合となって、それぞれの生涯を決定するにいたったのは、ふしぎな縁である。さきに引用した日記の一節に「かれ〔尾崎〕の刑死は生涯わすれられない記憶をわたしにとどめるだろう」とわたしはかいた。ふりかえれば、これだけはまさにありのままの現実となって今日にいたっている。

さて、尾崎逮捕の報をわたしが耳にしたのは検挙の当日、一九四一年一〇月一五日の午後四時すぎだった。四谷の上智大学でカトリック大辞典の編集局に当時つとめていたわたしに、高橋ゆうという女性からその日の午後に電話がかかってきた。四谷の橋のうえで四時すぎにあいたいという。この人はもともとわたしが東京女子大学の教師をしていたときの生徒であって、ずばぬけてすぐれた、ものしずかな女性だった。かねてわたしが松本に紹介して、のちにかの女は松本の媒介によって尾崎の勤務さきの満鉄東京支社につとめるようになる。かの女もまた尾崎ののちにやがて検挙されることになるが、当時の内務省警保局保安課の記録をみると「非諜報機関員。高橋ゆう。明治四四年八月一五日生。満鉄東京支社調査部勤務。罪名、治安維持法違反(1)」としるされている。

電話をうけて、わたしは「なんの用だろう?」といぶかりながら橋の中途までゆくと、すでにかの女はわたしをまっていた。おちついた調子ではあったが、その知らせは意外なことだった——「尾崎さんがつかまったようです。けさ調査室に奥さんがみえて、なにごとかを小声で上役の人にささやき、一緒に室からでてゆきました。どうも様子がおかしい。つかまったのにちがいありません」。あとからおもえば、かの女は尾崎・ゾルゲ事件にふかいかかわりはなかったが、それにしてもなにか予感だけはすでにあったにちがいない。そのときにはただこれだけのことを耳にしたまま、わたしたちはわかれた。なにをおいても、松本にはすぐにそれをつたえなければならない。その足でわたしは高円寺のかれの家にまわった。

すでに夕刻だった。いまだにおぼえている。ちょうど長身の松本が椽がわの雨戸をしめかけているところだった。庭から室へあがったわたしは、さっそく尾崎の一身上の異変のおそれをつたえた。しかし、このときにはまださほどのおどろきもなかった。なにしろ、当時の状勢からみれば、どんな進歩主義者にも一身上の安全は保証されなかったからである。事態が容易ならぬものだと直観したのは、むしろその翌日のことだった。

その日、つまり尾崎検挙の翌日に松本は警戒をしながらも目黒区祐天寺の尾崎宅をたずねて、夫人からくわしい話をきき、そのかえりにわたしの家にやってきた。かれによれば、一五日早朝の逮捕はピストルをたずさえた十数人の武装刑事によっておこなわれ、想像以上にものものしい状景だったという。それはもはや、評論家としての尾崎の活動にむけられるような、なまやさしい襲撃とはどうしてもおもわれない。なにか重大な非合法の活動がかれにはあったのではなかろうか?

そしていろいろの想像や推理をめぐらしているあいだに、断片的ながらいくつかの記憶がうかびあがってきた。たとえば、わたしの媒介によって非合法組織の活動をしていた日本在住のひとりのイギリス人が、一九三四年に逮捕されたことがある。[2] 松本によれば、そのとき尾崎が深刻な顔つきでつぶやいたのがおもいだされるという——「おしい外人をむざむざつかまえさせてしまったなあ」。さらに、尾崎検挙の一週間ほどまえのあたらしい記憶もわたしによみがえってきた。それは、渋谷付近の中華料理屋でわれわれ数人があつまって共通の友人〔栗田賢三(一九〇〇〜一九八七、哲学者・編集者)君〕の婚約を祝賀した夜のことである。このあつまりそのものはまったく単純なものにすぎなかった。しかし、他の友人たちとわかれて二人で国電の渋谷駅にちかづいたとき、あるきながらあの「忠犬ハチ公」のまえでかわした会話は、わたしの心に妙に印象的な刻印をのこした。

なにも当時は知らなかったわたしは、尾崎に詰問した——「きみはこの〔日中〕戦争についていろいろ論じている。きみのほんとうの立場はよくわかっているよ。しかし、やむをえないにしても、ゆがめられたきみの文章を中国人自身はどんな気もちで読んでいるかねえ?」すぐに尾崎の返事がはねかえってきた――「そこが痛いんだ」。それを感じているならいい、と心のなかでわたしはおもった。しばらくたってから、どんなつながりがあるのか、わたしの顔もみずに、ぽつりとかれはつぶやいた――「ああ、スメドレー[3]のおばちゃんと一緒に宮城の広場をあるいた日もあったっけ」。日中戦争のさなか、中国で活動したこのアメリカ女性の名は、白川次郎のペン・ネームで尾崎が訳していた『女ひとり大地をゆく』からもわたしは知っていた。ははあ、かの女は東京にきたこともあるのか? 一九三五年、中国からアメリカへの帰国の船が横浜に寄港したとき、半日間の自由時間にかの女が東京まで足をのばしたこと。このことをわたしが知ったのは戦後になってからである。

しかし、「ハチ公」のまえでのこのつぶやきは当時のわたしにはなにか唐突なものを感じさせた。松本とのあの日(一〇月一六日)の話のなかで、やっとその意味しようとするものが――おぼろげながらも――わかりはじめた。まさか、きまじめなわたしの詰問に「自分には別の大切な仕事があるのだから」と弁解するわけにはゆかなかっただろう。あのひとりごとみたいなつぶやき。これは、なかばは自己自身にむかっての確認の意味をふくんでいはしなかったか?

いずれにせよ、事件はきわめて重大――この点でわたしたちの推察は一致した。

それ以後、松本が身をもってしめした細心かつ大胆な援助、比類のない友情の深さ。これについては、もはやふれるゆとりがない。いずれにせよ尾崎秀実は、あの戦争とファシズムの暗黒期にもなお反戦平和の行動をその一身にひきうけた大胆不敵な偉丈夫だった。

（1）高橋ゆうについてのここの記述は、小尾俊人編『現代史資料1　ゾルゲ事件1』（みすず書房、一九六二年）一九頁に出ている。

（2）この「イギリス人」は、マクス・ピカートンであり、この人物については、古在『人間讃歌』（岩波書店、一九七四年）所収「マクス・ピカートン回想」で述べられている。それによれば、ピカートンは、一九二四年に来日した文学者で、第一高等学校（現在の東京大学教養学部）の英語の講師を務めた。古在とも親交があった。一九三四年に逮捕されたが、イギリス大使館の抗議により、保釈され、非合法に日本を出国、ロンドンに戻った。

（3）スメドレー（一八九二〜一九五〇、アメリカのジャーナリスト）は、上海でリヒャルト・ゾルゲと交流し、ゾルゲを尾崎に紹介した。ゾルゲは、『フランクフルター・ツァイトゥング』紙の特派員として一九三三年に来日、四一年に、尾崎と同時期に逮捕される。いわゆる「ゾルゲ事件」である。

高桑純夫君をしのんで

高桑純夫〔一九〇三〜一九七九・五・二二〕君は一九三〇年代からの親友であり、おもえばほぼ半世紀にわたる密接なつきあいをつづけてきました。

かれは名古屋の幼年学校から陸軍士官学校へのコースをすすみました。ここではあの辻政信〔一九〇二〜六八、軍人〕と同期生だったときいています。しかしかれはやがて士官学校を中退して、上智大学へうつり、ここの哲学科を卒業しました。この進路転換にあたって、なにがその心のなかにおこったのか。これについては、かれの戦後の著作のひとつに『ある魂の病歴』〔一九五一年〕と題されたものがあって、おそらくこのなかにくわしくふれられていたとおぼえています。

幼年学校の時代からドイツ語の科目をえらんだこともあって、きびしい訓練のもとでこの語学を身につけたので、かれはこの点でもすばらしい練達者でした。ドイツ文学の古典をひろくよみ、かれとの雑談のときにもしばしばシラー〔一七五九〜一八〇五、ドイツの詩人〕やアイヘンドルフ〔一七八八〜一八五七、ドイツの詩人・作家〕の詩を暗誦した声がいまだに耳にのこっています。それからまた、士官学校の時代にドイツ語のテクストとして名文家ヴィンデルバント〔一八四八〜一九一五、ドイツの哲学者〕の『プレルーディエン』がえらばれたことがあって、この哲学者の文章にふれたときの感激をかたってくれたときのことも、わたしにはわすれられません。担当の教官がはじめに生徒たちにいったという文句——「これは哲学のための序曲集という題じゃが、わかりやすくいえばあの助走路じゃ。ほら、知っとるだろう。跳躍の競技をするときのあの助走路じゃよ」。これもひとつのきっかけとなったか、かれは上智大学の哲学科へ転じます。かれ自身はキリスト教者にはならなかったけれども、戦前の労作として『中世精神史序説』やトマス・アクィナス〔一二二五?〜七四、イタリアの哲学者・神学者〕の論文の翻訳があり、またアリストテレス研究やスピノザ研究にうちこんだりラテン語を習得したのもこの時代の勉強によるものでしょう。

戦争中に、わたしは戸坂潤や三木清などをもまじえて上智大学内の『カトリック大辞典』編集局の翻訳の仕事をしていた期間がありました。かれはたびたびこの編集室にたちよって、たがいに雑談をかわしました。そのころ、つまり一九四〇年ごろには、かれは陸軍士官学校の教授だったと同時に明治学院や上智大学などの講師もやっていました。この上智大学での授業の日に、かれはたびたびわたしたちの所にたちよったのでしょう。思想的には三木清にちかかったようにおもわれます。敗戦の翌年でしたか、まだこれという出版物もとぼしかったころ、かれが一気にかきおろした『三木哲学』が青年たちのあいだでむさぼりよまれたのも、うなずかれます。すくなくとも、太平洋戦争の開始の前後にはすでにこの戦争の結末を十分に予知しており、三木清や戸坂潤などとのまじわりはいよいよ密接になってゆきました。

戦争末期には、かれは憲兵隊につかまっています。どんな理由からだったか、なぜそんな目にあったのか、いまだにわたしはくわしくは知りません。かれは一般に自分のことについてはあまりかたらなかったし、わたし自身も特別にそれをたずねる機会をもたなかったからです。かれのなくなった直後、はじめてわたしは共通の知人にかれがもらした断片的な追想のことばを知らされました。「あのときは捕虜になったアメリカ空軍のひとりのパイロットと一緒に監房にいた。この男は、ローズヴェルト大統領の死のニュースをききながら、ああ戦争もやがておわるなとつぶやいていた」という話です。ローズヴェルト大統領の死は一九四五年の晩春〔四月一二日〕のことでしたから、いずれにせよその前後にはかれは投獄されていたはずです。

敗戦の翌年の一月、民主主義科学者協会の創立総会が日本赤十字本社講堂でひらかれたとき、かれが最初に開会の演説をやり、あたらしい国際連合の意義と使命にもふれながら、これからの日本の進路についてかたったときの格調たかく新鮮な声調がいまもわたしの印象にのこっています。ついでながら、晩年に脚をいためて杖をつくようになっても、なお「一個大隊なら自信がある」といっていたその透徹した声量は、そのまっすぐな姿勢と歩調とあいまって、軍人的な往年のおもかげをしのばせていました。いまのべた民主主義科学者協会の活動の一部として、当時わたしたちは南博〔一九一四〜二〇〇一、社会心理学者〕氏などとともにアメリカの民間学校「ジェファソン・スクール」のような学校をつくって、ここを職場として全力をうちこむつもりでした。ざんねんながら財政面で挫折してしまいました。一九四七年以後、東京女子医大の教授となり、やがて最後まで愛知大学の教授をつとめたのも、かならずしもかれの本望とはいえなかったのではないでしょうか。

戦後、かれが全力をあげて平和運動にうちこんだ経過については、もはやふれる時間がありません。このために一緒に諸方を旅行したことも、いまとなってはかなしい追憶になってしまいました。しかし、わたしとしては高桑夫人から先日うかがったことばに、やるせない気もちをしずめています。「おれの一生の業績も大したことはなかったな。だが、平和の運動にうちこんできたことでは悔いはない」。これが、病床についてからのあるときに、高桑君の口からもれた一言だったということでした。少年期からの軍人コース、そこで身につけた軍事的な知識や経験。そしてやがてはまっしぐらに平和と自由のためのたたかいに一身をささげつくした生涯。人間の良心からあふれだしたこの使命感と行動力に、わたしとしては感動をいだかずにはいられません。岩波新書の『人間の自由について』〔一九四九年〕がいまなおよみつづけられていることもつけくわえておきましょう。

十数年まえから、かれにむかって原水爆禁止日本国民会議の事務局長の要職をやめないようにたのんできました。いま、ちょうど二年半まえから核兵器禁止運動の幅ひろい統一と連帯の道がふたたび切りひらかれ、去年は疲労をふりきって、二千万署名にもとづいての国連本部への請願にも参加しました。最近のことについていえば、この二月中旬の突然の大吐血のわずか数日まえのわたしたちの会議にも出席しています。そのときの発言が公式の席でのかれの最後のものになるなどとは、だれが想像したでしょう。さっき、そのときの声がテープでながされましたが、レコーダーの位置のためかみなさんにはきこえにくかったかとおもわれます。いま要点だけをいってみれば、発言の重点はこのときにも人間のあいだの寛容さにおかれていました。たとえ個々の意見、個々の行動のスタイルのちがいはあっても、それらに不満をぶつけることに終始せずに、相手は自分たちのやらないことをやってくれているという気もちをもつことが必要な場合がたびたびあることに気をつけよう。そのためには相互の信頼と寛容がなければならない。およそこういうことがここでも強調されていたのでした。

以上、わたしは高桑純夫君がどういう人だったかを、わたしの知る範囲であっさりともうしあげました。まことに断片的な回想にすぎなかったでしょう。わたしとしては、それでもみなさんとおなじように、このつらさをこらえています。

高桑純夫君。きみはどこまでも人間の誠実さをたっとび、つねに真実と正義をもとめ、表面的なあいさつ、すべて「うわっつら」だけのものをきらいました。きみの一生はたくましく、また真珠のようにかがやく内面の光をひそめていました。あっぱれな生涯でした。ほんとうに……

即座のご指名のため、これは弔辞というよりは追憶談になってしまったことを、ご参列のみなさんにおゆるしをねがいます。

III

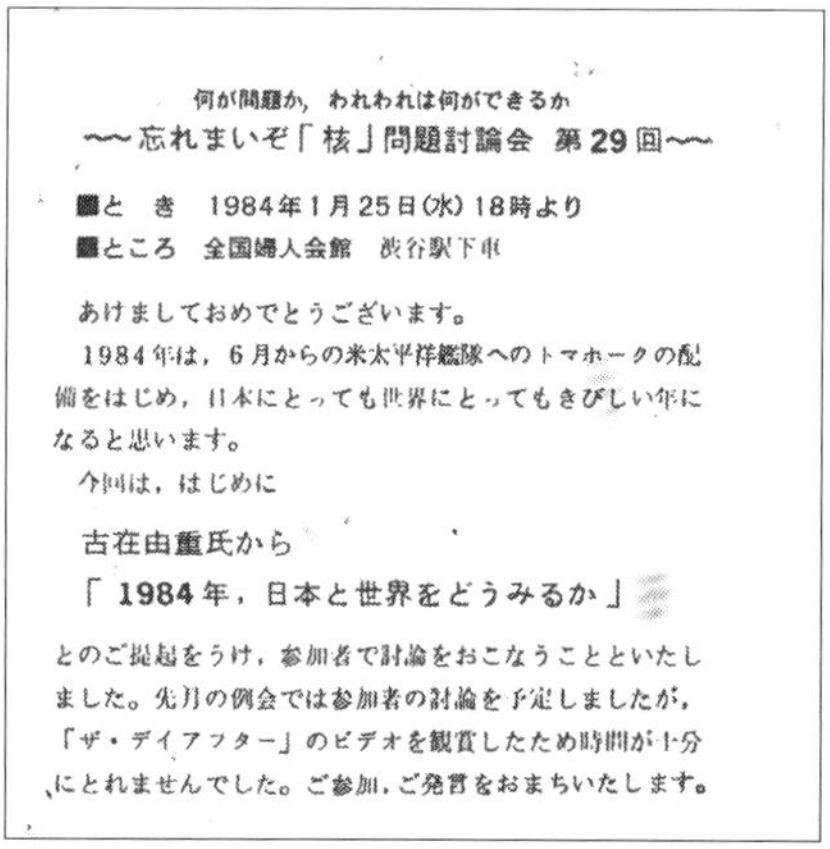

何が問題か，われわれは何ができるか
〜〜忘れまいぞ「核」問題討論会　第29回〜〜

■と　き　1984年1月25日(水) 18時より
■ところ　全国婦人会館　渋谷駅下車

あけましておめでとうございます。
1984年は，6月からの米太平洋艦隊へのトマホークの配備をはじめ，日本にとっても世界にとってもきびしい年になると思います。
今回は，はじめに

古在由重氏から
「1984年，日本と世界をどうみるか」

とのご提起をうけ，参加者で討論をおこなうことといたしました。先月の例会では参加者の討論を予定しましたが，「ザ・デイアフター」のビデオを観賞したため時間が十分にとれませんでした。ご参加，ご発言をおまちいたします。

忘れまいぞ「核」問題討論会　通知（部分）
1970年代末からの原水禁運動高揚期に開かれたこの討論会・第29回（1984年1月29日）で、古在は「1984年、日本と世界をどうみるか」というスピーチをした。だが、このスピーチの半年後、運動は再分裂した。（写真：編者所蔵）

壺中の詩

大内兵衛先生とのつきあいは、一〇年あまりの「明るい革新都政[1]」の場のほかには、わたしのばあいほとんど個人的なものにすぎなかった。

ただ、先生の名を心にきざまれたのは、すでに六〇年まえからである。おもえば旧制高校の二年生のとき、いわゆる「森戸事件」がおこった。よく知られているように、一九二〇年の一月に森戸辰男氏〔一八八八〜一九八四、経済学者。戦後に文部大臣など〕の「クロポトキンの社会思想の研究」をのせた『経済学研究』〔東京大学経済学部の紀要〕のため、発行人としての大内助教授は森戸助教授とともに起訴され、休職の処分をうけたのである。そのとき、第一高等学校の寮のホールでも寮生たちの大集会があり、なにも知らないわたしもその聴衆のひとりとなっていた。当時のわたしは理科の一生徒としてこの種の問題についてはまったく無知であって、なぜそのような集会に出席したのか自分ながらわからない。ただ上級生や先輩たちのはげしい当局非難の熱弁に耳をかたむけて、なにかしら義憤の渦にまきこまれたことは、わすれられない。先生の名と存在を知ったのは、このときである。

その後、やがて先生はドイツに外遊され、帰国後には東大に復職されることとなった。そのときの学長がたまたまわたしの父、由直だった。わたしの推測にすぎないけれど、これらのことについて父の努力もなにほどかあったのではないかとおもっている。いずれにせよこれらの事情から、わたしとしては見しらぬ先生にひそかに尊敬の気もちをいだいていた。父については先生のほうからも好感をもっておられたように想像する。戦後の随筆集『風物・人物・書物』(一九五四年、黄土社)のうちに、「何といっても古在、小野塚〔喜平次。一八七一～一九四四、政治学者。東大総長をつとめた〕は中期の名総長であった」という文章もみえる。

五月三日、先生の密葬の日はあたかも憲法記念日だった。出棺の直前、ある人から「大内さんはあんたがすきだったからね」とささやかれて、かなしみが一層こみあげてきた。わたし自身としては、太平洋戦争のはじまった前後のころにはじめて直接のつきあいの機会にめぐまれ、それ以来ただならぬ愛情と信頼をいただいたような気がしている。おそらくは先生がわたしをみるとき、わたしの父のおもかげをかさねあわせておられたからでもあろう。

前記の随筆集にもしるされているように、太平洋戦争のさなか、たびたび三木清の家で碁会がもたれて、先生をふくむ数人があつまることがあった。もちろん碁をたのしむだけではなく、心おきなくその都度に時局をめぐる雑談のひとときをすごし、みんなで夕飯をともにした。戦後には大久保の大内邸で碁会のあと一夜をとまらせていただいたこともあったけれど、なんといっても戦中のあのたのしいあつまりはなつかしい記憶となってのこっている。

あの密葬のとき、たまたま旧友の堀見俊吉さんと顔をあわせた。じつは、この追想をかきとどめる動機となったのも、この友人のおかげにほかならない。かれは戦前からの友人であって、わたしよりははるかにわかい人である。そもそも大学卒業の直後からわたしは拓殖大学の教師をつとめていたことがあって、その担任クラスに松成義衛という学生がいて、この人はのちに金融論のすぐれた専門家となったが、おしくも十数年まえに早逝してしまった。堀見さんを知ったのは、この大学の数年も先輩だった松成さんをとおしてである。堀見さんは旧制の高知高校の一年のとき治安維持法のため逮捕され、退校され、のちに東京へきてたまたまこの大学にはいった。そのときはわたし自身もすでに教職をうばわれていたから、学生としてのかれを知ってはいなかったけれど。

この堀見さんはその後もいくたびか逮捕されたが、一九三七年からは早稲田署の留置場で長期間をすごしていた。かれが先生と知りあったのは、このときである。一九三八年の二月一日に先生はいわゆる「教授グループ」(2)の中心人物として有沢、脇村、美濃部その他の諸氏とともに検挙され、はじめの淀橋署からこの早稲田署に身がらをうつされてきた。すでに同署の先客だった二〇代の青年、堀見俊吉は俊秀かつ抜群のしたたか者であり、この規律きびしい場所でもなみなみならぬ自由をかちとり、留置人の世話をやく雑役としてかなりの行動範囲をもっていたらしい。淀橋署ではきわめて待遇のわるかった先生を、早稲田署では保護室という特別の独房へうつさせたのは、かれの力だった。そればかりか、先生のために筆や紙や硯までつかうことを可能にさせたのも、やはりかれの尽力によってである。先生が起訴されて同年の歳末に巣鴨の拘置所へ移送されるまでのあいだに、掛軸大の紙に漢詩を四つ、色紙にひとつを雄大な筆致でかき、これを堀見さんに献上したのは、このような状況のもとにおいてだった。ときに先生、五〇歳。

これらの詩のひとつをわたしが知ったのは、太平洋戦争のはじまるまえだったとおもう。堀見↓松成の線をたどってである。二年ほどまえ、毎日新聞の夕刊に自分の過去への回想をかいたとき、すでにそれを引用させていただいたことがある。わたしは先生にたずねた――「あの詩をわたしの文章のなかに引用してもいいですか？　それにしても、留置場のなかでよくもあんな自由がありましたね」。先生はいった――「やあ、ぼくのばあいは特別だったんだよ。かなりの者たちに理解があったんでねえ」。もちろん、それぞれの署には多少とも緩急のちがいがないことはなかった。しかし、やはりそのおなじ年を別の署ですごしていたわたし自身の状態からは、おもいもおよばぬことだった。「理解があった」という先生の一言の真相をくわしく知りえたのは、ようやく先生の逝去直後のことだった。ほかの詩二篇の複写も戦後に所有者からもらってはいたけれど、最初にまず戦前から知っていた詩をかかげさせていただく。

人生五十顚復倒（人生五十、顚《てん》また倒）
此志難屈此途遼（この志屈しがたく、この途はるかなり）
檻車再過歳暮巷（檻《かん》車ふたたびすぐ、歳暮の巷《ちまた》）
明旦改披先師傳（明旦あらためてひらかん、先師の伝）

昭和十三年巣鴨行途上　鷗痴

署名の鷗痴はもちろん「大内」のこと。このとき五〇歳だった先生の過去には「森戸事件」以来いくつもの波瀾と曲折があったにちがいない。しかし一生をつらぬく志は屈することを知らず、目標への展望はまだはるかである。この年の正月に先生は自宅から留置場へ護送されてきた。そしてほぼ一年ののち、起訴されて歳末の街頭をふたたび囚人の護送車によって巣鴨の拘置所へはこばれてゆく。ここへ移送されれば、許可された書物をひっそりした独房でひもどくことができる。あすの朝には先師の伝記をもよむことができよう。

ほぼこれが詩の大意だとおもう。移送のとき、「先師というのはマルクスのことですか？」という問いに、「まあ、そんなところか」と先生はほほえんだという。おそらくこのような書物は拘置所では許可されなかったかもしれない。しかしその宿願は、戦後の一九六四年に名著『マルクス・エンゲルス小伝』（岩波新書）となってみごとな実をむすんだ。

時期はすこしさかのぼるが、色紙ではなく掛軸大の紙に大書された別の詩二篇をつけくわえておく。墨痕淋漓《ぼっこんりんり》、よむ者の胸をおどらせる。

獨上高樓望八都（ひとり高楼にのぼって八都を望む）
墨雲散盡月輪孤（墨雲散じつくして月輪孤なり）

茫々宇宙人無數（茫々たる宇宙、人無数）
幾箇男兒是丈夫（幾箇の男児か、これ丈夫）
　十三年初夏　堀見君清囑　　大内兵衛書

朝見梟盜摧鐵錠（あしたに見る、梟盗の鉄錠をくだき）
夕聞王師壓徐州（ゆうべに聞く、王師の徐州を圧するを）
誰云幽囚必徒然（誰かいう、幽囚かならずや徒然と）
別有史眼壺中濶（別に史眼あれば、壺中ひろし）
　十三年初夏　於早稲田署　　大内兵衛書

第一の詩についてはいるまい。ただ第二の詩についてだけ一言をくわえておく。ここに梟盗《きょうとう》（たけだけしいぬすびと）というのは、前記の随筆集にもみえる脱獄の達人、通称「飛行機の辰」をさす。当時、かれは先生とおなじ留置場につながれ、ここでもまた脱獄をこころみた。そしてまた、当時の日中戦争のさなか、日本天皇の軍隊は中国の要地、徐州を攻略し、街からも軍歌のさけびがつたわってくる。火野葦平《あしへい》〔一九〇七〜六〇、作家〕の『麦と兵隊』〔改造社、一九三八年〕にもみえるところの、「徐州徐州と人馬はすすむ、徐州よいか住みよいか……」というあの歌である。一方では脱獄囚のたくらみ、他方では戦局の拡大。わが身辺にも大小のドラマがあって、とらわれの身にも退屈ということはない。しかも歴史の進路をみぬく眼力さえあれば、とざされたこのせまくるしい房内もひろやかだ。これが大意といえよう。よくは知らないが、壺中とは中国の故事にちなみ、別天地とか仙境の意味をもふくむのだろう。

ほかに堀見さんにもとめられて杜甫〔七一二～七〇、中国・盛唐の詩人〕の著名な『春望』（国破山河在……）と杜牧〔八〇三～五三、中国・晩唐の詩人〕の烏江亭《うこうてい》の七言絶句がみごとな筆勢でかきのこされている。とくに杜牧の詩の末尾「捲《けん》土《ど》重来《ちょうらい》せば、いまだ知るべからず」は意味深長。先生の面目の躍如たるさまがうかがえる。

学者としての、また経世家としての先生の性格をのべることは、他のひとにまかせよう。わたしにとっては、温情あふれる先生の胸底にひめられた気骨、剛直が心をうつ。しかも暴風をもしのぎ、激震にもたえぬく柔構造の偉丈夫。だれがこの存在にかわりうるだろうか？

（1）「明るい革新都政をつくる会」は、一九六七年の東京都知事選挙に際して結成された日本社会党・日本共産党などの団体・個人による連絡会。三期にわたる美濃部《みのべ》亮吉候補の当選を支えた。中野好夫、古在（途中から）などが、幹事として加わっていた。

（2）この「教授グループ」は、「労農派」と呼ばれ、その中心人物の有沢広巳（一八九六～一九八八、経済学者、東大教授）、脇村義太郎（一九〇〇～九七、経済学者、東大助教授）、美濃部亮吉（一九〇四～一九八四、経済学者、当時は法政大教授）らが、一九三八年二月一日に一斉に検挙された。人民戦線事件ともいう。

私の一冊——林達夫訳・ベルグソン『笑い』

自己の一生に決定的な教訓となったという意味で、一冊をえらびだすことはなかなかむずかしい。とくにわたしのばあい、ふかい影響をあたえられたのは、直接にふれた人物や事件だったような気がするからである。しかしそれでもそれらを媒介としていくつかの本から感銘をうけたことも、もちろん無視できない。おもいだすままにあげてみよう。

この歳までは数や図形や自然にしか興味がもてず、人生とか社会とかいうものには無関心だった。はじめて文学や哲学に眼をふれたのは、旧制高校の寮生活三年間のことである。当時、つまり第一次大戦のおわった一九二〇年前後のわが国ではロシアの文学作品がひろく普及され、おおきな影響力を知識層にあたえていた。たまたまツルゲーネフ〔一八一八〜八三、ロシアの小説家・劇作家〕の『ルージン』〔一八五七年〕を手にしたのも、このような時代の流れにさそわれてであっただろう。寮の部屋にはたしかわたしのような理科系四人とともに文科系四人が配置されていた。この文科系のだれかからのすすめだったように記憶する。

そのころにはようやくわたしにも人間の生きかたについてのおぼろげな疑問がわいていて、当時流行のカント哲学などにも接してはいた。しかし、この小説はたしかに衝撃的だった。主人公ルージンは一九世紀なかばころのツァーリズム〔ロシアの絶対君主制〕支配下の「余計者」（ゲルツェン〔一八一二～七〇、ロシアの哲学者・作家〕のいわゆる「しばしば高貴でありながらも、ほとんどいつも不毛の行為に終始している者たち」）の典型であり、しかもドイツ観念論の信奉者として思弁の世界をさまよっていたからだった。

わたしがこの主人公に親愛感をいだくとともに、はたしてこれでいいのかというかすかな不安をもいだかされたことは事実である。ただ、この小説のみじかいエピローグはだしぬけの、ふしぎな印象をきざんだ。この「余計者」ルージンは一八四八年六月の革命のさなか、政府軍の一兵士の弾丸のために異郷パリの街頭でたおれるという場面でおわっていたからである。意外な光景。この部分が作者によって最初の草稿から数年後につけくわえられたのを知ったのは、ずっとあとのことだった。

「私の一冊」も時代とともにかわってゆく。一九二〇年代後半から三〇年代へかけての世相はけわしく暗転し、おそるべき軍国主義とファシズムの動向、そしてやがてはあの一五年戦争開幕の時期が到来する。「人はいかに生きるべきか」のかつての思弁的な模索も、こんどはわたし自身に具体的状況での態度決定をせまってきた。

世の中からも笑いやユーモアはいつしか姿をけしてゆく。「なんのユーモアもない国は、辛抱できない。しかしもっと辛抱できないのは、ユーモアを必要とする国だ」（ベルトルト・ブレヒト〔一八九八〜一九五六、ドイツの劇作家〕)。

　戦中の一九三八年にわたしは林達夫〔一八九六〜一九八四、思想家・評論家〕氏の訳でベルグソン〔一八五九〜一九四一、フランスの哲学者〕の『笑い』〔一九〇〇年。岩波文庫、一九三八年〕をよみふけった。すばらしい傑作、そして名訳である。その直後、しかしわたしもまた投獄された。

　ところで、ちかごろこの著作の丹念な改訳の新版がでた。なにげなしに「改版へのあとがき」をみて、びっくりした。林氏はいっている――「……私事にわたって相済まぬが、むかし獄中の古在由重氏からの求めに応じて、ベルグソンの『笑い』の原書を差入れした因縁で……〈戦後〉……この本(F・ジャンソンの『笑い――その人間的意味』〔双身社、一九七四年〕)のことをこの哲学者に語った記憶がある」。たしかにそのとおり。失礼千万にも、この恩情をすっかりわたしはわすれていたのだった。

〔口絵参照〕

「世界一のお母さん」

〔一九八〇年〕五月二〇日の朝、京都の徐京植さんからの電話のベルが鳴った。その一瞬すぐに「お母さんのことですか」と私自身が問いかけたようにおぼえている。果してその通りだった。徐兄弟[1]のお母さん、呉己順《オギスン》さんは、この日の午前二時すぎに逝去されたのであった。

私はかねてからこのことを恐れていた。去年の八月末、徐一家とかかわりが深い西村関一[2]さんのお葬式に参列するため、私は大津市へ赴いた。そしてその時に呉己順さんとも顔を合わす予告をしておいたのである。しかし残念ながら、これは実現できなかった。私からの連絡の直後に、お母さんの体調が思わしくないという通知をうけたからである。私はこのことがなにか重大なことの兆候のように感じられたけれども、東京へ帰ってからの音信によればそれほど心配はないということだったので、私もまたこのことを自分に納得させようとつとめていたことは事実である。そして、さきの京植さんの電話をうけた瞬間に、心の中に隠されていた憂慮がいっきに胸にこみあげてきたのだった。

私もまた呉己順さんにはたびたび京都でお目にかかったし、徐兄弟の妹の英実さんとともに私の家を訪ねて下さったこともある。七、八年前の私の嵐山訪問の時には、お父さんの徐承春さんをも交えて保津川に舟を浮かべて談笑をした楽しいひとときもあった。過去十年間のさまざまな思い出など私の胸の中に湧きあがって、胸がつまってくる。私は、この五月二一日の葬儀には京都へ行くことができなかった。ちょうどこの日に、私の年来の親友の一周忌があって、これに参加しなければならなかったからであった。[3]とりあえず私は悲しみの弔電を打つことしかできなかった。結局はやめたけれども、私はその電文のなかに「世界一のお母さん」という言葉を使いたかった。これは、私の偽らぬ気持をあらわすための言葉だと思われた。ただ、この表現の中にはまことに色々な意味と印象が含まれており、私自身にとってはこれは一番ぴったりした表現だったが、おそらく私の主観的なこの気持はこの言葉によっては他の人たちに伝えがたいと思い直したのであった。

呉己順さんはまったく素晴しいお母さんだった。そして徐一家の人たちは皆素晴しい人たちであった。現代のような社会において、素晴しい家族というのはこのような家族をこそさすのであろう。私は、実は韓国の獄中に囚われている徐勝・徐俊植の両氏には顔を合わせたことがない。しかし、徐一家のご両親、徐兄弟のお兄さん、弟〔京植〕さん、妹さんとは直接の知人関係にある。お母さんの呉己順さんはこの十年近くの間に六〇回も韓国へ渡ってわずかばかりの時ながら獄中の息子さんたちに面会され、その心労は想像以上のものであったにちがいない。そして、そのことが同時にまたその逝去を早めたということも推察できるであろう。お母さんは私自身よりも二十歳も若いのになぜこのような悲報をうけとらねばならなかったか、という無念な心が今もなお私をとらえている。

お母さんは渡韓のたびごとに、私に朝鮮人参のおみやげを下さった。私自身の年来の脚の痛みをよく知っておられたからであった。このご好意の有難さのために、すでに服用し終った朝鮮人参の空箱を私は捨てるにしのびず、今や空しくそれらは私の寝室の棚の上に並べられている。

呉己順さんの逝去後、私はあらためて『世界』七月号の宮田浩人さんの文章、そしてまた朝日新聞六月一日の西村誠さんの文章を読み、涙を禁じることができなかった。西村関一さんについて言えば一九七四年にこの方（当時社会党参議院議員、牧師）はもともと私自身の紹介によって即座に徐兄弟との面会のための渡韓を承諾して下さって、昨年までの原水爆禁止の統一運動においてもたびたび顔を合わせて、徐兄弟のことを互いに語りあった相手であった。もし西村関一さんが生きておられたとすれば、その思いは私と同じであるに違いない。私自身は十年近く前にたまたま徐兄弟のことを知って、無力ながら今日までそれを忘れたことはない。「徐君兄弟を救う会」の人たちそしてそれをめぐる人たちの姿は私にとっては感動的なものである。この過程を通じて私は多くのキリスト者たち、若い世代の多くの人たちを知り、私自身がこれらの人々によっても励まされてきたことを感じないではいられない。

この「世界一のお母さん」呉己順さんは世を去られた。まことに苛酷な運命である。しかし黙々として一家を支えておられる徐承春さん、兄さんや弟さんや妹さんたち、是非とも今までのようにこの苦難に耐えて、徐兄弟釈放の日を私たちとともに迎えましょう。

(1) 徐勝(一九四五〜)・徐俊植(一九四八〜)兄弟は、在日韓国人二世。一九七一年、ソウル大学校に留学中に、北朝鮮のスパイだとして「国家保安法」違反容疑で逮捕された(徐兄弟事件)。古在は、その救援運動に取り組んだ。その運動の過程で、それまで交流のなかった西村関一に、韓国での徐兄弟面会を依頼し、西村はこれに応じたのだった。

(2) 西村関一(一九〇〇〜七九)は、滋賀県・堅田教会牧師、衆議院議員三期、参議院議員二期。アムネスティ・インターナショナル日本支部理事長などをつとめる。獄中の徐兄弟を見舞うため、韓国を訪問した経験をもつ。

(3) ここにいう「年来の親友」とは、高桑純夫を指すと思われる。高桑の死去は、七九年五月二一日であり、その一年後の五月二一日は、呉己順の葬儀の日でもあった。

吉野源三郎氏を悼む――真の意味のジャーナリスト

せめて、もうしばらくでいい。生きていてほしかった。ふりかえれば、まさにこの人こそ六〇年間の親友だったのだから。（口絵の写真参照）

この友人から、いつもわたくしは刺激と教訓をうけてきた。世間的には、かれは無類の名編集者、ゆたかな学識者、そしてすぐれた児童作家だったといえよう。きわめて多面的な人物だったけれど、一点にしぼっていうなら、真の意味でのジャーナリストだったといえる。

青年時代にかれが読んだ『世界をゆるがした十日間』の著者、ジョン・リード(1)からの感銘をその直後にわたしにかたったときの情熱は、いまもわすれられない。この著名なアメリカ人ジャーナリストの名は、かれの最後の著書『同時代のこと――ベトナム戦争を忘れるな』（一九七四年、岩波新書）のはじまりにもふたたびあらわれてくる。

時代の緊急課題に即応

編集者としての吉野君の活動の背後には、いつも時代の緊急課題への機敏かつ慎重な即応があり、情熱的な関心がひそんでいた。戦後についていえば、多年にわたる雑誌『世界』の編集長として執念ぶかく平和と民主主義の不動の指針をつらぬくとともに、「平和問題談話会」「憲法問題研究会」[2]などを組織しつつ、講和条約や安保条約、核兵器廃絶の問題についても献身的に努力をかたむけた。とくに一九六六年における総評および五十四の単産をふくむベトナム反戦のストライキの準備過程での裏面におけるかれの必死の活躍、一九七七年の核兵器廃絶のための大同団結へのアピールの提唱[3]の決断にはかれの本領が発揮されている。

なるほどアカデミックないわゆる哲学論文はかかなかったけれど、かれが最後までやめなかった哲学の原理的探求は、これらすべての活動のなかに力づよく脈うっていたといえる。現実的な課題と透徹した見識とのみごとな結合、そして的確かつ先見的な判断力はかれのいちじるしい特徴にほかならない。

「不屈」の印象裏切らず

本郷の喫茶店での最初のめぐりあいについては、大学生時代のわたしの日記の一節を引用しよう。「青木堂で火鉢をかこみながら四、五人とともにだべる。吉野源三郎なる人を知った。かれはわたし、およびわたしに類するところの人のもっていないよいものをもっているところの人である。かれはその姓名とよく映るところの性格ないし思想の持ち主であるかのようにおもわれる。かれの額には不屈という文字を刻まれているかのようだ」（一九二四年一月一一日）。「吉野源三郎なる人の輪廓が段々明瞭になってきたような気がする。偶然はわたしによい友だちをあたえてくれたようにおもわれる」（同年一月一八日）[4]。旧制高校のときから、一高野球部の名遊撃手としての姿をわたしのほうではよく知っていたが、友だちになったのはその後のことである。しかし、この第一印象は的確だったし、生涯の最後まで一度もうらぎられない。

深慮・勇断・心やさしさ

まれなほどの深慮と勇断の人ではあったが、他面ではまた意外なほどに心やさしい人でもあった。このことはかれに接した人の熟知するところ。そしてもしそうでなければ、おさない子どもむけの作品などはかけるわけがなかっただろう。びんぼうのどん底にあったとき、たまたま作家の山本有三氏にほれこまれて、弾圧下で実名での執筆が不可能なため、その著者名だけを借りて出版された『君たちはどう生きるか』は、じつに戦争中の一九三七年にかかれて広範囲によまれた。当時、わたしはその劇化されたものを築地小劇場でみたおぼえもある。そのほか『エイブ・リンカーン』、『人類の進歩につくした人』など、当時の暗黒日本の闇夜にきらめく良心の星だった。終戦の翌年の授業はじめのとき、ある国立大学の新入生に「これまでの愛読書は？」とたずねたわたしの問いにこたえて、かなりの数の学生が『君たちはどう生きるか』をあげたことにびっくりしたこともある。

また、戦後であるが、『世界』の記事について未知の一読者から質問をうけたといって、かれは熱心に返事をかいていたことがあった。たまたまその室をたずねたとき「読者への返事がながくなって、やっといまおわったところだ」といった。「ながい返事?」という問いに、かれは「とうとう原稿紙四〇枚になった」とこたえたことにも、おどろいた。ついでにいえば、今日は「新書版」などと普通名詞化されたシリーズものも、一九三七年に岩波茂雄氏から信頼されて岩波書店につとめはじめたとき編集を担当した「岩波新書」が最初の口火ではなかったか……。

思いはつきない。わたしの心はみだれている。いまは、おもいだすままに、断片的なことをかきつらねるにとどめる。

(1)ジョン・リード(一八八七~一九二〇)は、アメリカのジャーナリスト。彼の著作『世界をゆるがした十日間』は、一九一七年のロシア一一月革命のルポルタージュとして著名。

(2)「戦争を引き起こす緊迫の原因」に関する八名の社会科学者によってなされた声明が、誕生まもないユネスコから出された。これに刺激を受けた日本の知識人が、東京と京都で「平和問題談話会」を立ち上げ、「戦争と平和に関する科学者の声明」を『世界』一九四九年三月号に掲載した。この動きを推進したのが吉野源三郎であった。この談話会は、日本の講和条約のあり方は、「全面講和」であるべきことを主張した。

一九五四年末に成立した鳩山一郎政権は、明確に「改憲」を打ち出した。このころから、改憲勢力の与党が国会議員の三分の二の議席を獲得できるかどうかが、争点となっていく。五七年二月に成立した岸信介内閣は、改憲を目標に「憲法調査会」を発足させた。これに対抗して、五八年六月、大内兵衛・我妻栄(一八九七~一九七三、東大教授、民法)・宮澤俊義(一八九九~一九七六、東大教授、憲法)らが、憲法問題研究会を設立し、第一回総会を開いた。この憲法研究会でも、吉野は運動の前面には出なかったものの、その組織化・活動推進に尽力した。

この研究会の活動の一端が、雑誌『世界』(岩波書店)に掲載されたのも、市民の憲法意識の向上につとめるべく、この憲法研究会が編集し刊行された『憲法を生かすもの』『憲法と私たち』『憲法読本 上・下』が、いずれも岩波新書という形で刊行されたのも、吉野が『世界』の編集長だった(一九四五年〜六五年)だけでなく、岩波書店全体の編集長だった(晩年は編集顧問)ということとつながっているといってよい。

このような吉野の動向は、吉野源三郎『職業としての編集者』(岩波新書、一九八九年)に垣間見ることができる。

(3) 一九五四年三月一日、アメリカはビキニ水域で水爆実験を実施し、日本の漁船・第五福竜丸などが被爆した。これに対し、日本では、原水爆禁止の署名三二三八万筆が集められ、五五年八月六日、広島で第一回原水爆禁止世界大会広島大会が開催され、九月には原水爆禁止日本協議会(日本原水協)が結成された。しかし、六三年には、中ソ対立、また社会党と共産党の対立の影響で、原水禁世界大会が分裂した。その後の七五年六月、原水禁統一問題懇談会が初会合を開催するに至った。そして、七七年八月に一四年ぶりの統一大会開催となった。

朝日新聞の編集委員をつとめ、原水禁問題を永年にわたり取材した岩垂弘の『ジャーナリストの現場』(同時代社、二〇一一年)によれば、七七年に統一大会が開催された背景には、同年二月に発表された「広島・長崎アピール」が影響したという。その「アピール」(五氏アピール)に名前を連ねたのは、吉野源三郎・中野好夫・三宅泰雄(日本学術会議会員・物理学)・上代たの(元日本女子大学長)・藤井日達(日本山妙法寺山主)であった。古在の追悼文で、「一九七七年の核兵器廃絶のための大同団結へのアピールの提唱」と述べられているのは、このような文脈で出てきたものであった。

(4) ここに引用された古在の日記は、『古在由重著作集』第五巻『思想形成の記録Ⅱ』に収録。

吉野源三郎君をしのぶ

おもいもかけぬめぐりあわせとなって、吉野源三郎君への弔辞をささげることになりました。たいへんぞんざいな弔辞かもしれません。どうかゆるしてください。

わたしはおそらく一番ふるい友人のひとりでしょう。いまから五七年前のむかし、一九二四年の日記がたまたまわたしの手もとにのこっています。大学生のときでした。この時代の日記はすでに数年まえにわたしの著作集のうちに活字の形で発表されています。先日、このことをおぼえていた人から指摘されて、あらためて君との最初のめぐりあいの箇所をひらいてみました。これによれば、はじめて顔をあわせたのは一九二四年一月一一日のことです。文京区本郷の青木堂という喫茶店の二階においてでした。日記には「吉野源三郎という人を知った。かれの額には不屈という文字がきざまれているかのような気がした」とかかれています。それから一週間後の一月一八日の箇所にはふたたびその名がでてきて、「かれの全貌が次第に自分にわかってきた。偶然は自分に無類の友人をめぐんでくれたらしい」という意味のことがしるされています。だから、わずかこの一週間のうちにいくたびも顔をあわせたにちがいありません。

それ以前の旧制高校の時代にも、かれの名を知ってはいました。その姿をみたこともありました。というのは、第一高等学校の校友会雑誌に「ストリンドベルク〔一八四九～一九一二、スウェーデンの劇作家〕の悲劇について」という評論を連載して、当時これは学内の評判になっていたからです。そしてまた、すでに中学時代から野球の選手として名を知られており、わたしは一高のグラウンドで練達の遊撃手として活躍する姿をも見ていたからです。

直接のめぐりあいのときのあの第一印象は、おもえばその後の全生涯にわたってまったく的確だったとおもっています。不屈――たしかに君は心やさしい人であったけれども、いちばん特徴的な点をといわれるならばやはりこの一点をあげざるをえません。なにものにも屈せずに、自己の所信をつらぬきとおす不退転の姿です。

いま、君の全生涯をふりかえってみるとき、戦前から戦後にわたっての長期の歴史がみごとにそしてあざやかにきざみこまれているのを感じます。ただたんに受け身の形においてではなくて、いつもそれぞれの時代のもっとも大切な歴史的課題にまっこうから対決し、全力をあげてたたかいつづけ、ついに最後までその姿勢をくずさない。これが君の一貫した生きかたでした。

もちろん、一貫性といってもなにか固定したものにしがみついていたのではありません。刻々に発展する時代の課題――戦前の暗黒時代そして敗戦後のあたらしい時代の課題。そのそれぞれの時期にいつも適切かつ積極的な正論を堅持し、ときには勇気ある行動をもためらわなかった君の生涯は、あっぱれといわずにはいられません。もし君にしがみついていたものがあったとすれば、それはまさに人間の尊厳、平和と民主主義という一点にほかならなかったといえましょう。

吉野源三郎君は大学を卒業してから、当時の制度にしたがって一年志願兵として兵役をつとめました。たしか一九二五年の一二月に世田谷の近衛野砲兵《やほうへい》連隊に入隊したとおぼえています。この機会に君は軍事科学の勉強をしたし、ひまをみつけては哲学の本などをもよみつづけていました。ここに、当時のこの兵営からの手紙があります。村井康男君という高校同期生のわたしの友人、したがってまた君の友人、大学時代にしばらく君と一緒に雑司ヶ谷《ぞうしがや》の酒屋の二階に起居をともにしていたあの村井君にあてたもの。一昨日、「こんなものがみつかったよ」といって、わたしにとどけてくれました。これについて、ここに参列されたみなさんにひとことふれることをゆるしてください。

この手紙はきわめて長文のものです。こまかい文字で大学ノート四五枚にかきつらねられています。これは、いずれなにかの機会に発表されることがあるかもしれません(1)。しかしいずれにせよ、これをよみますと、一九二六年春からかきはじめられたこの手紙のなかには、あたかも君の未来を予言するかのように一生涯の進路をゆびさすものがはっきり芽ぶいています。二六歳か二七歳のことでした。

ここには兵舎や野外での兵卒たちの姿や近辺の風景の描写、乗馬や行軍などの描写があり、それからまた人生観や哲学理《ママ》についての思索もふくまれています。しかも、それらすべてが独特のきちょうめんな文字でかかれているのをよむとき、むかしもいまもおなじだったんだなとおもいました。これをかきはじめたのは、休暇の日の夜からだったのでしょう。

最初はこんな文句ではじまっています――「今日ひさしぶりで重（木村重三郎君）と古在の家で会った。粟田（同窓の粟田賢三君）も来てくれた。春の雨上りののどかな午後、王維や高適《こうせき》〔唐の詩人〕の詩を誦して、粟田がいつものとおり高士の風を見せてくれた……」。ここには四月四日という日づけがあり、それから日記ふうにいろいろなことがかかれています。

やがて除隊まぎわの一九二七年三月一〇日の日づけの最後の文章は、つぎのようにむすばれています――「僕は〔既に〕大学の頃から防御戦を余儀なくされている。退却せずに現地を死守するだけでも随分激しい戦いを必要とする。くやしくとも未だ気持よい攻勢移転はできない。兵隊がすんでもこの情況が急に変るとは思えない。辛抱して運命に対抗し続けなければならないだろう。だから大切なのは機会が来ても攻勢に出られないような無気力と無実力に陥らない事だ。第一、敵に木端微塵に粉砕されても降参はしたくないからね」。

このころ、君は思想的な模索の息ぐるしさもあったけれど、家の財政的苦難や不幸にみまわれていました。ただ、不屈の魂はすでにここにもしめされていることを感じないではいられません。

ところで、この長文のなかからひとつだけ特徴的な箇所にふれさせてもらいましょう。それはプロメテウス〔ギリシア神話に登場する男神〕についての空想、ファンタジーの箇所です。プロメテウスは主神ゼウスから火をぬすみました。人間のために。これが空想のなかで突如として将軍に化身して、このゲネラール〔将軍〕・プロメテウスが自分に話をしかけ、両者の対話がつづけられています。その要点だけをいいましょう。

この将軍はいいます。人生はたたかいだ、たとえ敗北するようにみえても、なおたたかわなければならない。そもそも戦闘の目標はなにか、と。「敵を圧倒せん滅するにあります」。「よし、それを銘記したまえ……たたかって、たたかって、たたかいぬくのだ。たたかうべき相手がなくなるまで」。この『戦闘綱要』をみたまえといって、プロメテウスが手わたしたものは、おもいがけなくも『新約聖書』だった。不審な眼にもかかわらず、「ヨハネ第一二章二四をみたまえ」という声にそこをひらいてみたら、こうかかれていた――「まことにまことになんじともがらにつげん。一粒の麦もし地におちて死せずば、ただひとつにてあらん。死なばおおくの実をむすぶべし」と。これが空想のあらましです。

のちに吉野源三郎君がベトナム戦争のなかのホー・チ・ミン〔一八九〇～一九六九、ベトナムの政治家・革命家〕を主題とした一九七三年の論文が「一粒の麦」と題せられているのは[2]、けっして偶然ではありません。

＊

ついでながら、このたくましい魂の奥にはいつも細密な思慮とやさしい心情があったことをもつけくわえておきたいとおもいます。

君は東京大学図書館につとめていたとき、治安維持法のために、一九三一年の夏に逮捕されましたが、その仕事のひとつにクーノー・フィッシャー〔一八二四～一九〇七、ドイツの哲学史家〕の蔵書の一部だった多数のカントの著作ならびに文献の整理もありました。これも関東大震災〔一九二三年九月一日〕のときに全焼してしまったこの図書館の復興のために他から寄贈されたものです。

当時、吉野君はこの文庫のためにドイツ語でくわしい序文や解説をかきました。当時、学長をつとめていたわたしの父から姉崎正治館長がそのドイツ文をほめていたということを耳にしたことがあります。それはとにかくとしても、その半世紀後になってからわずか定冠詞ひとつだけの誤りを訂正しているのをみて、わたしはびっくりしました。たまたま『図書館の窓』〔東京大学図書館月報、一九七七年四／五月号〕につぎのような文章をみつけたからです——この仕事ののち「二年ばかりして、とんでもない場所で自分でその誤りに気がついた……誤りというのはAufschwung〔復興〕という名詞が男性であるのにdie Aufschwungと女性に誤り書いた〔女性名詞に付ける冠詞dieを付けた〕ことで、また、とんでもない所で気づいたというのは、実は代々木の陸軍衛戍《えいじゅ》刑務所に入獄中気づいたことなのである……しまったと思ったけれど、場所が場所だし、迷惑をかけたままの勤め先にそんな用件で手紙を書く気になれず……そして忘れるともなく忘れていたところ……思いがけず図書館から思い出を求められて……そういえばまだあの間違いを直してなかったと思った」。

ちいさなできごとではあるけれど、その面目の一端があざやかにうかびあがってきます。

心のやさしさ。この面についてはおそらく身辺の人たちにいくつもの印象がのこされていることでしょう。わたし自身にも切実な思いがつぎからつぎへよみがえってきますけれども、いまはそれらにふれる気もちにはなれません。ただひとつ、もしそれが君になかったとしたならば『君たちはどう生きるか』『エイブ・リンカーン』や『人間の尊さを守ろう』など、少年少女への愛情にあふれた傑作はけっして出現しえなかったでしょう。そしてどんなにたくさんの人たちがそこから生命の清水をくみあげたことでしょう。

最後に、ジャーナリストとしての君については死の直後に新聞にも寄稿したので、ここにそれをくりかえすつもりはありません。真のジャーナリストとはどんな人をいうのか。勇気と洞察力をかねそなえた君はそれを身をもってわたしたちにしめしたということ。このことを断言するのに、わたしにはなんのためらいもありません。

＊

吉野源三郎君。君のなくなった翌々日、密葬の日、わたしはご遺族にゆるされて火葬の場におもむき、最後の、そして最後の対面をいたしました。ためらいつつも、わたしはすこし遠方から君の顔をみました。君の平素の緊張した面もちがほぐれて、はじめて、いまはじめて君のなごやかな顔が目にうつりました。くつろいだ君の顔は「やれるだけのことはやった。あとはわかい世代に」といっているようです。なにか、ほっとしたような気もちがしました。一瞬、おもたい気もちがふっきれたとさえ感じられました。そして「君たちはどう生きるか」とわたしたちは問われつづけられながらも、「自分は自分の道を生きぬいたよ」という人の姿がそこにありました。

戸外へでてみたら、その日、五月二五日の空はさつき晴れでした。吉野君。君とのつながりを知っている人たちからわたし自身もいくつかの哀悼や激励の電話、電報、手紙をうけとっています。かなしむばかりが能ではないと自分をはげましながら、帰途についたわたしです。とくに、君がこの数年に精魂をかたむけつくした核兵器廃絶の目標達成への道、そのための、全国的そして世界的な勢力の統一と団結の道。みなさんとともに、病床にあっても念願していたという、この遺志をついで最後までやりぬくつもりです。

わが吉野源三郎よ。ここに一粒の麦は地におちました。しかし、かならずや数しれぬ実がむすばれるにちがいありません。

ご遺族の方々、友人の方々、そして同志の方々。どうぞお元気でいらっしゃるように。

（1）この吉野の手紙については、本書「解題」も参照されたい。
（2）吉野源三郎『同時代のこと　ヴェトナム戦争を忘れるな』に、この「一粒の麦」という文章が収められている。

解説――本多勝一『戦場の村』

「戦場の村」――この主題をおもいだすとき、なにか熱気のようなものがわたしの体内にたちのぼってくる。ベトナム戦争のさなか、それは一九六七年の初夏から冬へかけて朝日新聞の朝刊にのせつづけられた現地報告「戦争と民衆」の第五部の題名だった。このルポルタージュは全体として六部にわたり、のちにまとめられて一さつの単行本の形となった。しかもこれがとくに『戦場の村』と題されたのは、けっして偶然ではない。なぜなら、じつに九八回にわたってつづけられたこの記録は、はじめから読者の心をひきつけていたにしても、この第五部から第六部の「解放戦線」へさしかかるにつれていよいよ広範囲の読者たちの心をゆりうごかしたからである。朝日新聞の投書欄「声」へむけても多数の手紙が殺到した。これらの投書の集中度はこの欄の創設以来のことだったといわれる。その背後の実情の一端はわたし自身にもおぼえがある。当時わたしのかかわっていたいくつかの読書会や勉強会においても、いつのまにかこの記事が話題となることがたびたびだった。これをめぐっての活発な感想の告白や白熱した議論の交換。これらの光景がいまもなおまざまざと記憶によみがえってくる。

それはまだベトナム戦争が終結する八年以前のことであり、アメリカ軍の大量出動によってこの戦争の激化がまさに最大の規模に達しようとしていたころだった。世間の多数の人たちにとっては、当時まだこの戦争の本質と真相についてばかりでなく、その終局的な結末についても不明の状態だったことをおもいおこさなければならない。W・G・バーチェット〔一九一一～八三、オーストラリア出身のジャーナリスト〕は有能かつ練達な報道記者である。しかしこのような人でさえ、一九六五年の時点では戦争の展望についてかならずしも確信をもつことができなかった。南ベトナムの人民軍の指導者がその抵抗の持続力と勝利の必然性をのべたのにもかかわらず、かれはまだそれに積極的にうなずくにはいたらなかった。かれはその数年後にみずから告白している――「当時わたしは、人民革命党の指導者たちが解放戦線の抵抗能力を過大評価しているのではないかという疑念をおさえることができなかった。一〇年または一五年の闘争をつづけて五〇万のアメリカ軍にたちむかうという考えは、いささか無理なようにみえた……」(Wilfred G. Burchett, *Vietnam will win!* 1968, New York, 2nd ed., 1970, p.152)。卓抜なジャーナリストの著作からことさらこのような引用をしたのは、およそ進行形の歴史のさなかでその前途を的確につかむことのむずかしさをしめすためにすぎない。そしてまた、一九六七年の段階だったとはいえ、「戦場の村」がこのような状況のもとで新聞紙上に登場したことの意義をおもいかえすためにほかならなかった。

もちろん、このような当時の状況にもかかわらず、他の諸国とおなじくわが国でもすでにベトナム人民支援の運動はおこりはじめていた。その一例をあげるならば、総評のよびかけによって約五五〇万人が参加したベトナム反戦の統一ストライキ（一九六六年一〇月二一日）はその時期の早さと広範な規模からみて画期的だったといえよう。そしてそれらすべての支援活動の出現によって、アメリカによるベトナム侵略のための基地をもつわが国の人民のあいだに活発な活動が展開されてきたことは事実である。そしてこのようなあたらしい状勢のもとで現地のなまなましい実況を記録し、これらを通じてベトナム戦争の真相と本質をつぶさに人々に知らせたものこそ、ほかならぬ『戦場の村』である。ベトナムへのアメリカ軍の大量投入後、抜群の迫真性と正確さをもった最初の現地報告としてそれがやがて英語やエスペラントに翻訳され、諸外国にも普及されたのはむしろ当然のことだった。

＊

この機会に、本多勝一氏というような報道記者の出現ならびに活動がわたしにあたえた新鮮かつ強烈な印象についてのべておきたい。このような記者は戦後日本に登場したあたらしいタイプであるようにみえる。その特徴はいくつかあげられるだろう。

第一に、およそ過去の日本の一五年戦争の期間にも、また戦後の朝鮮戦争の場合にも、そのようなタイプの戦況報道員は存在しなかったし、また存在することもできなかった。なぜなら、過去のわが国の戦争の報道員たちは、まったく当時の支配権力（政府、軍部）にぞくし、その命令のもとに現地に派遣された人々だったからである。明治以来のいわゆる「従軍記者」はそれであり、もっぱら自国の軍隊に付属する者であって、ただ自国の戦争についてのみ多少とも作為的な記録をのこしえたにすぎなかった。かれらとはちがって、戦後日本の報道者たちは、民間の自由人としてなんら権力による制約をうけることなしに、自己の目をもって大胆に戦争の実態をも読者につたえることができる（もちろん、多少の制約はそれでもありうるだろうし、とくに万一にも自国の戦争の場合にはそのような自由もうばわれることになるだろうけれど）。しかしいずれにせよ、基本的なのは、「なんでもみてやろう」というむさぼるような好奇心と追究心があふれていることである。これこそ戦後日本にそだってきた若者たちにみいだされる特徴のひとつである。それをわれわれは大胆な冒険心とよぶこともできるだろう。ただ、それはたんに肉体的な勇気を意味するだけではない。むしろそれ以上に知的な冒険心を意味している。精密な、そして辛抱づよい冒険の精神の形成——これは本多勝一氏のもつ登山家の経歴に無縁ではないようにおもわれる。

第二に、「戦争と民衆」という新聞連載タイトルにもしめされるように、たえず自己の身を民衆のなかにおき、これらすべての記録がこの観点からうみだされているところに魅力と迫真性がある。『戦場の村』でも、たえず現地の民衆とともになやみ、おそれ、かなしみ、いかる記者の魂が痛切にわれわれにつたわってくる。しかも、なにひとつ記者自身のおおげさな情緒的表現はみいだされない。いつも冷徹な眼だけがひかっているようにみえ、それだけになおさら感動的である。その行動半径のひろさもさることながら、なんらの偏見もない公正かつ正確な記録は、みずから民衆に身をおくこの活動的なジャーナリストの態度によってのみ可能だったとおもわれる。記者の目撃した個々の事実は実際には無限だったにちがいない。はたしてそれら無数の事実のうちからどれをえらぶべきか？　この着眼点の決定のためには、個々の事象の忠実な記述をこえて、すぐれた見識と洞察力が要求されることはあきらかである。そしてその着眼点を決定しているのは、どのような事実が民衆の生命と生活にとって大切な意味をもつかということ、それがこの戦争そのものの性格と全貌に光をあてるかということである。この主題についての自己省察は『事実とは何か』(一九七一年、未來社)のうちにみいだされ、ここにはきわめて示唆的な意見がのべられている。

これまでわたしがのべたことは、『戦場の村』その他の報告集にそえられた多数の写真について、したがってカメラマンについてもいえよう。ここには本多氏とともに行動したカメラマン、藤木高嶺氏の撮影によるものが多数ふくまれている。いまわたしはひとりの友人(吉野源三郎君)がそれらをみていったことをおもいだす。「これらの一枚、たとえばアメリカ兵のまえでおさないわが子を胸にかかえておびえている母親と老婆の姿をみただけでも、月なみの長大な評論よりもこの戦争の正体がよくわかる」。ついでにいえば、このようなカメラマンたちもまた戦後の日本がうみだしたあたらしいタイプの報道者である。しかもこれらの人たちの多数が戦火のもとでわかい命をおとしたことは、この戦争がもたらした悲劇のひとつである。ただ、さいわいにも生きのびて、ベトナム人民の勝利の日をみたカメラマン、石川文洋氏による大部の写真集『写真記録・ベトナム戦争』(一九七七年、「ベトナムに写真集を贈る会」編集、すずさわ書店)はこれら壮絶な犠牲のなかからうまれた記念碑的な所産であることを、つけくわえておく。

第三に、特徴的なのは本多記者自身がこのような歴史的大状況のなかでたゆまぬ自己形成の道をたどりつづけたという事実である。かれはベトナム戦争——とくにそのもっとも激烈な一九六〇年代後半の時期にその活動の舞台をみいだした。このことは偶然だったといえよう。しかしあのようなめざましい自己形成の過程がたどられるためには、おそらくそれまでのかれの経歴もひとつの背景をなしていたにちがいない。もともと文化人類学に関心をいだき、カナダ・エスキモーやニューギニア高地人やアラビア遊牧民などについての報告や著作もある。しかし、すでにそこにはこの学問の従来のありかたについての批判的な観点がひそめられていた。すなわち、いつも「調査し探険する側」の論理や心理や利害と「調査され探険される側」のそれらとがきびしく区別されて、とくに記録者や研究者たちがこの後者の立場にたつことの決定的な重要さが自覚されている。そこでは、もっぱら対象とされてきたものがあらたに主体としてとらえなおされ、そして同時に、いつも主体としてのみふるまってきたものが対象としてとらえかえされている。しかもその場合に要求されるのは、たんに観念の内部での切りかえにはとどまらない。まさに調査者みずから、報告者みずからが対象そのものの側へ現実的に自己を投入しつつ生活し活動することだった。わたしが最初にみたのは、朝日新聞にのせられたエスキモーの記録だったが、ここにもすでになにか従来のものとは異質な特色が感じられたことは事実である。この意味において、このときすでにわたしはわが国の戦後民主主義のうみだした自由かつ新鮮なジャーナリストの姿をみいだしたということができる。『戦場の村』のなかで花ひらいたものは、すでにこれら「未開な」小民族たちについての取材態度のなかに芽ぶいていたということができよう。このような素地こそ、やがてあの惨虐な「ソンミ事件」——南ベトナムでのアメリカ軍による非武装住民の大量虐殺（一九六九年三月）に象徴されるところの侵略戦争の本質の洞察にまでいたるひとつの原点だったともおもわれる（本多勝一『殺される側の論理』一九七一年、朝日新聞社を参照）。侵略する側から侵略される側への回転を軸としてのこのような自己転換、そして自己形成の過程――かえってここにこそ読者にむかっての報道者の内面的な説得力のつよさがひそんでいる。読者の目は筆者のそれとともに次第にするどくなり、その視野もまた筆者のそれとともに次第にひろがってゆく。新聞社の一特派員としてアメリカ軍およびサイゴン政権〔南ベトナム政権。サイゴンは、南ベトナムの首都で、現在のホーチミン市〕のもとで取材にとりかかった筆者は、やがて南ベトナム解放戦線および解放区の人々ともめぐりあい、のちにはまたベトナム北部にまでおもむく。無数の人物や事件や戦闘の連鎖をたどりながら、読者もまた筆者自身とともにこの戦争の本質の認識をふかめ、おのずから自己の観念を形成する。内部にひそむ情熱と冷徹な眼光とともに、この動的な自己形成の過程そのものにこそ、筆者が読者の心にうったえる力の秘密があるのだとおもう。

＊

ここで、ベトナム戦争の全体像についての注解をつけくわえておこう。その歴史は一九四五年から、七五年まで三〇年間の長期間にわたっている。それは第一次世界戦争（一九一四～一八年）、第二次世界戦争（一九三九～四五年）についで二〇世紀最大の戦争といわれていいだろう。第一次大戦のなかからはソ連邦という世界最初の社会主義国がうまれ、第二次大戦から十数の社会主義国家があいついで地上にうまれた。

ベトナムでは、日本の占領軍の降伏とともに独立をかちとったベトナム民主共和国（北ベトナム）は、ベトナム南部の解放勢力との協力によってつぎに伝来のフランス勢力を敗北させ、長期の植民地権力からの脱却をかちとった。そして一九五四年には、北緯一七度線を軍事的な境界としたいわゆるジュネーヴ協定がむすばれた。この協定によって、やがて南北をあわせたベトナム全土にあたらしい統一国家がうちたてられるはずになっていた。しかし、まもなくこの協定はあらたなアメリカ帝国主義の大規模な干渉および直接侵略行動によってふみにじられるにいたった。その結果、あたかもドイツの東西分断や朝鮮の南北分断の場合のように、全ベトナムもまた南北の両国に分断されたかのようにみえたのである。しかしながら長期におよぶベトナム民主共和国ならびに南ベトナム解放戦線の人民軍の力は、ついにこのアメリカ軍を主力とする巨大な軍隊（サイゴン政権および同盟諸外国の軍隊をふくむ）をみごとに屈伏させた。そして混乱したアメリカの軍隊は本国への敗退をよぎなくされ、サイゴン政権は一九七五年四月三〇日に無条件降伏の運命におちいった。三〇年間の戦史はこのとき終止符をうたれ、栄光の「ベトナム社会主義共和国」が名実ともに独立した統一国家としてうちたてられたのは、その翌年の一九七六年七月である。

たしかに、ベトナム戦争は地理的にみれば局地的だったといえよう。しかしその年月の長さのほか、五五万人をくだらぬアメリカ軍およびその他の諸外国の軍隊の投入、とくにアメリカ政府の武器使用の大量さや軍事費の巨額さ、無差別爆撃によるベトナム全土の破壊ならびに人間殺傷のひどさからいえば、それが二〇世紀における最大な戦争のひとつであることは、だれも否定することができない。

アジアの小民族が世界最大の帝国主義国アメリカに歴史上はじめての敗北をなめさせたという一点においても、それはまことに世界史的な重さをもっている。

しかもこの場合に、いままでの歴史にはみられなかった大規模のベトナム支援の反戦運動が世界にまきおこったということ。われわれはけっしてこのことをわすれてはならない。この運動にはアメリカ自身の国内における多数の人民、そしてこのベトナム侵略に加担した日本政府下の多数の日本人民が参加したことをも、あらためておもいおこそう。ベトナム人民の勝利と侵略戦争への反対とのむすびついたところの、このような世界的な大運動は過去の歴史にはけっしてなかった。本多勝一氏もいっている——

「世界の歴史に巨大な変更を加えたこの戦争は、民族自決・社会主義革命・ベトナム労働党の独自路線の勝利であると同時に、アメリカ合州国という有史以来の超軍事国家・最大の帝国主義国の挫折と敗北でもあった。それは地域的規模でいうなら、世界の解放勢力の勝利であり、侵略する側の勢力の敗北であった。また日本国内でいうなら、ベトナム解放勢力をさまざまなかたちで支援しつづけた側の勝利であり、ベトナム侵略に直接・間接に加担した財閥・政府と植民地型知識人の敗北であった。この結末の意味するところはまことに大きく、私たち日本人の生き方をも含めて、今後の世界、とくにアジアの歴史に、『ベトナム』は何らかの影響を末永く与えつづけるであろう」（『再訪・戦場の村』「はじめに」一九七五年、朝日新聞社）。

まったくそのとおりである。侵略戦争反対をさけぶこのような世界的な波浪のうねりを、過去の人類の歴史はかつて知らなかった。第一次大戦、第二次大戦、そしてまた三〇年代後半のスペイン市民戦争のときにも、たしかにも《ママ》個別的あるいは国際的に帝国主義戦争反対、ファシスト的侵略反対にささげられた勇敢な活動は存在した。しかしそれにしても、ついにその勝利をもおさめたこのような世界的な反戦の世論と行動のたかまりは、ほかにその前例を知らない。ベトナムの公的文書はこの栄光ある勝利の要因として革命政党の正確無比な指導、地域人民との人民軍の密着した信頼関係、あらゆる領域にわたっての民主主義の徹底を指摘する。しかしそれとともに、あの国際的な規模での力づよい物質的ならびに精神的な支援の力をも不可欠な要因のひとつとしているのは、けっして一片の辞令ではない。このような支援にたちあがった世界人民の数、諸国および諸民族のエネルギー、それらすべての側からの熱烈な協力のボルテージは、無視されるにはあまりにも巨大すぎたのである。

この意味において、第一次世界大戦（World War I）、第二次世界大戦（World War II）のつぎに到来したのは、第三次大戦ではなく、まさに史上最初の世界反戦（World Anti-War I）にほかならなかった。これはこんにちの民族自決、非同盟中立、軍事ブロックの解消、平和的共存、やがては核兵器全廃および全面軍縮の国際的運動の波につながっている。

＊

ふりかえれば、あの一五年戦争の終結まではアジアの一角のベトナムという小国は一般の日本人の意識には明確な形ではのぼっていなかったにちがいない。わたし自身にとっても、この地域があきらかに意識にのぼったのは、ようやく一九四〇年における「仏印進駐」すなわちフランス領植民地インドシナへの日本軍の侵入のときだった。それから二〇年後、日本政府の加担するアメリカ軍のベトナム侵略行為の開始とともに一般の関心をよびさますようになる。この一般の関心を次第に痛切な感動と積極的な支援活動にまで展開させたものは、まえにのべたように、ベトナム戦争の実状報告の伝達によってだった。わが国においてだけではなく、もちろん世界の諸国においても。

インドシナ諸国（ベトナム、ラオス、カンボジア）における闘争と抵抗の目標は、民族の自由と独立を欲するあらゆる人々にとってあきらかとなった。一九七二年の二月上旬には世界の八〇余国の人民の代表があつまって「インドシナ諸国人民の平和と独立のための世界集会」がパリ近郊のヴェルサイユでひらかれた。〔口絵写真参照〕つづいて翌七三年の二月下旬には「ベトナムに関するローマ世界集会」がひらかれた。わたし自身もこの両会議に参加したが、とくにローマでの国際緊急集会のときの共同宣言がつぎの一句でむすばれたのは印象的だった──「あすもやはりきのうのように、ベトナムの大義は全人類の大義である（"Tomorrow as yesterday, the cause of Vietnam remains the cause of all mankind"）」。

このときわたしは一九四五年九月二日のベトナム民主共和国独立宣言があのアメリカ独立宣言の冒頭の一句から出発しているのをおもいかえした。それは万人のもつ自由と独立、平等と幸福の権利の確認である。一八世紀のあのアメリカ独立宣言の精神はまさに全人類の不滅の大義をその内容としている。そしていま──ベトナム人民が世界帝国主義の牙城アメリカとたたかって勝利をえたのは、まさしくこのおなじ大義のもとにおいてだった。歴史のアイロニーというのはこのようなものなのか？

さらに、つぎのこともつけくわえておきたい。それは、アメリカ独立戦争のさなか、この国におもむいてその世界史的事業のために全力をかたむけたイギリスの革命的思想家トマス・ペーン〔一七三七～一八〇九〕の『コモン・センス』のはしがきの一句である――「アメリカの大義は大局において全人類の大義である（"The cause of America is in a great measure the cause of all mankind"）。いままでたくさんの事態がおこったし、これからもおこるだろう。そしてそれらは局地的（ローカル）ではなくて普遍的（ユニヴァーサル）であり、人類を愛する人々の信念はよびさまされ、その場合にはかれらの感動がわきたつだろう」。

アメリカの独立と建国は一七七六年七月、そしてベトナム社会主義共和国の樹立はあたかもその二〇〇年後の一九七六年の七月である。トマス・ペーンのいわゆる状況の「普遍性」の指摘はまことにみごとな予見だったといえる。

＊

最後に、こんな記憶がうかんできたので、ついでながら、かきそえておく。ヴェルサイユでの国際会議のときだった。休憩のとき、たまたま食堂で隣席のフランス人から声をかけられた――「ムシュー・オンダは元気かね？」。だれのことなのか、ちょっと見当がつかない。「本多勝一さんのことではない？」――そばにいた友人がわたしにささやいた。はっと気がついて、「あいかわらずいそがしく仕事をしているでしょう」とこたえた。おそらく英訳の『戦場の村』の読者だったのではなかろうか。意外でもあったが、うれしいことだった。

草の根はどよめく

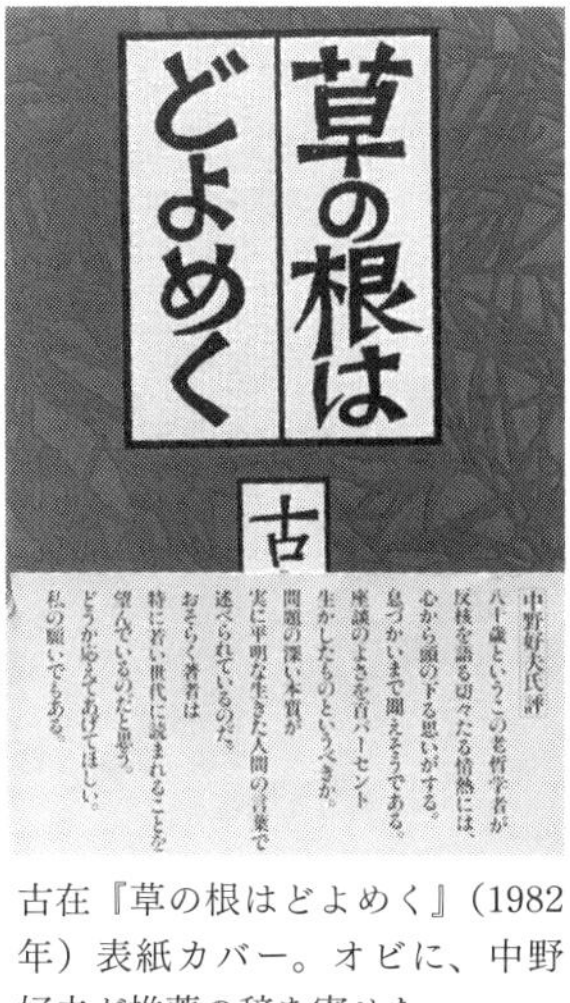

古在『草の根はどよめく』(1982年)表紙カバー。オビに、中野好夫が推薦の辞を寄せた。

核廃絶

ある人々は平和の名目のもとに核兵器を増強してきた。
たいせつなのは平和の達成のために核兵器を廃絶することである。

歴史は人間がつくる

むかし、ある歴史家の本をみていたとき、こんなエピソードがかかれていた。文字どおりにはおぼえていないけれど、それは父と子との対話だった。父が新聞をよもうとしていたとき、おさない男の子がそのそばでさわぎまわって、気分がおちつかない。よし、それではというので、父は読みおわった新聞のページをやぶき、これをまたこまぎれにして子どものまえにばらまいた。そのページには、世界地図がえがかれていた。「ほら、これパズルだよ。この紙きれをみんなつなぎあわせて、うまく地図をまとめてごらん」。さて、新聞をよみつづけている父のところに、たちまち子どもはみごとにつなぎあわした世界の地図をもってやってきた。

「おや、はやすぎるね。どうしてできたの」子どもはこたえた。「なんでもないよ。裏がわに人の顔の写真があったのさ。これをつないだんだ」。

歴史の諸相をつらねたもの、歴史の諸段階をつらぬくもの、それは人間であり、人間のさまざまないとなみである。核兵器もまた人間のつくりだしたものであり、たんにそこに孤立して存在する自然的な物体ではない。それはさまざまな条件——核基地、核配備、軍事条約、軍事ブロック、軍事的な政治機構などにつながった絶滅的な殺人兵器であって、それらはすべて特定の人間によってつくりだされ、おしすすめられているものである。だからこそ、核兵器の廃絶とはそれらすべてのものの廃絶にほかならない。核機構をつくりあげるのも人間であれば、核機構をうちやぶるのもまたおなじく人間である。現代は「核時代」といわれている。しかし、いまやわが国をもふくめて全世界に「反核の時代」の夜あけのうねりが到来しつつある。

ヨーロッパそしてアメリカ

核兵器と核戦争に反対し抗議するデモンストレーションの波は、とくに一九八一年秋からヨーロッパやアメリカのいたるところでたかまり、ひろがっている。ヨーロッパ諸国での行動はかぞえるいとまもないが、ここではひとつだけあげておこう。北大西洋条約機構（NATO）は一九七九年末に決議をして、八三年からアメリカ製の中距離核ミサイルをヨーロッパに配備することにした。ついでアメリカのレーガン大統領は一九八一年夏に中性子爆弾の生産開始を宣言した。このような状勢のもとに、たとえば西ドイツ〔東西冷戦時代、ドイツは東西に分裂していた〕のボン〔西ドイツの首都〕では八一年一〇月一日に大規模なデモンストレーションがおこった。参加者数は三〇万人（主催者発表）あるいは二五万人（警察推定）。この都市はドイツ連邦共和国の首都ではあるが、その人口は二八万六千にすぎない。三〇万というのは西ドイツの各地やオランダからの三千台のバス、三三本の臨時列車などからほぼ正確に計算された数である。

西ヨーロッパでの間断ないいくつもの事例ははぶいて、最近のアメリカでのひとつの行動をみよう。ここでは八二年四月一八日から全国にわたって一斉に「グラウンド・ゼロ」週間の幕がきられた。グラウンド・ゼロというのは爆心地点という意味である。新聞報道によれば、四一州にわたる諸団体はこの「週間」を支持し、六州の知事はそれを州の公式行事として宣言し、市町村の参加も総数七五〇にふくれあがった。そして四五〇の大学や一千の高校もそれにくわわり、討論や映画や演劇その他による核戦争の脅威についての啓発と抗議などきわめて多彩な運動がくりひろげられたという。他方、レーガンの核増強政策にもかかわらず、最近の世論調査によれば、とりあえず核兵器の実験、生産、配備をすべて停止しようという核凍結論が六八パーセントの支持をしめした。そして核攻撃をただ軍事施設にだけ限定するという核戦争のもとでも、自分は十分にいきのこる可能性があると信ずる回答は、わずか九パーセントにすぎない。

レーガン大統領はその前日の四月一七日にこの「週間」に面してくるしげにいった――「安全保障や軍備縮小に国民の関心が高まっていることは歓迎する。しかしわたしほど平和の必要性を痛感している者はいない。」くるしい「歓迎」だ。

最後にもうひとつだけ。ヨーロッパとアメリカをつなぐものとして、アメリカを訪問したオランダのベアトリクス女王が、アメリカの上下両院合同本会議で核軍縮をつよくうったえる演説をした事実をつけくわえておく。およそ政治的な発言をすることのない王室も、あえていまこのような慣例をやぶった。これはまったく異例なことであり、おどろきをもってむかえられたと報道されている。オランダ自身は北大西洋条約機構の一員でありながら、八三年以降に予定されている巡航ミサイルの配備に国民は反発している。一九八二年四月二一日のこの演説で、女王はオランダをふくめて全ヨーロッパにみなぎる反核のさけびを大胆に代表した。「文明を破壊し、われわれのいきている地球をほろぼすような兵器をへらすことこそたいせつである……軍縮を達成する以上に重要なことはない」。これがその結びの語だった（朝日新聞夕刊、一九八二年四月二三日）。

二つの激流がぶつかりあって渦まいている――これが現代そのものの特徴である。

小学生との対話

なによりもたいせつな日本自身の核兵器反対のことについては、ここではあらためてのべない。毎日のように、新聞やテレビが報道しているからである。わが国における核兵器反対の歴史と伝統はながい。最近において注目すべきは、一九八二年三月二一日の「広島集会」（参加者数、二〇万人）であり、五月二三日の「東京集会」（予定数、三〇万以上）である。およそこのような集会や行動が可能となるためには、全国の各地域における会合、討論会、自主講座、展示会、映画会などさまざまな学習や啓発の活動がつみかさねられてきたことは、いうまでもない。それぞれの国の特色はあるにせよ、わが国での運動がおくれているとはおもわれない。一九七八年五月の第一回国連軍縮特別総会に向けての反核署名数も二千万をこえた。その四年後の一九八二年の特別総会にむけて、いま三千万をめざしての署名運動がくりひろげられている。そのセンターは「第二回国連軍縮特別総会に核兵器完全禁止と軍縮を要請する国民運動推進連絡会議」であり、そのための事務所は東京の日本青年館の一室にある。それ以外の団体も、類似の署名活動をおこなっているから、はたして「連絡会議」だけでこの目標数字に達するかどうかはわからない。しかし、この反核運動にいままでみられなかったあたらしい質がうまれてきたことだけは、たしかである。

現在の状況を知りたいとおもって、先日（一九八二年四月三日午後）わたしはこの署名運動の事務局に電話をかけてみた。電話口にでてきた事務担当の久保文《ふみ》さんが、いきなりいった――「ちょっとまって！　いまひとりの少年が署名簿をもって部屋にはいってきましたから」。これをきいて、わたしはいった――「それはすてきだ。その少年をいま電話口にだしてくださいよ」。そして五分ほどの会話をした。はきはきとしたその声に、元気いっぱいな少年の顔が目にうかぶ。

たまたま、そのとき、そばに新聞社の人たちがいあわせた。そしてわたしとの対話のあとで、その少年からくわしい話をききだしたという。翌日（四月四日）の朝刊をひらいて、わたしの胸ははずんだ。すこしながいけれど、その記事をそのままここに引用させていただく——

「……東京新宿の事務局に十二歳の少年が〝仕事を手つだわせて〟とやってきた。水戸市内に住んでいる。先日、小学校を卒業、八日に市立中学に進学する。春やすみで、都内の祖父母宅にきたついでに寄った、という。自分であつめた四五人分の署名簿を手わたした。おとなたちの問いに、少年の答えは明快だった。〝ぼくだって、戦争はいやだもん〟。

少年は二月上旬、自宅で新聞をよんでいて、三千万署名運動がはじまったのを知った。〝ぼくもやってみよう〟。事務局に自分で手紙をかき、署名用紙一五枚（二二五人分）をもうしこんだ。六年の社会科で広島、長崎の原爆投下のこと、また空襲でもおおくの人が死んだことをまなんでいた。東京大空襲などをえがいた高木敏子さんの児童むけ図書〝ガラスのうさぎ〟（金の星社発行）もよんでいた。

〝核兵器も、人をころすからいやなんだ。だからなくしたい〟。

クラスの友だちの署名をたのんだ。〝これ、なあに〟ときかれる。〝核兵器をなくそうっていう署名だよ〟——。〝じゃあぼくも、名まえかこう〟。〔クラスの全員が応じてくれた。〕クラスの先生、親類の人たちも署名した。

推理小説の大ファン。そして切手、切符あつめや鉄道模型に夢中な、ごく平凡な少年である。

署名事務局に手つだいにゆくことは母にはなした。賛成とも反対ともいわなかったという。その両親も、日本生協連がおこなっている署名には、すでに名まえをかいていた。

事務局では夕がたまで、おとずれた人たちに署名用紙をわたしたり、手紙を整理する仕事を手つだった。偶然、連絡会議結成の〔呼びかけ人の〕ひとりでもある哲学者の古在由重さんから電話があった。少年の話をきいて、古在さんはおどろいた。〃えらいんだね。がんばって！〃。電話口で少年にかたりかけた。

〃この反核運動には世代の差なんてないんですね。こんな少年もやってくれているなんて、胸がときめきます。おもわず、あとをたのむぞ、といいたくなっちゃうよ〃電話をおえた古在さんの声がはずんでいた」（朝日新聞、一九八二年四月四日）(1)

首相のうろたえ

この少年との対話をかきとめておいたのは、ほかでもない。それはひとつの象徴的なことだからである。この新聞記事がでた直後から、毎日のように全国の少年たち（小、中、高校）からの手紙が大量に事務局にとどく。それればかりではない。少年がやるなら、この自分たちもやるぞという老年層からの手紙もあいついでおくられてくる。これらはすべて組織や団体の範囲に属していないから、まさに地表にはみえなかった「草の根」の声ということができよう。

さっき女王の演説のことにふれた。全ヨーロッパにも、おそらくおなじような波がまきおこっているのであろう。女王そして少年。上層の人たちの一部をさえゆすぶっているもの——これこそまさにそれらの少年や老人や老若の男女たちをふくむ全民衆の力にほかならない。ヨーロッパやアメリカでも、かつての著名な将軍たちや国防担当者たちがおなじような声をあげはじめている。わが国でも、おなじような事例はなくはないけれど、いささか事情がちがう点もある。鈴木善幸《ぜんこう》〔一九一一〜二〇〇四。一九八〇〜八二年に首相〕首相はその演説ではまったく抽象的ながら核兵器反対をとなえていた。そして反対への署名もするとさえいった。しかし、四月の国会で野党の議員から〝それではこの席でこの用紙に核反対への署名を！〟と要求されて、うろたえざるをえなかった。しばらく即答をさけて他の閣僚との協議のすえに、くるし気にこたえた——「わたし自身は署名簿を受理する立場にあるので、自分から署名することはこの際は遠慮させていただきたい」（失笑）。

レーガン大統領にもなりきれず、だからといって、もちろんオランダ女王になることはできまい。しかしそれにしても、一体この「うろたえ」はなにをしめしているか？　わが国の反核の草の根のどよめきをどこかわが身にも感じているからにちがいない。

草の根（グラース・ルーツ）とは？

とくに核廃絶のうねりのひろがりにつれて、新聞などにもたびたび「草の根」という語が登場している。草の根とはなにか？

先日も、わたしは家の付近の道をあるいていた。道路はアスファルトでなめらかに舗装されている。

ふとその道ばたに目をむけると、まるでアスファルトの壁をつきあげるかのように、いくつかの草の葉がみえる。タンポポと野スミレだった。ほう、こんなところにも、わずかな土くれさえあれば、草ははえる。草はそだつ。その根はふかく地下にかくれているのだろう。そのしぶとさ、たくましさ。〝草の根〟の力を思わずにはいられなかった。

戦前のわが国でも、民衆はしばしば「草」にたとえられた。〝民草《たみくさ》〟という語がたびたびつかわれたのも、戦前のことである。ふるい時代にそだった人たちならば、「紀元節」（いまの建国記念日、毎年の二月一一日）にいつも学校での儀式や他の祝典などでうたわれた歌をおぼえているかもしれない。

雲にそびゆる高千穂《たかちほ》の
高嶺《たかね》おろしに草も木も
靡《なび》き伏しけむ大御世《おおみよ》を
祝う今日《きょう》こそめでたけれ。

「高千穂」のみねとは日向（ひゅうがの国、いまの宮崎県）の山の名。古事記、日本書紀の神話によれば、アマテラスオオミカミの命令を受けて、その孫のニニギノミコトが高天原（タカマガハラ）からここへ降下したという山（「天孫降臨」）。そして、「大御世」とは天皇の治世。要するに、この絶対権威の威風のもとに人民は「なびきふす」草とみなされていたのが、戦前に力をふるったわが国の神話的なイデオロギーだった。

しかし、戦争は敗北し、ついに新しい時代はきた。民主主義日本の道がひらかれた。たとえ草の葉や茎は暗黒時代にはゆらいだとしても、地下の「根っこ」そのものはゆるがず、いまや反核運動とともにその底しれぬ力を地表にあらわしはじめている。

その発生史からみて「草の根」あるいは「草の根・民主主義」という語がそもそもアメリカ産だということは、たやすく推定されよう。しかも「グラース・ルーツ」という語は一九二〇年ごろまではまだ辞書にもみいだされなかったらしい。(H. L. Mencken,〔*The*〕*American Language*, 1954 New York, p.297)。はっきり公式の場にあらわれたのは、一九三五年のアメリカ共和党大会においてであり、これはレーガン大統領下の同党の綱領にもみうけられる。せまい意味ではアメリカの農牧民を、ひろい意味では指導層に属さない庶民、一般大衆をさすといえる。一例をあげれば、ゴー・ディン・ディエム政権についてのひとつの特徴づけにもみいだされる。この政権はあのベトナム戦争中にアメリカ帝国主義の政治力と軍事力にのみささえられており、南ベトナムでのクー・デタによってたおされたものだった――「ゴー・ディン・ディエム大統領のむしろ狭隘な政権は〝草の根〟との接触をうしないつつあるようにみえる」(*Listener*, 1959, 4月30日号、オクスフォード大辞典による)。

歴史の発展は、風になびく隷属的な客体から、風をまきおこす自主的かつ自発的な主体へ民衆を転化させた。とくに、核廃絶の嵐はこれである。なぜなら、核兵器は人間の存在そのもの、「人間の根っこ」への無差別な直撃だからである。「草の根」からの民衆のたたかいなしに、どうして核戦争をふせぎとめることができようか?

『草の葉』から

Those of the open atmosphere, coarse, sunlit, fresh, nutritious,
Those that go their own gait, erect, stepping with freedom and
command, leading, not following,
Those with a never-quell'd audacity, those with sweet and lusty
flesh clear of taint,
Those that look carelessly in the faces of Presidents and governors,
as to say *Who are you?*
Those of earth-born passion, simple, never-constrain'd, never obedient,

Leaves of Grass, The Prairie-Grass Dividing. から

ひろびろした大気の、あらあらしく、日をあびて、
いきいきした、みずみずしい葉よ
みずからの足どりで、顔をあげ、自由自在にあゆみ、
あとにはつかずに先頭をゆく葉よ
くじけることを知らぬ不敵な葉、
あまく、ふくよかな、けがれない肉づきの葉よ
平気で大統領や知事たちの顔をみすえ、

「きみたちはだれなのか？」とでもいいそうな葉よ
土にうまれた情熱にもえ、
かざりけなく、屈服も隷従も知らぬ葉よ……
（ウォルト・ホイットマン〔一八一九〜九二、アメリカの詩人〕の詩集『草の葉』の「広野の草をふみわけて」から）

いのちに栄光あれ！

核廃絶をめざしてたちあがった民衆が、「草の根」といわれるのは偶然ではない。それは世代をこえ階層や性別をもこえた色とりどりの人々のむれだからである。それはこの大地に足をふまえた人たちであり、野草のしたたかさをもつからである。

そればかりではない。いのちの尊厳、いのちの根原がそこにこそ存在する。この根原をおびやかすもの、この尊厳に敵対するもの。これをわれわれはねじふせなければならない。

このたたかいに勝利あれ！　いのちに充実あれ！

人間と自然

先日、初対面のひとりの客がやってきた。生物学の教授である。たまたま雑談は「ライフ」ということばにおよんだ。その人はいった――

「わたしたちからみると、草も木も虫も人もみんなライフなんです。いきものなんですよ。けれどライフという語は日本語ではいろいろに訳されましてね。あるときには、いのちとか、生命とか、生活とか。しかしまた、あるときには人生、一生、生涯とか生計ともいうふうに。哲学などではよく「生の哲学」などといわれるでしょう。こんなときには「生活の哲学」などというのはまずいらしいんですね。「生活」というのはいかにも世俗的で、「生」といえばなにか高尚なひびきがあるらしい。なかなかむずかしいんですねえ」。

この話をきいて、わたしは別のことを連想した。「ライフ」にもさまざまな姿はあるし、ニュアンスもあるだろう。しかしそれにしても、それがあまりにもこまぎれにされてしまってはいけないのではないか？　とくに、自然と人間とのかかわりが問題になるときには。

この春（一九八二年三月）にわたしは一つの新聞記事をみた。それは「緑の十字軍」のことである。この報道（朝日新聞、三月二七日）によれば――

自然保護議員連盟と国際軍縮促進議員連盟との会長をかねた参議院議員、大石武一《ぶいち》氏〔一九〇九～二〇〇二、環境庁長官・農林大臣などをつとめた〕は一九八二年の元旦にむけて主要八ヵ国の首脳たちに電報をうった。その趣旨は、「世界平和のために軍事費を緑の地球の防衛にあてるように」ということである。

一月二六日、ソ連のチゾフ駐日臨時大使は参議院議員会館に大石氏をたずねて、「緑と平和をまもる軍縮運動には賛意を表明する」というソ連政府の意向をつたえた。さらに、この電報にたいしては、ソ連のほかにもすでにカナダやイギリスの政府からも賛意の返書がよせられている。また、おなじ二六日には国連環境計画（UNEP）のトルバ事務局長から大石氏あてに手紙がとどいた。これは、「緑の十字軍――地球防衛基金」と国連の「砂漠化防止基金」とがたがいに手をむすぼうという訴えだった。

なお、大石氏によれば、ソ連臨時大使の返事というのは、「戦争をなくすのはソ連憲法の精神であって、あなたのとなえる地球の環境をまもるための軍備費の削減には賛成」ということだったという。また、カナダ政府からの手紙は二月一〇日づけのものであって、トルドー首相からスティーアース駐日大使の手を通じてとどけられた。そしてこのなかには二つのことが強調されている。(1)カナダ政府はこれまでもUNEPに協力するとともに、国内的には「環境カナダ」を組織し、酸性雨など地球規模の環境問題に資金を投入している。(2)軍備予算については、カナダの軍隊はひかえめな水準で維持されているが、国際状勢が進展しないかぎり防衛予算をこれ以上に削減することはできない――この二点である。

さらにイギリス政府の手紙は一月一八日づけ、同国外務省の軍備制限・軍備縮小部からのもの。ここではこうのべられている。「イギリス政府としては、核兵器であると通常兵器であるとをとわず、よりすくない軍備で平和を維持する方法をさがしもとめているということを保証する」。

最後に、トルバUNEP事務局長の手紙にはこうかかれていた。「人類が直面しているもっとも重要な問題、緑と平和を適切にむすびつける運動をおこしたあなたの先見性に敬意を表したい。もし国連の砂漠化防止基金と緑の十字軍とがむすびつくことができるならば、このことは政府に影響をあたえるだろう」。

ここにわたしは新聞の記事をそのまま紹介した。今日、核戦争の脅威はますます増大している。わが国における戦争政策の推進は軍事予算の突出、アメリカとの合同軍事演習の反復増大、そのほか日々にそのテンポをはやめつつある。他の諸大国においても「緊張緩和」への動向はみられず、むしろ核戦争を頂点として一般に軍備の増強がすすめられていることは、だれも否定できない現実である。だからこそ、わたし自身もあの大石武一議員の投じた一石とそれの波紋に、別にそれほどの期待をもってはいない。ただ留意すべきは、環境保全と軍備縮小とのあの必然的なつながりがここにもまたはっきり提起されている一点である。

「国やぶれて山河あり。城、春にして草木ふかし」。これはよく知られた杜甫の詩の一節だった。核戦争は人間のいのちだけでなく、自然のいのちをも同時にうばいさるにちがいない。地上の生きとし生けるものは一瞬のうちにひとしく死の運命をまぬかれないだろう。いや、核戦争がおこらない今日でも、非人間的な刻々の乱開発がきよらかな大気をよごし、海や川の水をけがし、土壌や森林や草木をいため、そこにいきる動物たちをたやしつつあることは、よく知られている。かりに個々の人間たちがのこったとしても、枯死した自然のなかで自分だけがいきつづけることはできない。まさに人間そのものが大自然のなかの生きものにほかならないのだから。

核実験。乱開発。いわゆる「列島改造」。さまざまな公害、食害、薬害など。これらすべてにとりまかれた現代のわたしたち。いくつもの地域で、あるいは地域の別をもこえて、それらの反自然的かつ反人間的な公害に反対する市民運動や住民運動がわが国でもおこっている。これらの行動こそうたがいもなく、「草の根」のたくましい抵抗である。直接にせよ、間接にせよ、これらの草の根運動も最大の絶滅的公害としての戦争一般および核戦争をなくすための運動と手をつながざるをえない。

いのちの色は緑である。たとえば西ドイツには環境保護を旗じるしとする「緑の党」(Die Grünen) がある。近年、この党は政界にも急速に進出してきた。こぞってこの派の人たちが反核のキャンペーンにも大量に参加しつつあることは（たとえばまえにのべたボンでの大デモンストレーション)、けっして偶然ではない。おなじような連結はイギリス、アメリカ、フランスその他の「環境保全派」(“alternative”派、“conservationists”, “ecologists”) の場合にもみられる。さらに、南太平洋の諸島でのアメリカやフランスなど諸国の核実験、そのほか放射性廃棄物の海洋投棄にたいする住民の反対運動には、危険な原子力発電所に対する反対運動の場合とともに、まったく直接に核問題と環境保全の問題とのかかわりが存在する。

——自然と人間との不可分なつながりを、あらためてここでも確認しよう。

「人類」ということ

もし核戦争がおこれば、たとえ当初は特定地域にかぎられたとしても、いつか地球的な規模にひろがる可能性をもつことは否定できない。そしてその際、かりにいくつかの人間群がいきのこったとしても、なにをこれは意味するのだろう？　かれらは太古の石器時代から歴史をはじめるのだろうか？しかし、そこには、もはや太古のようなみずみずしい自然はない。いきのこった人間も、もはや太古人のようなたくましい筋力をもっていない。原始的な体力はうしなわれている。たんに生物学的な「種」（ホモ・サピエンスとしてのスペ《ママ》シーズ）のかたわれが地上にのこされたとしても、人間の歴史は跡かたなくほろびさるであろう。

人間は数百万年、数万年、数千年の営々たるいとなみをつづけて今日の生活、文化、文明をきずきあげてきた。だから、われわれが人類の生存の問題というとき、やはりこのような悠久の歴史をたどってきたところの人類にとっての問題を意味することは、あきらかである。もちろん、発達した文明は一方ではすくなからぬマイナスをもうみだした。なかでも、人類そのものの集団死をまねきかねない核兵器の発明と開発はその最大のものである。しかし他面では、かけがえもない貴重な宝ものがもたらされ、これらを吸収しつつわれわれがいきている事実を、だれが否定できよう？

一九八二年になってから、わが国でも作家、映画人、演劇人、舞踊家、画家、音楽家、芸能人、写真家、宗教者、科学者そのほかの集団がつぎつぎに核廃絶の声明をだし、今後ひきつづいての行動を宣言した。労働組合については、その伝統が以前からつづけられていることはいうまでもない。わが国では、ことし（一九八二年）のメーデーにおける労働者および勤労大衆のかかげる無数のプラカードには「核廃絶」の文字がかかれていた。またことしの四月二四日には、オランダのハーグでひらかれた第四回ヨーロッパ労働組合連合大会は「核兵器一掃」の決議を満場一致で採択した。この連合は西ヨーロッパの社民系、キリスト教系の組合を中心として四千万以上の労働者をふくむ大組織である。もちろん、すべてそれらは名もない「草の根たち」のどよめきに呼応するものである。これとのつながりなしには、すべて「根なし草」におわってしまうだろう。

さて、新聞でみたかぎり、反核宣言にあたっての各界の人たちの感想が印象的だった。もし核戦争がおこったら、どうなるだろう？　もしそんなことになったら、「芝居もやれなくなる」「歌もうたえなくなってしまう」「一体なんのための苦労の一生だったのか、わけがわからなくなる」……たしかに、とわたしはおもった。みな、それぞれの仕事をそれこそ「自分のいのち」としている人たちの切実感にあふれていたからである。「わが子や孫の未来のために」とたちあがる親たちとくらべて、それらの人たちもけっして高踏的なものとはいえまい。

なぜなら、「人類の生存」をいうとき、それぞれのいとなみは結局のところ人間存在の根原につながらざるをえないからである。「人間の尊厳」、「人間――このすばらしいもの」――これである。

西欧の知識人たちは核戦争による人類の滅亡というかわりに、よく「文明（シヴィリゼーション）の滅亡」という。これも、いまのべたような意味に理解さるべきだとおもう。ただし、わたしとしてはこの「文明」や「文化」のなかに、たんに高度の芸術や科学や技術だけではなく、真に人間的な日常的な愛情、たとえば友情や親子愛や恋愛や趣味などをもふくめたい。そもそも、なぜ核廃絶の決断を芸術家や科学者たちが宣言せずにはいられないのか？　その最後の根拠はどこに？　今日、科学や芸術の諸分野はいよいよこまかく分化しつつある。そうであればあるほど、ひろい視野と展望はうしなわれて、本来の目標の自覚もうすれてゆく状況がすすむ。しかし、一体なんのためにこれらの創造的活動はあるのか？　ただのなぐさみやあそびではない以上、なにかの意味でそれらはすべて人間的な諸価値（万人の自由、幸福）につながらなければならない。これらの根原的な諸価値の意識は一般民衆に共通なはずであって、どんな専門的知識人にとっても公共《ママ》の前提であるはずである。この意味ではそれは「公理」（アクシォム）の自覚、ほかならぬ「コモン・センス」である。どんな高級な芸術や科学もここからみれば、自覚的と無自覚的とにかかわらず、結局は日常的な人間生活および生活感情との連結をたちきることはゆるされない。「根っこ」は共通である。このことをおもうとき、人間の活動のそれぞれの分野の人たちが「自分のいのち」とする営為を「人類のいのち」そのものにつなげることは、まったく当然としてうけとられるのだ。

　かつてイギリスの作家メレディスはいった――「コモン・センスの剣《つるぎ》！　われわれの一番たしかな天分」（『喜劇論』）（“Sword of Common Sense! —— Our surest gift”——George Meredith:〔*An Essay*〕*on Comedy*)

「大義」とは？

　核廃絶は今日の「人類の大義」ともいわれている。「大義」とはおよそ人間のあゆむべき大道という意味であろう。この語（コーズ、“cause”）が鮮やかに私の記憶にのこったのは、過去において二度あった。

ひとつは、一八世紀のイギリスの革命的思想家、トマス・ペーンのことばである。アメリカ独立の革命戦争（一七七六年）のとき、かれはこの国におもむいて歴史的な著作『コモン・センス』をかいた。その序文にいう――「アメリカの大義は大局において全人類の大義である（"The cause of America is in a great measure the cause of all mankind"）。いままでもたくさんの事態がおこったし、これからもおこるだろう。そしてそれらは局地的（local）ではなくて普遍的（universal）であって、人類を愛する人々の信念はよびさまされ、その場合にはかれらの感動がわきたつだろう」。

はたしてその一〇年あまりののち、フランス革命がおこった（一七八九年）。これも自由、平等、友愛のためのたたかいであった。そしてその勝利は「局地的」ではなかった。

他のひとつのわたしの記憶はベトナム戦争のときである。日本帝国主義の降伏とともにベトナム民主共和国は成立した。その年すなわち一九四五年の新憲法は、「生活《ママ》、自由および幸福追求」を万人のゆずれない権利としつつ、アメリカの「独立宣言」およびフランスの「人権宣言」からの引用文ではじまっている――「地上の万人はうまれながら平等であり、生きて幸福かつ自由であるべき権利をもつ」（独立宣言から）。「万人はうまれながら自由であり同一の権利をもつ。そしていつまでも自由であり同一の権利をもたなければならない」（人権宣言から）。そしていう――「それらは否定できない真理である」、と。

歴史のアイロニー（反語）はこのアメリカとフランスがベトナムを政治的かつ軍事的に支配し、三〇年間のはげしいたたかいのすえにベトナム人民はついに勝利をおさめ（一九七五年）、ここに全国を統一したベトナム社会主義共和国がうちたてられた。

さかのぼって、まだ戦争のさなかの一九七三年の二月上旬に世界諸国の人民の代表を集めた「ベトナムに関するローマ世界集会」がひらかれたことがある。ローマでのこの国際緊急集会のときの共同宣言がつぎの一句でむすばれたのは、とくにわたし自身も参加者のひとりとして、いまもわすれられない――「あすもやはりきのうのように、ベトナムの大義は全人類の大義である」("Tomorrow as yesterday, the cause of Vietnam remains the cause of all mankind")。

このような「大義」(コーズ)の語への言及は、たんにわたしの心のなかの私的な回顧にすぎないのだろうか？　かならずしもそれだけとはいえまい。というのは、わが国内において、これまでベトナム人民支援につとめてきた友人たちが今日ほとんど核廃絶のために身をうちこんでいるからである。それればかりではない。ヨーロッパやアメリカなどでも、おなじようなことがみられる。新聞によって、また外国からかえった知人たちの口からも、かつてベトナムの支援のさなかにその名や顔を知った人たちがいまや核廃絶をめざしてたたかっているのをきくことが、たびたびあるからである。このことの必然性はおそらく理論的あるいは思想的にもあきらかにされうるだろう。しかしいまはそれにはたちいらないでおく。しかし、今日このことだけはたしかである――

核廃絶は人類の大義である。

人類の大義のために

たたかいの道。ここにはいくつもの障害、いくたびもの苦難がまちうけているにちがいない。いまの「草の根」のどよめきのおおきな波浪も、今後さまざまな起伏をまぬかれないだろう。しかし、過去の人類の全歴史をふりかえるとき、このような全地球的な絶滅戦争を未然にふせぎとめることは空前の大事業である。そして世界各国においてこの巨大な目的を達成するためには、これをさまたげているところのそれぞれの経済的、政治的、文化的な機構ならびに勢力とのたたかいをさけることは絶対にできない。理論とともに実践のなかで、われわれの面前によこたわる壁の正体をみきわめてゆくこと。そしてこの壁をつきくずしてゆくこと。このことこそ絶対の必要条件である。

民主主義の貫徹。いたるところでこれが要求される。しかしいずれにせよ、われわれの未来、われわれの運命だけはわれわれ自身の手できめてゆこう。

人類の大義そのものに、われわれはそれぞれの「個」としてもつながっている。これら無数の「個」のおおきな国内的および国際的連帯。ただこれだけが核戦争の脅威をねじふせうる唯一の力なのだ。

苦難をこえて最後の勝利を！

（1）引用記事中の〔 〕内は、元の新聞記事による補足。かな遣いは引用者にしたがう。この記事では、この「国民運動推進会議」（呼びかけ人、評論家・中野好夫氏ら）と記されている。

生涯の親友——吉野源三郎のこと〔抄〕

夏の日の衝撃——ぼくたちはどう生きるか

〔……〕私は高校〔旧制第一高等学校〕のころから吉野〔源三郎〕君を知ってはいましたけれども、まだ直接話しあう機会はありませんでした。ただ、文科の生徒からの影響もあり、私もおそまきながら人生や学問について疑問をもちはじめ、大学に入るときに理科から哲学科に転じたのでした。そしてここで吉野君と同級生になったのです。

そして吉野君と直接話をするようになって知ったのは、彼がたんに文学だけでなく、社会的な関心をもすでに高校時代からもっていたということです。彼は河上肇《はじめ》〔一八七九〜一九四六、経済学者〕の個人雑誌『社会問題研究』〔一九一九〜三〇年、月刊誌〕などをも、すでにこのころから読んでいました。だから文学とか社会問題とかについての当時の私の知識は、おもに彼から得たということができましょう。

このような過去のプロセスがあったために彼はいつでも私よりも一歩先をこれらの方面について歩んでいたといえます。

とはいっても、当時はまだ、あいかわらずカント哲学の枠のなかで毎日のように人生問題などについての抽象的な議論をしていたのでした。

ところが、ちょうど卒業の年の一九二五年に、いわゆる普通選挙法（ただし女子はひきつづき除外）とだきあわせに治安維持法が制定されて、日本もますます軍国主義の一途をたどりはじめました。そこで私たち学生も、「人はどう生きるべきか」というような抽象的な問題に、もはやとどまることができなくなりました。そしてこの特殊な状況を自分たちはどう生きぬくべきか、という切実な問題に直面することになったのです。このような過程をへて私たちは、社会や歴史の現状と未来について確固とした確信をもたなければならないという結論に達したのでした。

そして、思いだすのは、電車のつり革を握りながら、吉野君とともに語りあったことばです。たしか当時の市電で四谷駅のあたりを通過しているときでした。たまたま街頭でツルハシをふりあげて土を掘りおこしている労働者たちの姿が見えました。真夏の太陽のもとで、彼らは汗みどろになって働いています。突然、吉野君はいいました。

「おれたちは熱心にこういう議論をしているけれども、あの汗みどろの労働者たちといったいどんなかかわりがあるのか、ああいう必死の労働とどういうふうにつながるのか」

そんなことをいったのを覚えています。

なぜこのようなことをいまだに覚えているかといえば、なぜか知らないけれども私はその瞬間に、はっとした感じをうけたからです。あとからふりかえってみれば、つぎのような意味になるのでしょう。

自分たちはある程度の生活、すなわち衣食住を保障されて、そういう条件のもとで哲学の勉強をしたり、哲学的な議論をかわしたりしている。自分たちにとってこういうような勉強や議論は自己の生き方そのものにかかわるような決定的な重要さをもっていると思っているけれども、街路でツルハシをふりあげている人たちは、いったい何のためにそのような汗みどろの仕事をしなければならないのか。私たちははっきりとは自覚していないけれども、やはり何らかの意味で特権的な社会的位置にいるのではないか、そしてこのような特権的な条件のもとでいかに生きるべきかとか、真理の認識はどのようにして達成されるか、などと思案をめぐらしているのではないか。いま私たちの目撃した労働者たちは、まさに毎日を生きるそのことのために全身をうちこんでいるのだ。それは必死の労働である。私たちの勉強や議論などは、それに比べればじつは遊びではないのか——。

くわしくいってみれば、このような意味の衝撃だったように思われます。

それから二、三年後に私たちが広く当時の日本や世界の状況をみて、自分たちの勉強も何かの意味でこのきびしい現実にかかわらなければならないと思うようになったのも、ふりかえればこのときの一つの衝撃につながってくるように感じられます。

それ以来、私たちの勉強の態度もいくらか変わってきたかと思われます。どんなこまかい理論を勉強するにせよ、またはどんな一般的な原理を追求するにせよ、これらの努力は、直接または間接に働くものたちの必死の生き方につながり、働くものたちの解放と幸福につながらなければならないという思いでした。なぜかといえば、人類の大多数が働いている人たちであり、この人たちの平和や幸福や自由なしに私自身の幸福もありえないのですから。〔中略〕

さて、大学を卒業して、私は大学の教師になり、吉野君は東大の図書館に勤めることになりましたが[1]、その年の暮れに吉野君は、東京世田谷の野砲兵連隊に入隊することとなりました。というのは、当時は徴兵制度というものがあって、一般に二十歳に達した壮健な青年たちは、一定期間の軍隊生活を送らなければならず、大学を卒業した若者たちも卒業するやいなや「一年志願兵」という名で直ちに一年間の軍隊生活を強制されていたのです。私自身はこの徴兵検査で不合格になったけれども、吉野君はみごとに合格してしまいました。そしていまいったように入隊することになったのです。

ここで彼は毎日のように軍事的な訓練をうけ、同時にまた軍事についての勉強をさせられました。彼が後年になっても軍事科学に通じており、このため一般に戦争についての軍事科学的な知識や見識をもつことになったのも、ここにその原点があったのでした。

彼はこのように一年間苦しい生活をつづけましたけれども、日曜日には外出を許されていたので、週一回はかならずといっていいほど私の家へ来て、ほかの友人たちとともに楽しい時間を過ごしたのを覚えています。もちろん、楽しい時間といっても、単にむだ話だけをしていたのではなく、高等学校以来おたがいに悩みつづけていた人生問題が話題の中心になっていたことも事実です。

〔中略〕

一九二六年ころから世界大恐慌（一九二九年）をはさんで国民生活の窮乏化と日本の軍国主義化はどんどん進み、戦争へ向かってつき進んでいったのでした。やがて大規模な戦争の時代がつづき（一九三一〜一九四五年）、ついに日本帝国主義が敗北し，第二次世界大戦が終結するまでには二十年近くもかかったのでした。

そしてその敗戦によってはじめて、「平和」や「民主主義」について公然と語ることのできる時代がきたのです。

戦争の暗黒時代をどう生きたか

さてこの十数年にわたるファシズムと戦争の暗黒な時代に吉野君はどのように生きたでしょうか。前に述べたように、学生時代にはいわば人生の悩みから出発しました。それは「この地上に生まれてきた以上、人間はどのように生きるべきか」というぼんやりした、しかも切実な疑問です。しかしながら、「この地上」というのは現実的には私たち自身をとりまく当時のわが国の危機的な状況、すなわちあらゆる人間性を押しつぶすようなファシズムと軍国主義の環境として、具体的に出現してきたのでした。

この状況の中で私たちはどう生きなければならないか、という緊迫した事態が到来したのです。いかに生きるべきかという問題は、このとき、まったく身に迫る様相をおびてきたといえます。

もう少しくわしくいえば、一九二〇年代の後半から日本の情勢は、経済的にも政治的にも急速に変化してゆき、経済恐慌がおこり、大量失業者が町にあふれ、そしてわが国はひたすら侵略戦争への道を突進しつつあったのです。

このような急迫した情勢に直面して、私と吉野君は、これからの自分たちの未来や日本全体の未来をも考えて、やはり私たちとしてもなにか、行動をしなければならないのではないかということを毎日のように語りあうようになりました。そしておたがいに社会の情勢や政治の情勢などに関心は持ちながらも、なにひとつこのような考えを行動によってあらわしていないというもどかしさを、いよいよ強く感じてきたのです。読書だけに没頭したり議論をつづけているだけでいいのかというのが、切実な問題となってきました。そして最後にはいよいよ私たちも黙ってはいられないという結論になって、進行中の戦争準備やファシズムと闘わなければならないという決意と、このような非人間的な事態に抵抗することこそ、私たちの選ぶべき唯一の道だという確信を、おたがいに固めるようになりました。

くわしい話は省きますけれども、吉野君は一九三二年ごろ、すなわち彼が図書館に勤めていたとき、治安維持法によって逮捕されるという事態になりました。それはすでにいわゆる満州事変がはじまっており、戦争反対につながるような言動はすべて取り締まられていたからです。しかも戦局はいよいよひろがっていきます。そして一度釈放された吉野君は再び逮捕され、二度目には陸軍の刑務所に投獄されました．彼はそれによっても少しも自分の思想を変えてはいません。彼が『君たちはどう生きるか』という本を書いたのは、この陸軍刑務所から釈放されたのちのことです。

それは一九三七年のことであり、満州事変にはじまった日本の中国侵略が全面的な中国侵略戦争へ拡大しはじめた年でした。彼はわが国の少年少女のために深い思いをこめて、この著作をつくりだしました。いまからいえばすでに半世紀近く前の作品ではあるけれども、今日もなお十分な生命と価値とを持ちつづけている、りっぱな作品ということができるでしょう。

いまもなおひろく読まれているこの著作を、吉野君が書いていた当時のことを、私はよく覚えています。彼は、東京の雑司ヶ谷の酒屋の二階に間借りをしていて、その一室で生活の窮乏のさなかにこれを書いていました。その部屋には、たくさんの書物のほかに、何の飾りつけもなく、ただ若いときに彼が親しんだストリンドベリの肖像の額がかかっていただけでした。その数年前から始められた戦争はますます拡大し、国民の大多数はやむなくこの戦争気分に巻きこまれていましたけれども、彼はまったく覚めた眼《まなこ》でその情景をみており、この戦争がもたらす悲惨な結末をも予期していました。

「いまは少年に向けて、人間の社会や歴史のあり方、そしてその中での自分たちの生き方を告げておくしかない」

というのが彼の基本的な考え方でした。そして、この作品がきわめて明快な論理と強い迫力をもっているのは、彼みずからも「どう生きるか」ということを真剣に考えていたからです。

彼のこの期待が決して空想でなかったことは、前に述べたように戦争直後に私が再び大学の教師になって、新入生のクラスで戦争中の愛読書のアンケートをとった際、一クラス百人あまりの学生のうちで、二十人か三十人の人がこの作品の名をあげたことをみてもわかります。

ようやく光が見えはじめた

戦後の一九四五年から彼の死の一九八一年まで、吉野君は平和と民主主義のために全力をあげてたたかいつづけました。ふつうの人名辞典を開いてみれば、彼は雑誌『世界』の編集長を二十年にわたってつとめ、戦後に日本が直面した講和条約の問題や日米安保条約の問題のほかに、ベトナム戦争や核戦争の危険などの問題についても、機をのがさずにいつも人間の尊厳と平和擁護のために正論を発表しつづけ、その有力な発表手段としての『世界』を編集しつづけた名ジャーナリストと書かれています。

しかしじつは、たんに名ジャーナリストだっただけではなく、日本の憲法と世界の平和とを守りぬくための、さまざまの実際的な活動にも力をそそいだことを忘れてはなりません。つまり、彼はたくましい社会活動家でもあったのです。

〔中略〕

一九八〇年の秋に彼がモスクワでひらかれた数十ヵ国の代表による五年目ごとの国際ジャーナリスト会議において記念すべき受賞者として選ればれたのは偶然ではありませんでした。彼は一九八一年の五月二十三日に世を去りましたけれども、私は彼があるときにいったことばを忘れません。「自分は若いときに『君たちはどう生きるか』を書いた。もし、何かを書くとすれば、いまは『ぼくがどう生きたか』を書くしかない」

このことばの中には、彼が全力をつくして生涯を人間の良心を守りつつ生きぬいた、というひそかな自信がこめられていたということが感じとられます。私は、彼の密葬のときにその死顔をみて、彼がはじめて、真剣な緊張から解放されて、なにか、心の満足をえたような顔をしていたように感じました。しかし、また同時に、彼の後に生きる人びとに向かってなおも「君たちはどう生きるか」を問いつづけているかのようにも見えました。

人間が自己の良心にしたがって全力投球をして全生涯をたたかい抜くということが、どんなに美しいものであるかは、彼の過去をかえりみるときに切実に私の胸にせまってきます。

〔以下略〕

（1）吉野が東大卒業後すぐに東大図書館に勤めたように読めるが、吉野が東大図書館に勤務したのは、一年志願兵を終えたのちのことのようである。このあたりの回想では、時期の点など、古在に若干の記憶違いがあると思われるが、ここではその指摘だけにとどめる。

哲学塾のトロフィー

月一回の「塾」の仕事がおわって、喫茶店の一室から街頭へでた。これもわたしのいくつかの塾のひとつである。十数年来の脚痛のため、どこへゆくにもタクシーをつかうが、車をまちかまえているわたしの顔に、初夏のさわやかな風がふいてくる。

ゆきさきをきいてから、運転手は正面をむいたまま、わたしにたずねた――「同窓会ですか。わかい人たちが手をふってお客さんを見おくっていましたね」。わたしはこたえた――「いや、定例の勉強会なんですよ」。そしてすこしばかりの説明をいいそえた。年配の運転手の反応はわたしにはやや意外に感じられた。「ははあ、そんなあつまりでしたか。そういえば、年ごろもそろっていないようでしたね。それにしてもあんな、したしげな見おくりなどはめったにお目にかかれないシーンですねえ。こんな殺風景な世の中なのに」。わたしはいった――「ああ、そういえばそうかもしれない。おまけに今夜は六周年の記念とかいうので、ほら、こんなボール箱までもらった。このなかにはちいさいけれどトロフィーがはいっているらしい」。

あらためて、ほのかな幸福感がわいてきた。戦後、いくつかの勉強サークルの経験がわたしにもある。しかし教職をやめてからのわたしには、このような塾がいろいろな人たちとの貴重な接触の場となっている。一番ふるいサークルはすでに三〇年あまりの歴史をもっている。まだ終戦の余燼がきえやらぬころ、そして都内に焼け跡がいたるところにあったころ、それは文字どおり寺の一室での寺子屋式スタイルではじまった。以来ながい年月がたち、当時二〇代の若者たちもそろそろ定年退職をむかえる歳になっている。もちろん、地方転任や私的事情の変化のためにその顔ぶれはかなりかわったけれど、いまだつづけて参加している人もいくたりかいる。のちに参加してきたわかい人たちも、みな古参者となにかのつながりをもっている場合がおおい。しかしこのようなサークルについてはここでは話をはぶこう。

はじめにふれた喫茶店でのあつまりでは、毎回なにかの古典をテクストとして、これを中心にみんなで話題をすすめてゆく。もちろん、わたし自身がしゃべる時間がながくなるけれど、なるべく参加者たちが意見や感想をのべる時間をのこしておく。ただ、古典とはいっても大抵はみじかいもの、そしてわたしが処理できるもの(したがって、おおくは思想または思想史にかかわるもの)がえらばれる。えらぶのは参加者たちのなかの運営にあたる人たちであり、それらのテクストはわたしの話のなかにでてきたもの、あるいはいま世間の話題になっているものが多い。このようにして、そこではすでに数十冊の本がとりあげられたことになる。おもいだすままに二、三の実例をあげれば、カント『啓蒙とは何か』(岩波文庫)、ハイネ『ドイツ古典哲学の本質』(同)、ベルクソン『笑い』(同)、徳冨健次郎著・中野好夫編『謀《む》叛《ほん》論』（同）など。わたしとしては、これらをなるべくひろい歴史的な視野でつかむだけでなく、われわれ自身の日常生活につながるようによむようにつとめてきた。さらに、「よむ」といってもかならずしも読了ということではなく、いつかよくよむきっかけとなるように概略と大切なポイントだけを指摘してきた。しかし、『きけわだつみのこえ』（同）のときなどは、青年や熟年の人たちのそれぞれの体験や関心からきわめて活発な発言がつづき、閉会の時刻をこえてもやまなかったことも、わすれられない印象としてのこっている。

ながいものも、たまにはえらばれた。こんなときには、一ヵ月の期間があるとはいえ、ほとんどみな勤務している人たちだから、あらかじめ目次と解説にだけは目をとおしておくことが課題とされてきた。たまたまチェルヌイシェフスキー〔一八二八～八九、ロシアの哲学者・経済学者、「革命的民主主義者」〕の小説『何をなすべきか』がとりあげられたときには、わたし自身がその時代史的背景と基本的テーマなどについて解説をこころみたけれど、この文庫二巻にわたる長篇をよみあげてきた人もいくたりかいたことにおどろいたこともあった。

西欧のものだけではない。わかい世代がわが国自身のものに関心をいだいたのは、こころづよいことである。たとえばかつて『三浦梅園《ばいえん》集』（岩波文庫）をとりあげたことがある。[1] あとから知ったことではあるが、参加者のひとり（タクシー運転手）が休暇をとって梅園の故郷、国東《くにさき》半島の梅園旧宅をたずねたことは意外だった。また『崋山・長英論集』〔岩波文庫〕のときには、あとで数人がつれだって豊橋から田原の崋山閉居の地にでかけたのも、わすれられない。話は一足とびに太古にさかのぼるが、相沢忠洋『「岩宿」の発見』〔講談社文庫〕をよみおえたあとで、ふたりの若者が岩宿旧跡〔群馬県〕をおとずれ、そのときのスライドをみんなにみせてくれたことも、印象ぶかかった。

明治維新や自由民権の歴史にも意外なほど興味がもたれた。メーチニコフ〔一八三八～八八、ロシアの革命家〕『亡命ロシア人の見た明治維新』〔講談社学術文庫〕もおもしろかったという。老年のわたしには予想もしなかったこともある。それは、このロシアの日本学者と大山巌《いわお》〔一八四二～一九一六、陸軍軍人〕との密接な縁にふれたときだった。少年時代のわたしが晩年の大山元帥に沼津〔静岡県〕の牛臥《うしぶせ》山のほそい山路でばったり顔をあわせたことをつけくわえた。早朝の散歩だったらしい。かれらは「メンコ」の絵で顔なじみだった元帥が、ほかにだれひとりいないこの草むらのなかで、わたしのお辞儀にていねいな返礼をされたといったときには、びっくりした様子だった。わたしは自身が「生ける化石」だといっていたことに、ぴったりだったらしい。こんな意味で、とおい過去の歴史がわたしが話をすることによって急に身近になってくることがあるというのも、なるほどだとおもった。

「版の会」に加藤周一がゲストとして出席。向かって右に古在、左隣が加藤。（写真提供：藤沢市湘南大庭市民図書館）

＊

「塾」の参加者は二〇人か三〇人にかぎることにしている。わたしの話はさておいて、この程度の数の人たちのあいだにはたがいのふれあい（友愛）がうまれていることも、かけがえのない成果である。あるいはむしろ、このほうが塾そのものへの関心のおおきな比重となっているといえるだろう。卒業や就職のためだけの学校施設のなかにはそれはきわめてとぼしいものとなり、むしろ卒業なしのこのような学習塾（高校生から大学の教師やタクシー運転手までふくむ）のほうに純粋な学問的好奇心がみいだされるのではなかろうか？

「版の会」に集う人びと。最前列向かって右端は川上徹、その左後ろの椅子に座る古在。年代不詳（写真提供：笹川義隆氏）

　はじめにのべたこの六周年記念の三〇センチほどのトロフィーには、上部に紅白のリボンがかけられ、その台には「哲学塾の信頼と充実感のために」ときざまれていた。

（1）三浦梅園（一七二三〜八九）は、江戸時代の思想家。豊後《ぶんご》の国（大分県）で、医師として生涯を送る。古在『和魂論ノート』（口絵に表紙カバーの写真）では、梅園の思想が「科学的精神の成熟」という観点から、やや立ち入って論じられている。

中野好夫さんをしのぶ

最後にわたしが顔をあわせたとき、中野好夫〔一九〇三〜八五、英文学者・評論家〕さんは病室のベッドによこたわり、点滴の最中だった。おもっていたほどのやつれは感じられず、いつものやさしい笑顔でわたしをむかえてくださった。厳重な「面会謝絶」の札がドアにさげられてはいたけれど、中野さんご夫妻の気もちからか、特別に入室をゆるされたらしい。わずか二〇分ほどの面会にすぎなかったし、話題は共通の友人などについての雑談だけだった。おもに中野さんがゆっくり話をされたようにおぼえているが、会話の様子がいつものようにはっきりしているのは、むしろ意外だった。点滴の雫はぽつりぽつりおちつづけている。ただ、つぎのことばだけはいまもわすれられない——「こうなったら持久戦ですな……まあ勝てんとはおもうけど」。おもたい一語だった。わたし自身も去年の暮れから病院生活をよぎなくされ、これが退院後はじめての外出であることを聞いておられ、逆にわたしの健康を気づかっていただいたのにも胸がせまった。

わすれもしない。これは〔一九八五年〕一月一九日、土曜日の午後のことである。なくなられたのは二月二〇日の午前三時すぎだったから、その一ケ月ほどまえのことになる。このあいだにも病状については たえず知らせをうけてはいたが、やはり最後の一〇日間ほどは電話のベルにも「もしや」の予感をおさえきれないときがあった。このときまでは、あの「持久戦ですな」の一点だけにほのかな望みをつないでいた自分だったのに。

二〇日早朝の急報に杉並区善福寺の中野邸にかけつけたとき、すでに数人のしたしい人たちの姿がみうけられた。いつも談笑に時をすごした応接間はすっかりかたづけられ、正面のみなれた司馬江漢〔一七四七〜一八一八、絵師・蘭学者〕の銅版画も壁からとりはずされて白木の棺だけがおかれている。無宗教の人にふさわしく、わたしたちはちいさな花の一枝をささげて、ほほえむかにみえる遺影に黙礼した。あのたくましい人の姿も、もはやみられなくなったのか……

ふりかえれば、中野さんとのつきあいは四年まえになくなった旧友、吉野源三郎を介してだった。敗戦直後に雑誌『世界』が創刊されたころである。それ以後、わたしをふくめて三人が同座し、かたりあう場合がおおかったようにおもわれる。だれも知っているように、中野さんはもともと英文学者⑴ではあるけれど、その関心はおどろくほどひろく、そのほか内外の文学や絵画にも造詣がふかかった。わたしの知るかぎり、とくにゴヤ〔一七四六〜一八二八、スペインの画家〕や司馬江漢の原画数点をも所蔵されていた。ついでにおもいだしたが、一〇年ほどまえにわたしのすすめで崋山の四州真景、写生帖、手紙そのほか筆跡の大部の覆刻版を買われたこともある。それればかりではない。戦後の今日にいたるまでの日本ならびに世界の現実的、基本的な歴史的諸課題はいつも真正面にその言論と行動によってうけとめられている。この意味からいえば、その後半生はまさにわが国の歴史そのものの記録ともいえよう。およそ平和と民主主義の安危にかかわるもので、その関心のそとにあったものはなかった。講和条約、沖縄返還[2]、憲法擁護、安保条約、ベトナム戦争、教育政策など。かぞえあげれば切りがない。これらはすべて年譜にあきらかであるから、ここでは一切はぶくことにしよう。ただひろく知られてはいるけれども、ひとつのエピソードだけをつけくわえておく。敗戦後、わが国でも各方面で戦争犯罪者たちが問題になったとき、ある出版社から「文学界での戦犯の名をかきつらねてくれ」というアンケートが手もとにまいこんだ。それへの返事にはただひとり「中野好夫」という名がひとつしるされていたという。だれにも想像がつくように、これには戦時中になんら積極的な抵抗をしなかったという無念がこめられていたにちがいない。戦後のすべての活動の根はまさにここにこそあったのだった。

わたし自身の経験についていえば、中野さんと一緒に仕事にたずさわったのは、一九六七年以来一〇年間ほどの革新都知事の選挙および都政の時期だった。個人としては大内兵衛さんや中野好夫さんらに代表される「明るい革新都政をつくる会」〔本書一三六頁 編注（1）参照〕に、わたしも一幹事としてたびたび顔をあわせ、さまざまな助言をうけたのをわすれない。ついで、それにもまして最後に共同の仕事にくわわったのは、一九七七年二月の反核「五氏アピール」前後からである。これは、それまで分散または分裂していた核戦争反対の勢力や団体の大同団結を世間にうったえるためのものだった。そして五氏というのは上代たの、中野好夫、藤井日達、三宅泰雄、吉野源三郎の諸氏である。それ以来、満八年。病気療養中の三宅泰雄さんは別として、いまはほかの四氏はすでに故人となられたのも時の流れを身にしみて感じさせる。このアピールは一般の広い共感をよび、七八年の第一回国連軍縮特別総会にあたっては二千万の核廃絶要請の署名を、そして四年後の八二年の第二回の同総会のときには三千万の署名があつまる最初のきっかけになった。いま、今日にいたるまでの統一にかかわる経過ならびに現状についてはふれない。ただ、ここでいっておきたいのは中野さんが終始この困難な活動の中心的な象徴だったことである。労苦にみちた活動は別としても、その準備会のたびかさなる会議での中野さんの発言はいつも重要な意味をふくんでいた。ときたまにしか発言はなかったけれど、そしてあらわには典拠をあげることもなかったけれど、それらの発言のうちにはたとえばスウィフト〔一六六七〜一七四五〕の風刺精神やフランクリンの弾力的な精神がいきていた。いずれの場合にも人間の私心や虚飾を批判したり、究極の目標実現のための一時的な相互妥協の道を暗示したものとおもわれる。

　中野さん逝去の一ケ月ほどまえに『朝日新聞』にのせられた〔加藤周一の〕一文は、まことに示唆にとむものだとおもわれる（八五年一月一九日夕刊。夕陽妄語――『中野好夫集』再読）。加藤周一さんの文章によれば、事実そのものの徹底的な追究によってここにはじめて最高水準のジャンルの伝記文学がつくりだされた（たとえば『アラビアのローレンス』、『蘆花・徳富《ママ》健次郎』[3]など）。しかもこれは、イギリスのボズウェル〔一七四〇〜九五、法律家・作家。『サミュエル・ジョンソン伝』など〕その他の伝記文学の伝統につながっており、著者と英文学との出会いは「日本文学における一つのジャンルの確立に貢献した」と指摘されている。わたしは「まさにこの筆者ならでは」という感銘をもって加藤さんのこの一文をよみおわった。そしてついでながら、こんな想像もうかんできた——もしだれかが(わたし自身などにはとてもできないけれど)さらに中野さんの実践的な足跡をその生涯に有機的に織りこむことができたならば、そこに人間・中野好夫の全体像がうかびあがってくるかもしれない、と。

たまたま加藤さんが引用しておられた晩年の懐疑的なローレンスの手紙のなかにつぎの一句があった——「わたしは"doing"よりも"not doing"のほうがいい」。ただこの点では中野さんはちがっていた。わたしはいま毎年夏の平和行進の道をあゆんでいる中野さんの姿をおもいだしているのである。

中野さんは八一年から八四年までの四年間を一回もかかさずに平和行進にくわわった。高齢の身であり、もちろん東京から広島や長崎までの全行程ではない。あるときは静岡の焼津、また大津から山科まで、あるいはまた大垣から山科までの道だった。いつも隊列の後尾について黙々としてあるいておられたという。ご当人としてはそれはまったく平凡普通のこと、当然のことなのだったにちがいない。しかしある人は、すでに健康をそこなっていたその姿に宗教者の「行《ぎょう》」にかようものを感じたといっていた。わたしはたまたま四年まえの吉野源三郎葬儀のときをおもいだす。中野さんはその霊前にきわめてみじかい弔辞をささげ、「かならずあなたの志をつぐ」とむすばれた。それは晴れわたった初夏の一日だったが、この年の夏から昨年の夏まで中野さんの平和行進はつづけられた。

そういえば、一月一回ぐらいの核問題研究会[4]をはじめようという相談がもちあがったのもこのときだった。葬儀がおわって、中野さんをふくめて二〇人ほどの人たちが近所の喫茶店できめたのである。この研究会はそれから四年間つづき、あるときこの会で中野さんが「核の傘」について報告をしたことがある。ひとりの英語学者として、というまえおきで、ほかのことにはあまりふれずに、もっぱら「傘」（アンブレラ）という単語の意味の歴史を話題とされたのをおもいだす。このときにおどろいたのは、博識もさることながら、その徹底的な勉強ぶりだった。ここにくわしくいうゆとりはないが、とにかくシェークスピア時代からのこの語の用法にふれて、ふたたび二世紀ぶりに政治的な意味（ポリティカル・アンブレラ）にもつかわれはじめたのは一九五八年のアメリカ議会の外交委員会においてであり（アフリカ地域にたいするアメリカの政治的「保護」）、六〇年代になってからようやく「核の傘」（ニュークリア・ウェポン）という用法が欧米にひろがったということ。わが国でこの語がひろくつかわれるようになったのは、アメリカでの下田〔武三〕外務次官の記者会見（六六年二月一七日午後）からだということ、など。これらのことをつきとめるための苦労は、たとえ国会図書館そのほかの資料にもとづいたにせよ、たいへんなものだったにちがいない。

もうひとつ。ギボン〔一七三七〜九四、イギリスの歴史家〕の『ローマ帝国衰亡史』の翻訳（未完[5]）は綿密かつ的確であることで定評があるが、おそらく人の知らないひとつの話がある。ことがらはちいさいかもしれないが、それは暦についてだった。要するにある箇所でギボン自身がローマ暦を太陽暦にかぞえなおしているけれど、ここにはまちがいがありはしないかということだった。中野さんからの話でわたしは天文台の古在由秀さん〔一九二八〜二〇一八、天文学者。著者の甥〕に疑問をとりついだ。しかし、かなり専門的なことだったので、かれからまた他の専門家にたのみ、ようやくギボン自身のあやまりがつきとめられたということもあった。おそらくこのようなことは、ほかにもたくさんあるにちがいない。わたしはただ直接の一事例をここにかきとめたにすぎない。

切りはないけれど、もうひとつだけ。中野さんとの雑談中にカーライル〔一七九五〜一八八一、イギリスの歴史家・評論家〕とエマソン〔一八〇三〜八二、アメリカの思想家〕との親密なつながりにふれたことがあった。しかし「あった」ということも、わたしはほとんどわすれかけていた。翌日のさむい夜、風呂にはいっているときに電話がかかって、あの雑談中の両者のあいだの文通の日づけにはまちがいがあったという訂正である。はだかのまま受話器をとりあげ、お礼をいっておわったのだが、内心びっくりしたのは事実である。またギボンを翻訳しながら、「政治の世界での人間の私欲や権勢欲や陰謀などは現代と古代ローマでもあんまりかわりませんなあ」とつぶやかれたのも、わすれることができない。

中野さんにはよく「こわい人、ちかづきにくい人」という印象もあったようだ。たしかにその風貌からみても「荒法師」とか「僧兵」とか「毒舌家」とかいわれるような側面は感じられるだろう。自他にたいするきびしい研究態度。ときに、面とむかっての痛烈な批評。不正や偽善をにくみ、虚飾をわらいとばす態度。これはすべてその「こわさ」であろう。

しかし、いうまでもなく、その反面には無類のやさしさ、こまやかさがあった。あの平和行進のとき、中野さんとならんであるいていた女性からつたえられた問答がある。この女性は『蘆花伝』をよんでおり、なにかしら主人公と著者とのあいだに共通したものがありそうに感じている。女性はたずねた――「先生は青年時代に蘆花をたずねられたことがあるんですか?」。中野さん――「いや、一度もありませんよ。機会はあったかもしれないけど、あんなこわいおっさんにはあいたいなどとはおもったこともなかったなあ」。この女性は意外なおももちでわたしにこうかたった。――中野さん自身にも「こわいおっさんがいるのね」。

逝去の朝、長女の利子《とし こ》さんに顔をあわせた。ひさしぶりに。利子さんはわたしの娘との女学校時代からの友人である。わたしは利子さんの著作『教育が生まれる――草の根の教師像』(一九八一年)を数年前に中野さんからおくられてよんだことをつたえた。そしてあらかじめ電話をうけて、「今度おくる娘の本はようでけとるから、ひまがあったらみてくれませんか」といわれたことをいいそえた。利子さんは「まあ!」というような顔つきをした。おそらく著者自身にはひとこともそれについてふれなかったのではなかったか?

このようなことは、ほかにいくらでもあったのだろう。これらについても切りはない。

わたしは去年から今年にかけてめずらしく二度入院生活をおくった。面とむかってはわたしになにもいわず、しきりに他の人(とくに岩波書店の緑川亨さん)に心配をつたえておられたという。そういえば、緑川さん自身がわざわざわが家にみえて、「ぜひ大病院で精密な検査をしてもらうように」すすめられたことがある。これらのくわしいことは逝去のあとで知ることができた。それなのに——心配をたまわった中野好夫さんはもうこの世の人ではない。そして心配されたこのわたしがこのまずしい一文をささげることになろうとは！　ほんとうに無念のきわみというほかない。

（1）中野の英米文学の翻訳も、シェイクスピア、スウィフト、ギボン、J・オースティン、ディケンズ、コンラッド、モーム、チャップリン、マーク・トウェインの諸作品など、多彩をきわめる。

（2）中野は、一九五八年一月の沖縄市長選挙に際し、沖縄問題に関しては沖縄の地元紙以外の資料がほとんど手に入らないことを知り、こんなことでいいのかと考えた。そこで、一九六〇年に、沖縄資料センターを立ち上げた。協力したのは、吉野源三郎と海野晋吉（自由人権協会理事長、元日弁連会長）、加藤一郎（東大教授）だった。このセンターが、中村哲《あきら》法政大学総長らの尽力もあって、七二年に法政大学沖縄文化研究所となった。新崎《あらさき》盛暉『私の沖縄現代史』（岩波現代文庫、二〇一七年）参照。中野好夫・新崎盛暉『沖縄問題二十年』（岩波新書、一九六五年）など、沖縄関係の著作もある。

（3）『蘆花・徳富健次郎』全三巻、筑摩書房、一九七二〜七四年。のち、『中野好夫集』全一一巻（筑摩書房、一九八四〜八五年）に収録。なお、加藤周一の「『中野好夫集』再読」は、『加藤周一著作集』21（平凡社、一九九七年）所収。

（4）この「核問題研究会」は、東京・渋谷で、「忘れまいぞ　核問題討論会」として開催され、活況を呈した。（本書一二九頁の章扉参照）なお、ここに中野好夫の「アンブレラ」の話が出てくるが、当時はインターネットの活用など、考えられない時代であった。念のため。

（5）ギボン『ローマ帝国衰亡史』の翻訳は「未完」とあるが、中野の没後、朱牟田夏雄、中野好之によって、一九九三年に完結（全一一巻）

スポーツと平和

八月のすえ、残暑の午後にドナルド・アンソニさんはやってきた。半ズボンにスポーツシャツの気楽な姿、そして見るからにたくましい体格である。椅子に腰をおろし、顔の汗をぬぐうと、神妙なおももちで「オー、グッド・スメル！」といった。この珍客をむかえるため、香《こう》をたいてまっていたとおもったらしい。日ごろ風とおしのためガラス戸があけてあって、じつは蚊とり線香だった。カタコトの英語にせよ、「モスキートー！」という発声だけは通じ、どうやら意味はわかったらしい。

アンソニさんはロンドン大学の教育学部で体育学の授業を担当している。そしてまたイギリス・バレーボール協会の会長、国際オリンピック委員会（ＩＯＣ）の顧問でもある。まだ五〇代とみうけられ、さほど身長はないけれど、もりあがった肩や腕、その若々しさは、さすが往年のハンマー投げの選手、本国の記録保持者だったことをうなずかせる。たしか一九五六年のオリンピック（メルボルン）の競技場にも姿をみせたかと記憶している。かねてから文通などによる知人ではあったが、直接の対面といえばこれが最初だった。このたびの来日は日本体育大学主催の三日間のシンポジウムに参加するためである。これが終ればさっそく帰国というあわただしい日程だった。かつてはわたしにもやり投げの経験があり、まったく旧知のように談笑のたのしい時をすごすことになった。ちょうど神戸でのユニバーシアード（国際大学スポーツ大会）が終盤にさしかかっているときだった。部屋のテレビの画面にはフィールド競技の光景がうつっており、それに目をやりながらの歓談だった。

しかし、それだけではない。ふたりともあのノエル・ベーカー卿の尊敬者なのである。もちろん、わたしは日本で数回だけ顔をあわせ、その格調たかい演説をきいたにすぎない。けれどアンソニさんは卿の最後の日まで三〇年間もその補佐役をつとめ、その身辺の世話までしていたのである。いま、その伝記をつくる準備をすすめているという。

ノエル・ベーカー卿といえば国際的な知名人ではあるが、念のため簡単にその略歴をしるしておく。かれ（Noel-Baker, Philip John，一八八九〜一九八二）はすでに第一次大戦のとき、クェーカー教徒として良心的参戦拒否をつらぬき、野戦救急部隊に参加した。戦後には国際連盟のイギリス代表、ロンドン大学教授、労働党の下院議員、ジュネーブ軍縮会議イギリス代表顧問など。第二次大戦後は国際連合イギリス代表、政府の諸大臣などを歴任。ノーベル平和賞（一九五九年）、バロンの称号（七七年）。そしてバートランド・ラッセル〔一八七二〜一九七〇、イギリスの数学者・哲学者。一九五〇年にノーベル文学賞受賞〕のつくった核軍縮キャンペーン（ＣＮＤ）に協力、同志Ｆ・ブロックウェーとともに世界軍縮運動（World Disarmament）に献身。

もちろんスポーツマンとしての経歴もならべなければならない。オリンピック大会といえば、一九世紀末（一八九四年）にクーベルタン〔一八六三〜一九三七、近代オリンピックの創設者〕の提唱によってつくられた国際オリンピック委員会（ＩＯＣ）が、第一回の大会をその翌々年（九六年）にアテネでひらいて以来、やがて一世紀の歴史をむかえようとしている。二つの世界大戦による三回の中断をのぞいて、すでに二〇回の回数をかさねた。ノエル・ベーカー卿は第五回オリンピック大会（一九一二年、ストックホルム）に一五〇〇メートルのランナーとしてはじめて出場し、第一次大戦後の二回の大会（一九二〇年のアントワープ、そして二四年のパリ）にはいずれもイギリスチームの主将として登場している。アントワープのときにはすでに三〇歳をこえていたが、それでも銀メダルを手にした（このときの光景の描写は川本信正『スポーツ賛歌』、岩波ジュニア新書、一一〇ページ以下にくわしい）。わたしがその名を知ったのはちょうどこのとき、旧制高校の陸上運動部にいたときのことだった。そのほか第二次大戦後もヘルシンキ大会（五二年）にはイギリス選手団々長、またユネスコの国際スポーツ体育評議会（ＩＣＳＰＥ）の会長（六〇年）など。

ストックホルム以来モスクワまで連続一五回にわたるオリンピックに毎度その姿をみせていたということである。スポーツの記録はたえずやぶられてゆく。しかしこの記録だけは今後も容易にはやぶられることはないだろう。

はじめてわたしが話を交わしたのは、一九七七年夏の広島での核軍縮国際フォーラムのときだった。すでに九〇歳にちかい卿はホテルのロビーで車椅子に身をゆだねていた。わたしはあいさつした。

「あなたの名は一九二〇年のオリンピックのときから承知しています。しかしこのような平和集会でお目にかかれるとは思ってもいませんでした」。すぐにかえってきたのは「なにも偶然ではない。ピースとスポーツとは一体なのだから」ということばだった。[1] なるほど、あとで気がついたが、すでに一九六四年の東京オリンピックにみえたときにも、こんなことばを交わした、「この核時代に、人間にとってのおおきな希望はオリンピック運動があるということだ」。また、その数年前にはノーベル平和賞をうけた日の演説の末尾にふたりの同国人のことばを引用した。「おおきな害悪にむかっては、ちいさな手直しではちいさな効果もあがらない。いや、およそどんな効果もあがらない」(J・S・ミル)。「世界で一番あぶないのは二段とびで溝をとびこえようとすることだ」(ロイド・ジョージ)。そして最後にこうむすんでいる。「原子分裂がなされ、月周航ができ、いろいろな病気も退治されるこの時代に、はたして核廃絶ははかない夢にとどまらざるをえないような困難な仕事なのだろうか？「イエス」とこたえるなら人類の未来に絶望するしかない」(五九年二月一〇日、オスローで)。

ノエル・ベーカー卿が最後に来日したのは、一九八〇年の夏である。このときモスクワではあたかもオリンピック大会が開かれている最中だったのに、かれはその途中から中座して東京での反核会議にかけつけた。さぞ大変なことだったろう。スポーツと平和との不可分という不動の信念を、わたしは目のあたりにみて、あらためてふかい感動をおぼえた。そしてさらに広島・長崎にまでゆき、ここで、原爆の跡をのこすいくつかの小石を少年たちの手から直接にうけとった。その刹那のやさしいほほえみもわすれられない。

ところで、ドナルド・アンソニさんとの会話では当然スポーツが主題だったが、ジョーク好きの氏はわたしや妻をたびたび笑いの渦へまきこんで、時のたつのもわすれさせた。しかし話題はやはりノエル・ベーカーへの追憶にもどってくる。わたしはあのバートランド・ラッセルも友人への手紙（一九六〇年）のなかで卿のパンフレット（"The Way to World Disarmament-Now!"）の「鋭利かつ冷静」な論陣を心から推賞して、これを同封して友人に送っていることをおもいだした。ついで、今年は反核をうったえたあの「ラッセル‐アインシュタイン声明」〔一九五五年〕の三〇周年にあたることに話はうつる。まだ学生のころアインシュタインが来日〔一九二二年〕したことがあって、この偉大な物理学者をむかえて東京大学での歓迎会に出席したおぼえもある。「そうか」とアンソニさんはいって、「ところで、こんなエピソードがあるのを知っているか」といい、ポイントは一転した。それによれば――

アインシュタインがアメリカへいったときのことだ。あちこちの大学や研究所にまねかれて、むずかしい相対性理論の講演をくりかえさなければならなかった。たしか最後の一四番めの学校の講演では、さすがに疲れきったこの大物理学者は自分のかわりに車の運転手を演壇にたたせた。もちろん、この運転手もおなじ話をくりかえしジェスチャーもおぼえて聴講しているうちに、すっかりそれを暗記してしまったからである。アインシュタイン自身は講堂の隅の席にすわっていた。さて、講演も無事におわった。聴衆のひとりが手をあげて、なにかむずかしい質問をした。一瞬とまどったけれど、運転手はおちついて講堂の片隅をゆびさした――「あそこにわたしの運転手がいる。答弁はあの人にまかせよう」。やおら席からたちあがった人物の姿をみて、みんなは唖然としたという。

アンソニさん自身は気づかないけれど、かれがノエル・ベーカーの意見や日常生活について語るとき、しばしば卿の声や姿に接するような感じが心をよぎったのもたしかである。そのほか、卿を記念するレリーフを広島市にのこす準備についての話があった。そのレリーフをみれば、形はさほどおおきくはないが、その肖像とともに、まさに決勝のテープを切ろうとしている三人のランナーたちの姿がその左がわに配してある。そして底辺には卿の名がきざまれ、“Man of Sport—Man of Peace”としるされている。すばらしい記念レリーフだ。これは三箇つくられて、ひとつはロンドン、ひとつは広島、そしてもうひとつはおそらく故郷のどこかの壁にはめこまれることになるだろう。

夕刻になって、帰りをいそぐアンソニさんから最後にきいた卿の臨終の一〇月八日、まぎわのこともわすれがたい。一九八二年の秋、いよいよ死の瞬間がせまったとき、かすかに唇が動いたかにみえた。身辺の人たちはなにか重大な遺言と推察して、卿の枕もとににじりよる。その最後のことばは、「ウェルズのレコードはどうだった?」という問いだったという。ウェルズ（Allan Wells）というのは、その二年前のモスクワ・オリンピックでの一〇〇メートルの優勝者である。あとでわたしが専門家からきいたところによれば、ちょうどそのころオーストリア《ママ》の都市で英連邦競技大会があって、このウエルズもそれに出場していたからだろうとのことだった。

なお、友人からの話によれば、死の直後にひとりの女性秘書が発表した文章のなかに、遺産一万五千ポンドあまりの一句があったという。日本円ならほぼ数百万円というところだろう。卿の人格の高潔さはよく人に知られているが、これほど清貧をつらぬいたことはあまり知られていない。

要するに、資産はとぼしかったにちがいない。しかしノエル・ベーカー卿がスポーツの歴史にのこした遺産は比類なく巨大である。国際的にも、そしてとくに日本においてもこの貴重な遺産をひきつぎ、ひろげてゆくこと。「平和のおかげでスポーツが」にとどまらず、まさに「スポーツを通じて平和を」ということこそ、卿の信条だった。

（1）一九八三年一二月、古在は「ノエルベーカー卿を偲び、スポーツと平和を語る会」の呼びかけ人のひとりとなった。また、モスクワ・オリンピックのボイコット問題に関する「訴え」（八〇年五月一九日）を、淡谷のり子・大田堯・中野好夫・藤原審爾・丸岡秀子と六人の連名で出した。その「訴え」は、スポーツへの政治の介入に疑義を呈するものであった。

カント『永久平和論』について――死後一五〇年にちなんで

イマヌエル・カントが死んで、ことしはちょうど一五〇年にあたる。カントは一七二四年四月二二日にうまれ、八〇年の生涯をおえて、一八〇四年二月二八《ママ》日〔一二日〕に死んだのであった。

ついでながら、ことしはまたジョン・ロックが死んで二五〇年にあたることも、おもいおこすべきであろう。かれがうまれたのは一六三二年八月二九日、そして死んだのは一七〇四年一〇月二八日である。かれはカント以上の重みを近世思想史にもつところの哲学者である。かれはイギリス革命の偉大なイデオローク、たからかに人民の革命権を主張した急進的な思想家であった。ジョン・ロックのこの革命的な思想の伝統はフランス革命の理論のうちにうけつがれ、そしてまた現代のあらゆる民主主義思想のなかにも生きているといっていい。

なぜしかし今日わたしがこのロックをさしおいてカントをとりあげるかといえば、これにはもちろんいくらかの理由がある。

まず第一には、わが国の哲学者ならびに思想家においてカント哲学のもつ比重がきわめておおきかったということ。カントの名や哲学についてはすでに明治時代のはじめから多少とも知られていた。

しかしことに明治のすえごろから大正年代へかけて、カント主義は日本哲学界に非常におおきな影響をあたえることになった。これにはもちろんいろいろな原因があげられよう。なかでも、わが国のアカデミー哲学が明治中期以来ますますドイツ観念論とのつながりをふかめてきたことや、また国際的にみてもドイツを中心とする新カント主義の運動がそのころまだ勢威をふるいつつあったことなどを、みのがすことはできない。第一次世界戦争以後のドイツにおける新カント主義の衰退にともなって、わが国でもカントはもはや過去のように尊重されなくなったし、あるいは忘却されたかのようにもみえた。しかし過去からのその影響力は意外にふかく沈澱しているばかりでなく、第二次世界戦争以来、ふたたびこの哲学者は声価をとりもどしつつあるようにみえる。したがって、その哲学にただしい評価をくだしておくことはやはり大切だとわたしはおもう。

第二に、わたしがカントをとりあげた理由は、とくにかれが「平和」の問題との正面からの対決をこころみたところのきわめて少数な古典的思想家にぞくするからである。かれの『永久平和論』(一七九五年)がよびおこした反響は、その当時も決してちいさいものではなかった。しかしまもなくその反響はきえてゆく。そして一世紀以上をへだてて、第一次世界戦争の直後に「国際連盟」がつくられたとき、それはあらたにおもいおこされた。これもしかしやがてわすれさられる。そして第二次世界戦争の終結とともに、ふたたび「国際連合」の動きにともなってそれはおもいおこされたのであった。これらの場合、カントの平和論がどんなにそのときどきの事情にしたがって任意な解釈をうけたかは、ここでは吟味する必要はない。ただ、人々が平和をもとめようとするたびごとに、それがくりかえして回顧されてきたということ。このことをわれわれは心にとめる必要があろう。今日、戦争反対および平和擁護の事業はいままでにみられない規模と深さとをもって全人類をとらえている。このような情勢のもとで、とくにカントの『永久平和論』の本質をただしく理解しておくことも決して無意義ではあるまい。

これらの理由から、かれの平和論を中心とするカント哲学の性格と運命についてすこしばかりの感想をのべてみたいとおもう。

*

ことしカントの死後一五〇年がドイツにおいてどのような形で記念されたか、わたしはまだよくは知らない。たまたま眼にふれたものとしては、ドイツ民主共和国〔旧東ドイツ〕の社会統一党の機関誌『アインハイト』(*Einheit*, Heft 2, Februar, 1954) にカント平和論についての論文 (Georg Klaus, Kant und das Friedensproblem)、おなじく文化連盟の機関誌『アウフバウ』(*Aufbau*, Heft 2, Februar, 1954) にカントの自然科学研究についての論文 (Otto Singer, Immanuel Kants naturwissenschaftliche Arbeiten) がそれぞれ記念の意味でのせられていた。わが国では雑誌『理想』(一九五四年四月号) がカント記念にささげられたほか、あまり眼につかなかったようである。

過去をふりかえってみると、ドイツにおいてカント哲学への復帰が声たかくさけばれだしたのは、すでに一世紀まえのことであった。一九世紀の五〇年代から六〇年代へかけて、ドイツではいろいろな方面から「カントにかえれ」のさけびがあがってきた。オットー・リーブマンの『カントと亜流』

（一八六五年）およびエフ・アー・ランゲの『唯物論史、および現代におけるその意義の批判』（一八六六年）は、すでにこの新カント主義運動の発展を予言したものといえる。この運動は、ヘーゲル哲学がくずれさったのちのドイツ・ブルジョアジーの要求によくあてはまるものであった。なぜなら、かれらは一方では当時のドイツにおける生産力の発展要因としての自然科学の推進に関心をいだきながら、他方ではドイツ・プロレタリアートの世界観としてのマルクス主義哲学とたたかうために屈強な理論的武器をみいださなければならなかったからである。そのためには、自然の実証的な研究を尊重しつつ、しかも同時にこれに限界をひいて超自然的な別個の世界を留保したところのカント哲学こそ、もっとも適切なよりどころであった。この二つの基本的な動機は新カント主義の内部において二つの分派をかたちづくる。その一つは自然科学の方法論を中心課題とするマルブルク派（ヘルマン・コヘンなど）であり、他の一つは歴史科学のためにあらたな歴史哲学をうちたてようとしたバーデン派（ヴィンデルバントなど）である。日本において有力だったのは、むしろこの後者であった。しかしいずれにしてもドイツにおけるこの運動は、一九世紀のすえから二〇世紀のはじめにかけて、その絶頂に達したといえる。カウツキー〔一八五四～一九三八、ドイツのマルクス主義政治理論家〕やベルンシュタイン〔一八五〇～一九三二、ドイツの社会民主主義理論家〕などがマルクス主義とカント主義との接合をこころみたのも、やはりこのころであった。

一九〇四年にはカント死後一〇〇年の記念がドイツでおこなわれた。そのときにすでに「カントをいでてカントをこえよ！」という声がきかれた。しかしカントの勢威はまだ地におちたとはいえず、ドイツはやがて一〇年後の第一次世界戦争へむかってゆく。

この戦争の時期に新カント主義運動の有力な代表者たちが死んだ（ヴィンデルバントは一九一五年に、ヘルマン・コヘンは一九一八年に）。戦争がおわって、一九二四年にカント生誕二〇〇年祭がおこなわれた。しかしこの祝祭は、同時にまた、前後半世紀以上にわたってさかえた新カント主義運動に終止符をうつ埋葬式のようであった。当時の情景をあるドイツ人はつぎのようにしるした――

「一九二四年四月二二日のカント記念祭は、カントの主要思想にたいするブルジョアジーの態度を反映して、すでに外見的にもまったく気のぬけたものだった。一般的な国民的祝祭などとは到底いえないようなものだった。労働者階級は、もちろん、カントについて国民的祝祭をおこなうような動機をもちあわせない。しかしまたブルジョアジーの参加もラッサルのことばをまざまざとおもいださせた。「われわれの古典的な文学や哲学はドイツ人の頭上を鶴の一群のようにかすめさった」というあのことばである」。

「報道されるところによると、ケーニヒスベルク大学の学生組合は一般の学生組合とおなじように国粋的すなわちファシスト的な気もちをもっていて、カントの平和主義には一言もふれてはならぬということを条件にした。そうでなければ、かれらは参加しないか、もしくは祝祭を進行させないだろうというのだ。いまのところわれわれのところにはこの報道をたしかめうるような記録上の資料はない。しかし祝祭の経過はこの話をうらづける。哲学者にせよ政治家にせよ祝祭の演説者たちが異常な努力をした点は、カントを大言壮語の人にしてしまうことだった。一八一三年の自由戦争〔プロイセンなどによる対ナポレオン戦争のこと〕をかれの断言的命令によってはげました人にしてしまうことだった。ただプロイセンの大臣の社会民主党員オットー・ブラウンがあえて平和主義者カントを話題にしただけである。しかしもちろんこれも、国粋的な学生たちの気にさわらずにすむような形でなされたのであった」（*Arbeiter Literatur*, Nr. 9, September 1929, A. Thalheimer, Kants 200 jähriger Geburtstag in Deutschland）。

この祝祭に日本からもひとりの哲学教授が参加したことを、ついでにつけくわえておこう。この席にいあわせた新カント派の哲学史家フォールレンダー〔一八六〇〜一九二八、ドイツの哲学者。古在は、その『西洋哲学史』を共同翻訳した〕はかいている――「カントの二百年生誕の日、東京大学の祝辞をつたえることをたのまれた日本の一哲学者は、へたなドイツ語でつぎのようにつげた。かれやかれの友人たちは、ドイツにたいする戦争のあいだにも、毎年この偉大なドイツ思想家の生誕をいわうためにあつまった、と。それはわたしにとって一九二四年四月ケーニヒスベルクのカント記念祭におけるもっとも感動的な光景だった」（K. Vorländer, *Geschichte der Philosophie*, III, 7. Aufl., § 37）。ドイツのこの老いたカント主義者にとって極東からの使節のことばがそれほど「感動的な光景」だったということは、すでにカント哲学が完全に季節はずれになっていたことをものがたっている。このおなじ日に日本でも東京大学で祝祭がひらかれた。当時わたし自身も学生としてこれに参加し、桑木厳翼《げんよく》〔一八七四〜一九四六、哲学者〕や井上哲次郎〔一八五六〜一九四四、哲学者〕などの諸教授の講演をきいたが、やはりなんとなく季節の終末にちかづいた感じをいだかずにはいられなかった。

やがてその後、ドイツでは新カント主義にかわって新ロマン主義、新ヘーゲル主義、生の哲学、不安の哲学が急速に勢力をしめてゆく。そして一〇年後にはこの精神的な背景のもとにナチス政権がうちたてられる。ドイツの跡をおいかける日本のアカデミー哲学もまたほぼそれに似た経過をたどり、そしてそれはあらたに出現しつつあったマルクス主義哲学とのするどい対立をしめすようになる。数年後の戦争をめざしていくつかの好戦的な哲学が準備されはじめる。ケーニヒスベルクのあのカント祝祭に日本の使節としておもむいた哲学者は、ほかならぬのちの日本型ファシズムのイデオローク、鹿子木《かのこぎ》員信《かずのぶ》〔一八八四～一九四九、哲学者・海軍軍人〕教授であった。かれの後年の諸著、『やまとごころと独乙《ドイツ》精神』（一九三一年）、『日本精神の哲学』（同年）、『新日本主義と歴史哲学』（一九三二年）などはまさしく日本帝国主義の侵略戦争を正当化するためのものとして登場した。「たたかひは創造の父、文化の母である」という一句をもってはじまって、当時ひとつの話題となったあの『国防の本義と其《その》強化の提唱』（陸軍省新聞班、一九三四年、非売品）が、だれの筆によるものか、わたしは知らない。ただ、全体としてのその骨格や表現がきわめて鹿子木的なものであったということをも、あわせておもいおこさざるをえない。

いずれにせよ、一九三〇年前後からのナチズムの台頭、やがては第二次世界戦争への突入という世界情勢のもとで、そしてまた中国侵略の開始と太平洋戦争への拡大という日本の情勢のもとで、カント主義の衰退はもはやまぬかれがたい運命だった。

*

このようにみれば、新カント主義がドイツを中心としてさかえたのは、大体においてドイツ・フランス戦争（一八七〇～七一年）と第一次世界戦争（一九一四～一九年）とのあいだのほぼ半世紀の期間だった。日本においてはそれはむしろドイツにおけるこの運動の最終の段階、すなわち第一次世界戦争前後の一〇年間にすぎなかったといえよう。この大戦のころにはドイツではこの運動の第一代の先導者たちはすでに世をさっており、いわば第二代、第三代の人々が孤塁をまもっていたにすぎない。やがてナチズムの波とともに、かれらのうちのある人々はカント主義をすててそれに身をゆだね（〔リヒャルト・クローナー、〕ブルーノ・バウフ、アウグスト・ファウストなど）、他の人々は国外へ亡命した（エルンスト・カッシーラー、ハンス・ケルゼンなど）。日本における新カント主義については、最初からそれぞれの色彩にしたがって文化主義的（桑木厳翼、左右田《そうだ》喜一郎の諸氏）、人格主義的（阿部次郎、安倍能成《よししげ》、天野貞祐《ていゆう》の諸氏）および科学主義的（初期の田辺元《はじめ》氏）な諸傾向がわけられるであろう(1)。しかし大体からいえばこれらの場合にも、カント哲学の合理主義的・自由主義的な伝統がながれていたかぎり、たとえ消極的にせよファシズムおよび軍国主義にたいするなんらかの精神的抵抗あるいは反感がみられた。この点において日本におけるカント主義もまた、もともと国粋的な日本精神派や、西田哲学から派生したいわゆる京都学派から区別されなければならない。

要するにカント主義あるいは新カント主義は、もちろんファシズムおよび侵略戦争にたいする積極的な闘争の武器にはなりえなかったけれども、しかし同時にまたそれらの暗黒主義とは本質的にあいいれない思想的性格をもっていたといっていい。なぜなら、カント哲学そのものが一八世紀後半のドイツ市民のイデオロギーとして自由主義的、世界市民的、平和主義的な性格をもっていたからである。

マルクスはカント哲学およびことにカント倫理学を「フランス革命のドイツ的理論」(Deutsche Theorie der Französischen Revolution)として特色づけた。この特色づけこそ、まさにカントの世界観全体の核心を射ぬいたものである。かれは、隣国フランスの革命的ブルジョアジーがたたかいとった政治的な自由および平等のかわりに、抽象的な道徳的「人格」のために、理念としての自由および平等を要請しただけだった。かれは、神の存在や霊魂の不滅を大胆にうちやぶらずに、むしろそれらのための座席を信仰の世界にさがしもとめた。経済的にも政治的にもたちおくれていた一八世紀のドイツ。数百の大小の国々にきりきざまれていた封建的なドイツ。このみじめな当時のドイツ市民の小心な、臆病な気分、そのくせ空想的にふくれあがろうとするその思弁癖は、たしかにカントのなかに典型的な表現をみいだしたといえる。

しかしながら、たとえドイツ的なみじめさでむざんに屈折されてはいるにしても、なおそこにはフランス革命の新鮮ないぶきがながれこんでいるということ。この半面の事実をもわれわれはわすれてはならない。このためにカント哲学は、そのまぎれもない後進性にもかかわらず、あのドイツ古典哲学の出発点となることができた。そしてまたここから出発したドイツ古典哲学は、イギリスの古典経済学〔アダム・スミスやリカードの経済学〕ならびにフランスの社会主義学説とともに、やがて一九世紀までの偉大な理論的遺産としてマルクス主義の源泉の一つをかたちづくることができたのである。

フランス革命にたいするドイツ古典哲学全体のつながりを一層具体的にさぐることは、おそらく積極面および消極面をふくめての後者の理論的性格をあきらかにするのに役だつであろう。しかし、カント自身はフランス革命の爆発をどのようにうけとったか？　そしてこれにむすびついて平和の問題をどのように提起したか？　ここではただこの点だけを指摘するにとどめよう。

フランス革命がおこったとき、カントはすでに六五歳の老年に達していた。したがって、これがかれの哲学理論の内部へくいこんでその基本的な構成要素の一つとなるということは、かれの場合にはもはやおこりえなかった。問題点はむしろ、すでに成熟していたかれの哲学体系がどのようにこの歴史的変革をうけいれたかにある。かれとの密接な関係にあった二人の伝記記者、R・B・ヤハマンおよびL・E・ボロウスキーによれば、カントはすでにアメリカの独立戦争（一七七六〜八三）にもふかい感激をおぼえていた。そしてさらに、フランス革命の勃発（一七八九）以来かれは「熱烈な渇望」（Heisshunger）にかられて革命のあたらしい報道をもとめ、しばしばその今後の経過についても的確な予言をしたという。

フランス革命にたいするカントの支持は、もちろん無条件的ではなかった。ジョン・ロックとはちがって、かれは「蜂起の権利」あるいは「暴動の権利」を否定しなければならなかった（『道徳の形而上学』、一七九七年、アカデミー版、第六巻、三二〇ページ）[2]。そして世界の恒久平和を保証するような諸民族の共同体の理念を実現するために提出されたのは、革命の道ではなく、改良の道であった。「この理念は、これが革命的に、飛躍によって、すなわちいままで存在してきたまちがった法制の暴力的な打倒によってではなく……確実な原則にしたがう漸次的な改良によってこころみられ遂行されるときにのみ、連続的な接近という形で政治的な最高善すなわち永遠平和へみちびいてゆくことができる」(同、三三五ページ、参照三二一ページ以下)。

カントのすでに完成した理論の体系からこのような結論がでてくるのは、まことにさけられないことであった。しかしわれわれは、それとともに、あるいはむしろそれにもかかわらず、かれのなかに現実のフランス革命のつよい擁護がみいだされることをわすれてはならない。ことに、かれは二つの点からそれを擁護した。その一つは、フランスの人民がまだ自由を行使するまでに成熟していないという「かしこい人々」の非難にたいしてである。かれはそれにこたえている。「しかしそのような前提にしたがうなら自由は決してあらわれないであろう。なぜなら、あらかじめ自由のなかに身をおかれなければ、人は自由の行使に成熟することはできないからである……人はみずからの試みによってでなければ決して理性にかなうように成熟はしない」(『単なる理性の限界内における宗教』、一七九三年、アカデミー版、一八八ページの註)。他の一つは、すでに革命がはじまった以上、もはやこれを逆転することはゆるされないというカント自身のつよい主張である。かれはいっている。「たとえわるい法制のためにおこった革命の激発によって一層合法的な法制が不法にかちとられたとしても、そのときでもなお、人民をふたたびもとの法制にひきもどすことは、もはやゆるされぬものとされなければならないであろう」(『永遠平和のために』一八九五年、附録、一、参照。『道徳の形而上学』、アカデミー版、三二二ページ以下)。ドイツ市民カントは、革命の友とはいいきれないとしても、あきらかに反革命の敵であった。

すでに七四歳に達したカントは、フランス革命こそ人類の歴史の偉大な前進であるというゆるがぬ確信のもとに、その意義をつぎのように要約した。「このような現象はもはやわすれられはしない。なぜなら、それはよりよきものへむかう人間本性のなかの素質と能力とをあからさまにしめしたから」。「諸民族は、なにか好機会が到来すればあの事件をおもいおこさずにはすまないだろうし、この種のあたらしい試みをくりかえすためにそれをよびさまさずにはすまないだろう。それほどにあの事件は偉大であり、人類の利益とむすびついており、その影響からみても世界のすべての部分にゆきわたっている。」（『分科の争〔諸学部の争い〕』、一七九八年、第二篇、第七章）

フランス革命がおこったとき、フィヒテは二七歳、ヘーゲルはまだ一九歳の青年だった。かれらがどんなに青年の感激をもってそれをよろこびむかえたかは、歴史のつたえるとおりである。ヘーゲルはその晩年に当時を回顧して、「それはすばらしい日の出だった」といっている。フィヒテは当時二つの著作、『ヨーロッパ諸侯への思想自由の返還要求』（一七九三年）および『フランス革命についての公衆の判断を是正する文』（同年）によってあきらかに革命の側にたった。しかしヘーゲルは、やがて抽象的な論理の領域においてゲルツェンのいわゆる「革命の代数学」をうちたてはしたけれども、現実的な政治の領域においてはプロイセン絶対主義の擁護者になった。フィヒテもまた、数年後の『無神論の告訴にたいする裁判答弁書』（一七九九年）において、前記の二著作に「青年客気の不完全な試み」としての反省をくわえた。

一般に、フランス革命が当時のドイツ・インテリゲンチヤにあたえた影響は、一七九三年一月二一日のルイ一六世処刑以来の激烈な情勢によって一つのおおきな転機をあたえられている。詩人ヴィーラント〔一七三三～一八一三、ドイツの詩人・作家〕ばかりでなく、当時のドイツの知識人のなかでもっとも急進的かつ実践的だった自然科学者・評論家のゲオルク・フォルスター〔一七五四～九四、ポーランド生まれ、ドイツの文筆家〕さえ幻滅をまぬかれなかった。シラーもおなじだった。ことにドイツのロマン派をかたちづくった人々、ティーク〔一七七三～一八五三、ドイツの詩人・作家〕、ノヴァーリス〔一七七二～一八〇一、ドイツの詩人・作家〕、F・シュレーゲル〔一七七二～一八二九、ドイツの詩人・作家〕などにおいては希望から幻滅へのこの転換はきわめてあわただしい。たとえばF・シュレーゲルは、カントの『永遠平和のために』にうながされて『共和主義の概念についての試論』（一七九六年）をかき、革命と平和を擁護した。しかしすでにその三年後にはかいている。「革命と専制主義とに……たいする精神的な均衡以上の、時代の要求はない。どこにわれわれはこの均衡をもとめ、みいだすべきか？　答はむずかしくない。疑いもなくわれわれのなかに」（一七九九年、*Ideen*, 41; F. Schlegel, *Seine* 〔*prosaischen*〕 *Jugendschriften*, hrsgg. von J. Minor, 1906, II, S. 293）。これは、ドイツの知識人たちをおおきくつぎの世代のロマン主義へかりたててゆく一つの主要な動機の告白にほかならなかった。

ふるい世代にぞくしたカントはしかしこの点での動揺をすこしもしめしていない。さきにかかげたカントのことばがほとんどみなルイ一六世処刑の一七九三年以後のものであることを、あらためておもいおこそう。隣国の革命にたいしてわかわかしい情熱をわきたたせた老年のカントこそ、――もっとも急進的ではなかったが――もっとも動揺しなかったドイツ知識人の一人だといえる。

＊

カントの『永遠平和のために』（*Zum ewigen Frieden*）は一七九五年に発表された。副題には一つの「哲学的草案」とかかれている。これはしかしフランスとプロイセンとのバーゼル平和条約の締結（同年四月）にさいしてむしろ早急にかかれたものであった。フランスにたいする連合軍の干渉戦争によって革命の圧殺がくわだてられていたとき、このバーゼル平和がカントにとって一応歓迎さるべきものであったことは、いうまでもない。しかし問題は、それが若干の秘密条項をひそめ、したがってあらたな戦争の種子をふくみ、決して永続的な平和を保証していないところにある。われわれは、カントにおいて平和の擁護と革命（改革）の支持とが密接につながっていることをわすれてはならない。

くわしい説明をくわえずに、わたしはかれが永遠平和の基本条件としてあげているものを、ここに引用するにとどめよう。これらはすべて多少とも今日の世界および日本の情勢にとって教訓的だとおもわれる。

「将来の戦争への材料を秘密に留保してなされた平和条約は、決して平和条約とみなされてはならない」（第一条項）。

「常備軍は時とともに全廃されなければならない」（第三条項）。

「どんな国家も暴力的に他国家の法制および統治に干渉してはならない」（第五条項）。

〔一国家が内部の不統一によって二つの部分に分裂するとき〕この内部闘争がまだ決定しないうちに外部の列強が干渉するのは、ただ自己の内部の疾患とたたかっているにすぎない独立国民の権利をおかすこと、したがって怪《け》しからぬことであり、すべての国家の自律をあやうくするであろう」（同）。

さらにカントが永遠平和のための必要条件として指摘しているのは、第一にそれぞれの国家の「共和制」（Republikanismus）、第二にこれらの自由かつ平等な諸国家の「平和連盟」（Friedensbund）である。第一の点についていえば、カントは民主制のかわりに共和制を主張した。かれは自分の仕方にしたがって共和主義を専制主義に対立させ、君主をいただく立憲代議政体を共和制の模範とし、これによってプロイセンの絶対主義と妥協したわけである。また第二の点についていえば、かれはなんらかの先進的な共和国――おそらくは革命の国フランス――に平和の基地を期待した。かれはいっている。「この連盟の理念は次第にすべての国家にひろがるべきであり、かくて永遠平和にみちびいてゆくが、その実現性（客観的実在性）は表示されうる。なぜなら、もし幸運にも一つの啓蒙された強力な民族が共和国（これはその本性から永遠平和にかたむかざるをえない）を結成しうるならば、これは他の諸国家のために連盟的統一の中心となるであろう……」。

＊

カントが『永遠平和のために』をかいてから一世紀半あまりの歴史がながれた。かれの平和論がもはや時代おくれになってしまったのは、当然である。自由と平等と平和の原則のうえにうちたてられたはずのあたらしい資本主義諸国は、カントの予想をうらぎって、国内的にも国際的にも一層激烈な矛盾と闘争をうみだした。やがて帝国主義の段階はさらに資本主義諸国のあいだの衝突をふかめ、二〇世紀の前半にすでに二回の世界戦争を激発させた。しかし同時にまた、あたらしい社会主義社会の創造者および恒久平和の原動力としての労働者階級が、これらの残虐な戦争のなかからたくましく成長している。平和と民主主義と社会主義とのうえにたつ国々は、すでに地球上にひろがっている。

カントは当然ながら平和の真の推進力をみいだすことができず、結局それが不可知な「神の摂理」にゆだねざるをえなかった。しかしながら、ことに第二次世界戦争後の今日における広汎な世界人民の平和勢力をおもうとき、恒久平和の実現の可能性を決してうたがわなかったカントの確信そのものには、すこしの狂いもなかったというべきであろう。

一九世紀なかば以来のカント復興、ことに日本におけるカント哲学の紹介や解釈は、おもにカントにおける観念論的・不可知論的な側面をとりあげたといっていい。われわれのなすべきことの一つは、かれにおける保守的な要素とともに進歩的な要素をもとりあげ、その全世界観にただしい評価をくだすことである。チェルヌイシェーフスキーは、自分がいままでロシア語の叙述で知っていたヘーゲルを、原本でよんだときには失望したといっている。「そのわけは、ロシアにおける研究者たちがその体系をヘーゲル左派(3)の精神においてのべていたことだった。原本においてはヘーゲルは、ロシア語によるその体系の叙述にあらわれていたあのヘーゲルよりも、はるかに一七世紀の哲学者に、いやスコラ学者にさえ似たものだった」(『現実にたいする芸術の美学的関係』、第三版への序文)。――日本におけるカントの叙述についてみれば、おそらくその反対のことがいえるのではなかろうか?

（1）掲載誌への古在の書き込み版では、このあたりに河合栄治郎と追記されている。また、その少し前のリヒャルト・クローナーも、書き込み版への追記。

（2）この『道徳の形而上学』は、『人倫の形而上学』とも訳されている。「アカデミー版」は、ドイツ語原書の全集版である。

（3）ヘーゲルの死後、その学派は左派、中央派、右派に分岐していった。左派は青年ヘーゲル派といわれることもある。マルクスは、この左派の流れから出てきた。

解題

父母のことなど　『未来』（未來社）一九七三年三月号

雑誌『未来』での「この人に聞く」という連載の第六回。インタヴュアーは、未來社の編集者・松本昌次（一九二七〜二〇一九）。松本がこれを担当したことを、編者は松本の生前、本人に確認した。題名通り、父・古在由直と母・古在豊子（筆名・清水紫琴）の回想部分が多く、唯物論研究会に関する回想が続く。

由直は、渡良瀬川流域の鉱毒が、足尾銅山（栃木県）の銅に由来するものであることを立証したことで知られる。一九二〇年から二八年まで、東京帝国大学（現・東京大学）総長をつとめた。豊子は、自由民権運動の活動家であり作家。また『女学雑誌』にあって、女性記者の草分けとしても活躍した。その著作は、『紫琴全集』（草土文化、一九八三年）に収録。

古在が父を回想した文章としては、「父の追憶」（『古在由直博士』一九三八年、所収）、「足尾鉱毒事件と古在由直」（『世界』一九七一年一月号）などがあり、母を回想した文章としては、「明治の女――清水紫琴のこと」（『図書』一九六八年九月号）などがあって、いずれも古在『人間讃歌』（岩波書店、一九七四年）に収録されている。

I

植木枝盛のこと　『図書』（岩波書店）一九五七年一二月号。『古在由重著作集』第三巻『批評の精神』（勁草書房、一九六五年）に収録。『著作集』版を底本とした。

家永三郎『革命思想の先駆者　植木枝盛の人と思想』（岩波新書、一九五五年）巻頭に置かれた写真をめぐるエッセイである。植木と清水紫琴らが並んで写っているその写真は、古在のもとに残されていたものであった。

家永が、自身の執筆した高等学校日本史教科書『新日本史』に対する検定をめぐって、一九六五年に「教科書裁判」を起こしたとき、古在は家永の訴えを支援する活動に加わった。一九七〇年七月一七日、古在は教科書訴訟の東京地裁判決（杉本判決）を法廷で聞いた。（口絵参照）古在由重『思想のデュエット　古在由重対話集』（新日本出版社、一九七五年）には、古在・家永対談が収録されている。

ジョー・ルイスの怒り　思想とはなにか　木馬の歴史　『思想とはなにか』（岩波新書、一九六〇年九月）に収録。

古在は、旧制第一高等学校在学時にやり投げの選手だったこともあり、スポーツ観戦を好んだ。また、差別された経歴をもったスポーツ選手への同情心・共感が強かったが、それが「ジョー・ルイスの怒り」によくあらわれている。

「思想とはなにか」は、これら三篇を収録した著作『思想とはなにか』の表題にもなったもの。一九六〇年の安保条約改定反対の運動に参加した女子高校生の声から、「思想」のありかたを考えようとしたエッセイである。

古在は、治安維持法違反で逮捕された経験があったから、獄につながれたひとのことには関心が強かった。高野長英への強い関心も同様であるが、「木馬の歴史」は、強制収容所からの脱出の話であり、筆致の背後に、古在自身の体験がにじんでいる。

なお、古在由重「木馬三態」（『人民評論』一九四七年九月）というエッセイがあるが、この骨子が「木馬の歴史」に取りこまれている。また、古在「木馬の歴史」は、高等学校教科書『現代国語二』（著作者代表・金田一京助、三省堂、一九六四年）に収録された。さらに、古在「わたしと飛行機」（『図書』一九七二年七月、所収。のち、『人間讃歌』に収録。本書には非収録）も、高等学校教科書『現代国語一』（著作者、久松潜一・吉田精一・佐藤謙三ほか八名、角川書店）に収録された時期があった。

二六年前の獄中メモを読んで

『世界』（岩波書店）一九六五年一〇月号。『古在由重著作集』第六巻『戦中日記』（一九六七年）に収録。『著作集』版では、題名が「敗戦の日（八・一五記念講演――九段会館にて）」と変更された。この講演記録は、『世界』掲載版と『著作集』版とで、文字遣いがかなり異なる。ここでは、『著作集』版を底本としたが、題名は『世界』掲載版にしたがった。

当該『世界』「目次」には、「ドキュメント　八月十五日はまだ終わっていない――八・一五記念国民集会の記録」というタイトルで、古在のほか、遠山茂樹・藤井日達・武田清子・丸山真男など計一一名の名前がならんでいる。

三木清をしのんで　『三木清全集』第一巻月報、岩波書店、一九六六年

私の古典——森銑三『渡辺崋山』　『エコノミスト』（毎日新聞社）一九六七年三月一四日
古在が読んだのは、森銑三著『渡辺崋山』（創元社、一九四一年）である。その後、この作品は中公文庫に収録された。

Ⅱ

長英と私　『日本思想大系』（岩波書店）月報13　一九七一年六月。『人間讃歌』、『コーヒータイムの哲学塾』（同時代社、一九八七年）に収録。『人間讃歌』版を底本とした。

形式ではなく実態で判断せよ　『世界』一九七一年一一月号の特集「沖縄返還協定批判」に含まれる「沖縄国会——何が問われているか」のうちの一篇。

敗戦直後の記憶から　『世界』一九七四年二月号。この号の小特集というべき「戦後史と私」のうち

の一篇。古在由重『自由の精神』（新日本新書、一九七四年）には、「戦後史とわたし――敗戦直後の記憶から」と改題して収録。『世界』版を底本とした。

その日の前後　『尾崎秀実著作集』（勁草書房）第二巻、月報二、一九七七年七月

尾崎・ゾルゲ事件で知られる尾崎と古在は、学生時代からの友人だった。尾崎逮捕の時期の回想。古在「思想と演技」というインタヴュー（『自由の精神』所収）には、三木清と尾崎秀実とを対比させて語っているところがある。

高桑純夫君をしのんで　『現代と思想』（青木書店）第三七号、一九七九年九月

文末に、「一九七九年六月一三日の「お別れの会」でのあいさつの速記に多少加筆したもの」との記載がある。高桑については、本書「解説」も参照されたい。

Ⅲ

壺中の詩　『世界』一九八〇年七月号。特集「追悼大内兵衛先生」のうちの一篇。他の執筆者は、有澤廣巳、武田隆夫、中村哲、辻清明、丸山眞男。

文末に「一九八〇年五月下旬」とある。大内兵衛追悼文である。

私の一冊——林達夫訳・ベルグソン『笑い』『東京新聞』一九八〇年九月一日夕刊

もとの新聞記事には、「獄中の暗い心に潤い」という見出しも付けられている。古在は『笑い』を愛読していたが、古在自身、豪快に笑うひとでもあった。本書に収めた「スポーツと平和」には、アインシュタインの話が出てくる。ドナルド・アンソニと古在は、この話をしながら、豪快に笑ったのであろう。社会的・政治的な困難のなかにあってもユーモアを忘れなかった古在の、面目躍如たるところである。

「世界一のお母さん」『朝を見ることなく：徐兄弟の母呉己順さんの生涯』一九八〇年一〇月、のち、社会思想社・現代教養文庫、一九八一年一〇月、に収録。本書では、この文庫版を底本とした。

韓国に政治犯として獄につながれていた徐勝・俊植兄弟の母である呉己順が死去したとき、その追悼文集が編まれた。この古在の一文は、その追悼文集に寄せられたものである。

在日韓国人である徐兄弟の救援運動に古在が関わるようになった背景は、古在が一九三〇年代に治安維持法違反で留置場や拘置所にあったとき、そこに同じく治安維持法違反で捕らえられた朝鮮人たちがいることを知ったことだった。その経験が、政治犯として逮捕された徐兄弟への共感につながったという。

吉野源三郎氏を悼む『朝日新聞』一九八一年五月二五日夕刊

吉野源三郎君をしのぶ　『世界』一九八一年八月号。小特集・吉野源三郎追悼のうちの一篇。文末に「五月三〇日の葬儀弔辞に少々加筆した」とある。

他の執筆者は、中野好夫・都留重人・丸山眞男である。これらの追悼文の後ろに、古在の「吉野源三郎君をしのぶ」の最初の方で言及された吉野の手紙が、「若き日の手紙——一九二六年、軍隊から」として掲載された。なお、丸山の一文は、「『君たちはどう生きるか』をめぐる回想——吉野さんの霊にささげる」であって、のちに、吉野『君たちはどう生きるか』が岩波文庫に収録されたとき、その「解説」として収録された。

解説——本多勝一『戦場の村』　朝日新聞社、一九八一年九月

『朝日新聞』連載のルポルタージュである本多勝一『戦場の村』が「朝日文庫」に収録されたとき、それに付されたもの。原題はたんに「解説」である。

古在がヴェトナム戦争に関連して書いた文章の主なものに、「パリ協定の完全履行をめざして」(『世界』七三年四月号)、「人類の大義のために——南北ベトナム両代表団をむかえて」(七三年七月一六日夜九段会館における挨拶に加筆)などがあり、古在『人間讃歌』(前掲)に収録されている。

草の根はどよめく　古在由重『草の根はどよめく』築地書館、一九八二年五月

一九七〇年代末から八〇年代はじめにかけて、日本でも反核運動の高揚がみられた。『草の根はどよめく』は、その高揚のなかで出版された。ここに収録したのは、この本の冒頭「I　草の根はどよめく」である。「草の根・反核運動」についての考察。

生涯の親友——吉野源三郎のこと〈抄〉

この一文は、古在『教室から消えた先生』（新日本出版社、一九八二年九月）の「第三話　生涯の親友——吉野源三郎のこと」からの抄録である。抄録とした理由は、この「生涯の親友」がやや長いことのほかに、本書に収録した吉野追悼文と重なる記述（追悼文からの引用も含む）が少なくないこと、吉野の『君たちはどう生きるか』からの引用部分がやや長いことなどである。

哲学塾のトロフィー　『図書』一九八四年一〇月号。『コーヒータイムの哲学塾』に収録。『図書』版を底本とした。

古在が、東京・四谷で主宰していた「版の会」にまつわる一文。

中野好夫さんをしのぶ　『世界』一九八五年四月号。小特集「追悼　中野好夫先生」のうちの一篇。他の執筆者は、河盛好蔵・木下順二。

スポーツと平和　『図書』一九八五年一二月号。『コーヒータイムの哲学塾』に収録。『図書』版を底本とした。
ノーベル平和賞受賞者のP・J・ノエル・ベーカー卿の回想。

〔補論〕

カント『永久平和論』について　『思想』（岩波書店）三六一号、一九五四年七月号
論文末に「五月一六日、民主主義科学者協会東京支部での講演にもとづくもの」とある。古在のもとには、『思想』誌に若干の書き込みをした「手沢本」が残されていたので、その書き込み・訂正を一部で採用した。なお、『思想』に掲載されたこの論文では、新かな遣いだが漢字に旧字体が使われている。本書収録にあたり、現行の漢字に改めた。
本書冒頭の「父母のことなど」にも語られている通り、古在の思想的な出発点はカントであった。そのカント理解の一端を示すため、この論文を採録した。古在の大学卒業論文の題目は「カント認識論における目的の概念」であって、カントに対する古在の関心は生涯にわたって続いた。第二次世界大戦後、古在は平和運動に打ち込んだが、その活動はカントの『永久平和論』への着目につながっていたといえよう。

※古在由重の著作目録としては、『古在由重　人・行動・思想』（同時代社、一九九一年）巻末に、詳細な「著作年表」（及川孝作成）が付けられている。及川孝・今井文孝は、古在のもとで一九五〇年代から行われていた読書サークル「自由大学」のメンバーで、古在の没後、古在の蔵書などの整理に当たり、この「著作年表」のほか、丹念な蔵書目録を作成した。主要著作・論文などのリストは、『暗き時代の抵抗者たち　対談古在由重・丸山眞男』（同時代社、二〇〇一年）に掲載。

年譜は、『古在由重　人・行動・思想』巻末に付けてある（太田作成）。また、この年譜の補訂版を『暗き時代の抵抗者たち』に収録。

また、岩倉博『ある哲学者の軌跡　古在由重と仲間たち』（花伝社、二〇一二年）には、古在の「主要著作一覧」「古在由重関連年表」が含まれている。

解説

太田哲男

本書は、哲学者古在由重（一九〇一〜九〇）の人と思想を一冊で通観できるようにと考え、かれのエッセイや追悼文、講演やインタヴューなどを中心に編集したものである。

その中心をなすのは、一九六〇年以降の日本の平和運動・反核運動などの市民運動への古在の関わりである。もう少し具体的にいえば、古在は、一九六〇年の安保闘争、六七年以降の東京都知事選挙、六〇年代から七〇年代にかけてのヴェトナム反戦運動、七〇年代半ばから一〇年ほどにわたる反核運動に、「知識人」という立場で関わった。そのばあい、ともに活動した仲間たちがいた。たとえば、吉野源三郎・中野好夫などである。

本書に収録した文章は、ここに並べた運動自体を論じたものというより、ともに活動した仲間・友人を偲ぶもの、接点のあった人びとを回想したものが多い（また、その回想では、さらに以前の時代へ、古在の若き日にまでさかのぼっていくことも多い）。本書で論じられている時代は、冷戦終結以前、一九八〇年代半ばまでであり、現在とは時間的隔たりが小さくない。したがって、現在の時代的課題に直接的にこたえることが語られているわけではない。しかし、当時において政治的・社会的に重要だと考えられたことに、その時代の知識人たちが力をつくしてとり組んでいた、その姿をうかがうことはできるであろう。本書は、そのことを、古在とその友人たち、あるいはともに活動した人びとを軸にみていくものである。

本書に収めたエッセイなどで回想されている人びとを区分すれば、次のようである。

第一、冒頭の「父母のことなど」など、家族にまつわる回想。

第二、「三木清をしのんで」「その日の前後」など、一九三〇年代の戦争に向かう時代に、時流に抗してともにたたかった人びとの回想。

第三、高桑純夫、大内兵衛、吉野源三郎、中野好夫（没年順）を追悼する文。これが本書の中心になるところである。

この「解説」では、この第三の人びとに関して、その歴史的な脈絡を少し説明するにとどめたい。

＊

この四人、ことに、大内、吉野、中野には共通性がある。それは、「革命運動」とは区別された「平和運動」や「民主主義擁護の運動」の構築に尽力していたということ、その面で古在との交流が深かったということである。そして、戦後の、ことに六〇年安保以降の古在の活動は、この運動への関わりに中心があったとみることができよう。

その運動の典型的な事例を一つあげれば、もはや半世紀以上前のことになるが、一九六七年以降の東京都知事選挙である（この例では、大内・中野の役割が大きい）。

この都知事選挙で、戦前に「天皇機関説」で著名だった美濃部達吉《みのべたつきち》の息子である美濃部亮吉（一九〇四〜八四、当時は東京教育大学教授）が、市民団体や学者・文化人の「明るい革新都政をつくる会」による擁立《ようりつ》、日本社会党（以下、社会党）・日本共産党（以下、共産党）の推薦を得て当選、以後、三期・一二年間、都知事をつとめた。当時、社会党・共産党の推薦あるいは支持を受けた「革新自治体」が、全国的な広がりをもつようになった。政党レベルでいえば、「社共共闘」である。美濃部はその任期中に、老人医療費の無料化などの施策を行い、これが全国に広がるきっかけをつくった。社会福祉的な政策の展開であり、社会民主主義的な方向であったともいえようし、それが自民党の政策にも一定の影響を与える結果となったとみることができる。

美濃部亮吉は、東大経済学部在学中の一九二〇年代に大内兵衛の教えを受けた。その大内の学問的・思想的立場は、戦前における非日本共産党系の「労農派」マルクス主義の系譜に連なっていた。大内も美濃部も、他の数名とともに一九三八年二月の「人民戦線事件」で検挙されていた（大内・美濃部ともに、一九四二年に一審・二審いずれも無罪判決）。そういう師弟関係にあったから、美濃部は、都知事選の立候補やその継続に関し、節目ごとに大内に相談していた。美濃部が三六〇万を超える票を集めて圧勝したのは二期目の当選のとき、一九七一年であった（七〇年代前半に「革新知事」は一〇名に達した）。ときあたかも日本の高度経済成長期にあたり、「革新都政」は財政的な基盤にも裏づけられていたが、七三年に日本経済は「石油危機」に見舞われた。都財政の落ち込み、都政をめぐる社会・共産両党の対立の表面化などの要因がかさなり、美濃部自身が三期目に立候補をためらう状況となった。結局、美濃部は七五年の都知事選にも立候補し、三期目の当選を果たすに至った。この間に、「明るい革新都政をつくる会」内部にあって「個人幹事」として統一候補の擁立に力をつくしたのが、中野好夫であった。

当時の新聞報道をみると、「美濃部不出馬を語る　大黒柱の2氏」という見出しの記事に、「革新自治体の旗じるし、ともいわれた美濃部都政を、陰に陽に支えてきた二人の大黒柱」というくだりがあり、大内・中野氏がそれぞれ写真入りで紹介されている。（朝日新聞、一九七五年二月一八日付）それが、三月に入って美濃部は三選出馬を表明した。その出馬を支援する前提確認のため「四者会談」が行われたが、「四者」とは、成田知巳《ともみ》社会党委員長、宮本顕治共産党委員長、市川誠総評議長と、「学者文化人代表」の中野好夫であった。（同、三月一一日付）

この紹介だけでも、大内と中野の重要な位置がわかるが、古在は、本書に収録した「中野好夫さんをしのぶ」のなかで、「大内兵衛さんや中野好夫さんらに代表される「明るい革新都政をつくる会」に、わたしも一幹事としてたびたび顔をあわせ」と書いていて、中野・大内・古在の関係の一端をうかがうことができる。ただし、大内は、先にふれたように労農派の系譜を引く経済学者であって、政治的には社会党左派の立場にあったのに対し、古在は共産党の立場のマルクス主義哲学者として知られていた。これに対し、中野は、いずれの政党にも属さず、社・共両党に是々非々の立場から、ときに歯に衣着せぬ発言をする「文化人」であった。これらの特徴づけだけからすればふしぎに思われるかもしれないが、この三名は、深い信頼関係でむすばれていた。そのことが、古在の回想「中野好夫さんをしのぶ」と「壺中の詩」からうかびあがる。むろん政党の意向が強く作用することはいうまでもないが、個人の役割も無視はできなかったのである。

＊

吉野源三郎といえば、最近は『君たちはどう生きるか』の著者として、若い人たちにも知られるようになった。この著作は、岩波文庫にも収録され、古典の地位を獲得しているが、戦後における吉野の活動の主要舞台は、岩波書店の雑誌『世界』（一九四六年一月創刊）などの編集にあった。

先に、「平和運動」や「民主主義擁護の運動」の構築と書いたが、古在の親友だった吉野源三郎は、『世界』の編集長として、この構築に心をくだいた。[1]その顕著な例が、時間的には「革新都政」のころからさかのぼることになるが、平和問題談話会であり、憲法問題研究会であった。これらについては本書一四七頁の編注（2）を参照いただきたい。そこにも書いたが、宮澤俊義や我妻栄をはじめとする有力な専門家の参加を得たことは、この憲法研究会に重みを与えた。この会には、東京と京都の知識人が参加したが、創設者には、湯川秀樹なども加わっていたし、大内兵衛、中野好夫、丸山眞男なども会員であった。（ただし、古在はこの会には関わらなかったと思われる。）

さて、本書には、「二六年前の獄中メモを読んで」という講演記録を収録した。これは、一九六五年の「八・一五記念国民集会」（東京・九段会館）における古在の発言である。じつは、同じ集会で、吉野源三郎も発言をしている。意外なことに思われるかもしれないが、吉野の発言にしたがえば、その一〇年ほど前、つまり一九五五年頃から、「憲法記念日と共に、この八月十五日も年ごとに忘れられて来る傾向でした」という。それが、六五年になって、「終戦後二十年ということで、政府もこの九段の上で戦没者の遺族の方を招いて慰霊祭をやっていますし、新聞や雑誌もいろいろと特集をしています」[2]というのである。「この九段の上で」というのは、日本武道館のことであるが、それはともかく、なぜ敗戦後二〇年ということを新聞や雑誌がとりあげたかといえば、「やはりヴェトナム戦争による危機感が、特別にこの日に注意を向けさせているように思われます。」と吉野は述べている。こういう「危機感」を背景に「八・一五記念国民集会」が開催されたとき、この集会に参加し発言した古在も、共通する思いをいだいていたはずである。「反戦」の意識と「民主主義擁護」とがつながって把握されていた。

私はここで、吉野源三郎について書こうと考えていたのだが、一九六五年の「八・一五記念国民集会」については、別の人びとのことにも言及しておかなければならない。古在の追悼文集である『古在由重　人・行動・思想』に、日高六郎（一九一七〜二〇一八、社会学者）の「組織を超える志」が掲載されており、これは、「古在由重先生追悼のつどい」（一九九〇年九月一四日・九段会館）における日高の発言である。それによれば、六五年の「八・一五記念国民集会」を中心的に準備したのは吉野源三郎であり、司会をつとめたのは日高六郎・藤田省三（一九二七〜二〇〇三、思想史家）であって、つまりは特定の政党に属さない知識人たちであった。

日高によれば、「一九六三年、原水禁運動の分裂以来、日本の平和運動は残念なことに統一的な行動がなかなかとりにくいという状況がありました。しかしベトナム戦争北爆開始〔六五年三月〕というなかで、戦争反対の機運が全国に広がっていく。それを契機として、なんとかして統一してみんなでまとまって行動をおこしたいと、そういうことを私たちは考えておりました」。

ところが、この八・一五集会にこの「分裂」の余波が及んだ。そこで、ふたたび日高によれば、古在は「ある種の決意をされてその集会に参加されていた」という。つまり、「古在さんは、出席されるばかりでなく、自ら求めて発言されたのです。それは、ある種の決意なしではできなかったことだと私は思います。」というのである。

この八・一五集会直後、藤田省三は古在宛にはがき（中野局の消印は八月一八日）を送った。その一部を引こう（この葉書は、藤沢市湘南大庭市民図書館の「古在由重文庫」所蔵）。

昨日、八・一五国民集会には、異例の「御出演」を賜り、実によいお話をして下さって誠にありがとうございました。感謝に堪えません。お蔭をもちまして一応の成功で喜んで居ります。くれぐれも御身体に御留意下さいますように。〔以下略〕

ここに、異例の「御出演」と藤田が書いているのは、この集会で、古在は壇上から話をするという形をとらず、日高の発言によれば、「自分は平土間から発言したいとおっしゃって」スピーチをしたことを受けていると思われる。つまり、古在はこの集会にあくまで自分の意思で参加し、発言したということを公然たる形で表現し、そのことによって、運動の「分裂」への抗議を暗黙のうちに示そうとしたと読むべきであろう（吉野源三郎と丸山眞男も、古在と同様にフロアから発言した）。

その強い意思とマルクス主義者としての声望とがあいまって、古在は市民運動の重要なリーダーのひとりとみなされるようになったのであろう。だからこそ、先に述べた「明るい革新都政をつくる会」にも、「個人幹事」の資格で加わることになったとみてよかろう。古在のこの位置は、ヴェトナム反戦運動、反核運動への関わり方につながっていく。

誤解をおそれずにいえば、古在は、マルクス主義哲学者であることを止めたわけではないが、政治的な活動を軸に考えれば、六五年の八・一五集会あたりを機に、「市民主義」の哲学者に移行していったとみることができる。そのことは、論文「試練にたつ哲学」（後述）や『草の根はどよめく』などにおける「コモン・センス」の強調などにうかがうことができるが、その発端は、古在の「思想とはなにか」論文にみることができるだろう。さらに敷衍すれば、「市民運動としての性格を突出させて〔中略〕セクト主義を排して統一戦線の枠をまもりつづけた[3]」家永教科書裁判支援の運動を、古在がはやくから支援していたことも、同じ文脈に位置づけることができよう。

雑誌『世界』は、ヴェトナム戦争に関連する特集をしばしば組んだ。一九六六年一二月号には、六六年九月に来日したフランスの哲学者サルトルとボーヴォワールに関連する特集が出ている。その「サルトルとの対話　知識人・核問題をめぐって」に、次の人名が並んでいる。

ジャン・ポール・サルトル／シモーヌ・ド・ボーヴォワール
大江健三郎／加藤周一／坂本義和／鶴見俊輔／日高六郎

そのあとに、「〔討論集会〕ベトナム戦争と反戦の原理――J・P・サルトルとともに」の参加者として、小田実・開高健・久野収・竹内好・谷川雁・小松左京・いいだもも・鶴見良行の名前が並び、さらに、「反戦平和ストライキ支持の声明　知識人三四八氏」が掲載されている。

　これらの人名だけからもいろいろなことがいえるであろうが、ここではこうした言論が、政党とは距離を置いた「知識人」を軸にしたとり組みだったという点を指摘しておきたい。

　来日したサルトルは「現在では、全世界における知識人の試金石はベトナム戦争である。これに反対する人間こそ知識人である。」と語っていた。翌六七年、イギリスの哲学者バートランド・ラッセルの提唱により、ストックホルムで戦争犯罪の「国際法廷」が開かれた。この法廷の最後にサルトルが、アメリカによるヴェトナム侵略に「有罪判決」を発表した。（古在「試練にたつ哲学」）

　この「ラッセル法廷」を受ける形で、同年夏、この戦争への日本政府の加担に関わる「東京法廷」が開催され、科学者や医学者、弁護士などによる告発をふまえ、古在は「主席検察官」として「総括報告」をおこなった。こうした流れのなかで書かれた戦後の古在の代表的論文「試練にたつ哲学」（一九六七年、『岩波講座哲学　哲学の課題』所収、のち、古在『和魂論ノート』所収）は、「実存主義者」サルトルと「分析哲学者」ラッセルが、哲学的学説の差異にもかかわらず、あるいはその哲学的原理ゆえに反戦の立場に立ったことについての考察をも開陳した。

その後に、吉野源三郎が『同時代のこと――ヴェトナム戦争を忘れるな』（岩波新書、一九七四年）を著し、歴史的な出来事にどのように肉薄して把握するかを、力をこめて論じた。

その「反戦」意識から、古在は「ベトナム人民支援日本委員会」議長団に加わって、ヴェトナム反戦運動に挺身した。七二年二月には、すでに古希・七〇歳を超えていた古在の体調はよいとはいえなかったけれども、「インドシナ諸国人民の平和と独立のためのパリ集会」（本書の口絵写真参照）に、七三年二月には「ベトナムに関する緊急国際会議ローマ世界集会」に、いずれも日本統一代表団団長として参加した。七三年の集会に「緊急」と名づけられているのは、この集会の直前の一月末、アメリカ・南ヴェトナム・北ヴェトナム・南ヴェトナム臨時革命政府の間で「ベトナム和平協定」（パリ協定）が結ばれ、その完全実施こそが重要だという認識が、集会に加わる側にあったからであろう。

＊

日本国内の平和運動を考えると、原水禁運動の分裂（日本原水協＝原水爆禁止日本協議会と、原水禁＝原水爆禁止日本国民会議との「分裂」）が、一九六〇年代前半から一〇年を超えて続いていた。ヴェトナム反戦が世界的な広がりをもち、国際的な集会も開かれるようになり、日本で開催される原水禁運動の集会にも、海外からの参加者が目立つようになっていた。その人々からすれば、日本国内の運動の分裂は、不可解なものと思われた。海外からの参加者でなくても、分裂の経過を知らない若い世代からすれば、やはり分裂が不可解なものとみえたばあいは少なくなかったはずである。

ヴェトナム戦争が終結したのは、一九七五年四月。それと相前後する時期に、吉野源三郎や中野好夫は、原水禁運動の分裂に対応しようとした。具体的には、市民団体の動きと呼応しながら原水爆禁止世界大会を統一した形で実施しようとしたわけである。吉野は、七五年に「被爆三〇年広島国際フォーラム」事務局長をつとめた。以下、吉野、中野、古在にしぼって述べよう。

一九七七年二月、吉野と中野は、他の三氏とともに「広島・長崎アピール」（五氏アピール）を出した。この「訴え」を受ける形で、七七年八月三日、原水爆禁止統一世界大会が広島で開催されるに至った。(4) 一四年ぶりの原水協と原水禁の統一大会であった（「吉野源三郎氏を悼む」の注も参照されたい）。古在は、七七年から八四年まで、原水禁世界大会代表委員のひとりであった。

海外の動向をみれば、七〇年代には戦略兵器制限交渉が継続していたが、一九八〇年秋にアメリカでレーガン政権が登場し、翌年、ＮＡＴＯがヨーロッパに中距離核ミサイル配備を決めると、その軍備拡張政策に対抗して、アメリカでもヨーロッパでも反核運動が広がった。八二年には、国連軍縮特別総会が開催される運びとなり、この総会に向けて、日本国内では大規模な署名活動が行われた。統一大会が行われるようになっていたことを追い風に、運動は広がった。この時期の高揚した雰囲気が、古在の著作『草の根はどよめく』にあふれている（のちに八七年、ゴルバチョフ・ソ連共産党書記長の提案があり、それを受けたレーガン大統領との間に米ソ間で中距離核戦力（ＩＮＦ）全廃条約が成立した。しかし、二〇一九年二月、トランプ政権は、冷戦の終結につながったこの条約からの離脱を通告、八月に至って条約は失効した）。

統一大会は開かれるようになったが、いろいろな行きがかりがあって、一九八四年に至り、統一大会が開催できなくなった。その経緯などについて、ここではふれない。古在自身も、この経緯について、周囲のごく身近な人びとと検討を重ねたと聞くが、その検討について、文字にして残してはいないようである。「中野好夫さんをしのぶ」（『世界』一九八五年四月号）は、その「行きがかり」の顕在化から一年近くたった時点での追悼文であるが、「いま、今日にいたるまでの統一にかかわる経過ならびに現状についてはふれない。」と書かれている。

それから一年あまり後の夏、丸山眞男は、運動の再分裂にふれた手紙を古在に送った。[5]

> 暑中御見舞申し上げます。
>
> 御健康を害されたとの事、その後いかがかと御案じ申し上げております。〔中略〕
>
> 夏になると思い出すのは、古在さんと中野〔好夫〕さんの原水爆記念行事の統一についてのはかりしれない御努力です。またその季節になりましたが、もう「処置なし」の感じですね。易〔易経〕のなかの「窮すれば通ず、通ずれば変ず」の言葉でも信じるよりほかはないのでしょうか。
>
> 古在先生の御健在をたのみとする、見えない無数の人々がいること御信じ下さって御自愛のほど、ひとえに祈り上げます。まずは一筆御見舞まで、〔中略〕敬具
>
> 一九八六年七月三〇日〔傍点は引用者〕

丸山は、中野好夫や古在の反核運動へのとり組みを「はかりしれない御努力」とみており、それがまた、「見えない無数の人々」によって支持されていると考えていたことが、この手紙からわかる。

丸山の私信におけることばはともかくとして、「平和」と「民主主義擁護」のために、吉野、中野、古在をつないでいたつながり、そのとり組みの諸側面が、古在の回想文に描かれ、記録されたのである。

古在は、社会党・共産党の「共闘」を軸に、各種市民団体や個人をふくめた政治勢力を、自民党政権に代わるものと想定していたと思われる。古在自身がそう明言しているわけではないが、「社共中軸」論と表現できよう。古在や中野はそれを、市民運動を軸に進めて行こうとしていたといってよかろう。少なくとも、原水禁運動の再分裂が起こって「代表委員」を辞した一九八四年まではそうであった。つまり、一方に政党の動向、他方に市民運動、古在の使ったことばなら「草の根」的な運動に目配りしながら動いた。

その一方にあたる政党の動向を、国会議員選挙や知事選挙の結果から少し考えてみよう。

一九七九年、すなわち原水禁の統一大会が開催され、反核運動が高揚しつつあった時期、統一地方選挙があった。東京都知事には、鈴木俊一（自民・公明・民社推薦）が、太田薫（社会・共産推薦）を破って当選、社共を軸とした一二年間の「革新都政」は終焉をむかえた。大阪府知事選挙では、現職の黒田了一（共産推薦）が、岸昌（共産以外の各党の「相乗り」）に敗れ、「革新府政」は終止符を打った。こうした知事選の流れにのってということも一要因としてはあったのだろうが、同じ七九年秋、

大平正芳首相は、衆議院の解散・総選挙（第三五回）にうって出た。しかし、結果（当選者数）は、総数五一一議席に対し、

自民二四八、社会一〇七、公明五七、民社三五、共産三九

であって、自民党の議席は過半数に届かない状態であった（無所属一〇人を追加公認して二五八議席、過半数を確保した）。

古在や吉野、中野が平和運動、反核運動に力を集中していたのは、このような時期であった。時間はとぶが、八九年七月の参議院議員選挙では、与野党の議席数が逆転した。すなわち、社会党四六議席（二四増）に対し、自民党三六（三〇減）で、非改選議席と合わせると、自民党一〇九議席、社会党六七議席で、自民党は過半数の一二七を割り込んだ。ときの社会党の委員長は土井たか子。この参議院選は、「土井ブーム」といわれた。

この参議院議員選挙の前、六月には中国で「天安門事件」が起きていた。そして一一月、東西両陣営の対立の象徴であったベルリンの壁が崩壊し、一二月には米ソ両首脳が「東西冷戦の終結」を宣言した。戦後世界を大きく特徴づけていた冷戦の終結である。

この「ベルリンの壁」崩壊のニュースを、古在はどのような思いで聞いたのだろうか。本書に収めた本多勝一『戦場の村』への「解説」などを読むと、ヴェトナム反戦運動と関連させた「世界反戦」の強調と、それと結びついた社会主義国、ことにソ連の重視が目につく。「世界反戦」はともかく、ソ連重視の観点からすれば、この「ベルリンの壁」崩壊のニュースは、衝撃的なものであったはずで

ある。しかし、脚の激痛に苦しめられ、そうかといって痛みを麻酔で緩和することは意識の混濁につながるからと拒否した古在には、その衝撃を分析・解明する余力は残されていなかった。

九〇年二月の衆議院議員選挙（海部俊樹内閣）では、自民二七五議席と「安定多数」を確保したが、社会党も一三六議席と躍進した。[6]

この衆議院選挙から一ヶ月も経過しない三月六日、古在は死去した。享年八八。

まさにそれ以降、国会の議席配置は大きく変化する。九二年の参議院議員選挙では、社会党が大きく議席を減らし、九三年の衆議院議員選挙では、自民党が過半数割れをおこした一方で、社会党も議席を減らし、ここに「五五年体制」が崩壊した。

日本におけるバブル経済の崩壊を経て、社会党の支持基盤だった労働組合の急速な変化も進行するなど、社会党は迷走をはじめ、凋落した。そして「社共中軸」の政治的・現実的意味は消滅した。

古在の描いていた「社共中軸」論は、政党をその中心に考えたものではないとしても、その側面の基盤が失われたことは明瞭である。とはいえ、政党とはそれぞれに距離をおいた市民団体や個人が参加する運動の結集という面、つまり、「市民運動を軸に」という面では話は別だと考えることができるかもしれない。

ふり返れば、原水禁世界大会を統一して開催できなくなった八四年には、中野好夫も古在も八〇歳を超えていたし、中野は八五年二月に世を去った。古在は、「吉野源三郎君をしのぶ」のなかで、亡くなった吉野（享年八二）の姿をみて、次のように書いていた。

くつろいだ君の顔は「やれるだけのことはやった。あとはわかい世代に」といっているようです。なにか、ほっとしたような気もちがしました。一瞬、おもたい気もちがふっきれたとさえ感じられました。そして「君たちはどう生きるか」とわたしたちは問われつづけられながらも、「自分は自分の道を生きぬいたよ」という人の姿がそこにありました。

古在自身も、「時代の切実な実践的課題」にとり組み、「自分は自分の道を生きぬいたよ」というべきひとであって、その姿が本書を通じて浮かびあがることを願うばかりである。

古在の高桑純夫回想にはふれなかったので、注記しておこう。高桑は、戦前にはカトリック哲学の研究をしていて、中世のスコラ哲学者トマス・アクィナスの著作の翻訳なども行っていた。それが、戦後に唯物論哲学の立場に転じ、古在とも、仕事上の接点があった。その後、原水爆禁止国民会議（原水禁）に参加、事務局長をつとめた。「原水禁」は、古在が依拠していた「原水協」とは対立した組織である。高桑追悼文は一九七九年のものであり、当時は「統一大会」が開催されていた時期であったから、古在が原水禁の理論家・運動家の追悼文を書いてもふしぎではなかったのかもしれない。しかし、そこには、高桑への親近感というだけではなく、原水禁と原水協のつながりを維持・発展させたいという「政治的配慮」もあって、それが古在にこの追悼文を書かせたのではなかろうか。[7]

ついでながら、原水禁の代表委員をつとめた森滝市郎（一九〇一～九四。広島で被爆、倫理学者・原水禁運動家）は、古在の死去に際して、喪主あてに弔電を送っており、[8]森滝と古在の間にも、一定の信頼関係があって、その関係は失われなかったことが示されている。

＊

本書は、同時代社から出版される。一九八〇年に同時代社を創業した川上徹さん（一九四〇～二〇一五）は、学生運動との関わりで、一九六〇年代から古在との接点があったと聞いたが、八〇年代以降の関係の一端を書いておこう。本書には「哲学塾のトロフィー」という古在のエッセイを収録したが、古在を囲むこの「塾」は、東京・四谷にあった「版」という喫茶店で開かれていた。そこには、時折だが、加藤周一・藤田省三氏などがゲスト講師として登場したこともあった。この塾の、いわば事務局長役が川上徹さんであった。この「塾」にまつわる文章を並べた『コーヒータイムの哲学塾』（一九八七年）も、同時代社から出版された。また、古在の追悼集である『古在由重　人・行動・思想』の出版も、川上さんが引きうけた。さらに、一二〇〇名ほどの参加者を得た「古在由重先生追悼のつどい」（既出）では、その司会・進行役をつとめた。

現在同時代社の事業を継承している川上隆さんから、「父の記念に、古在先生の本をつくりたい」という申し出をいただいた。私は、追悼集『古在由重』の編集のお手伝いをした縁もあって、この申し出を受け、隆さんとも相談し「古在由重セレクション」一冊を、エッセイなどを軸に編集することにした。

私自身は、古在先生のお宅で開かれていた勉強会に、大学院生だった一九七三年頃から参加させていただいていた者である。いつのことだったか、古在先生のお宅で、美代夫人からうかがった話がある。それは、「古在はマルクス主義の理論的な論文を書くときは、なかなか書けなくて、はたからみていても苦しそうだけれど、エッセイを書くときは楽しそうだわよ」という意味のものである。

美代夫人のこの感想は、古在『人間讃歌』（岩波書店、一九七四年）の巻頭に並ぶ「星への記憶」「いすみ川のほとり」「わたしと生きもの」「わたしと飛行機」などのエッセイを念頭においてのことだったのだろう。（本書ではそれらの収録は割愛せざるを得なかったが。）本書に収めたものでいえば、「木馬の歴史」などは痛快であるし、「哲学塾のトロフィー」には悠揚せまらぬ雰囲気があり、「スポーツと平和」の末尾あたりからは古在先生の哄笑が聞こえてくるようである。

私は当初、美代夫人のこのことばを思い起こし、「楽しそう」なエッセイ類を軸に一冊を編もうと考えた。しかし、一冊に収めるべく、あれこれ選定しているうちに、テーマの性格上、必ずしも「楽しそう」とはいえない文章が本書には並ぶ結果となってしまった。本書に収めた弔文の類いの執筆が楽しそうだったということはそもそもないだろう。ともあれ、エッセイなど、短く書かれた文章にも古在の本領は発揮されていると考え、ごらんのような一冊となった。

なお、本書に掲げた写真や書簡について、藤沢市湘南大庭市民図書館「古在由重文庫」から利用の許諾をいただいたことに御礼申し上げる。

近年の困難な出版事情にもかかわらず、本書の出版を勧めてくださった川上隆さんに深く感謝したい。そして、古在由重先生、川上徹さんに本書をささげる。

（1）戦後初期における吉野の編集者としての活動の一端は、吉野源三郎編『『世界』座談会集』三冊（評論社「復初文庫」一九六九〜七〇年）にまとめられている。

Ⅰ『日本の運命』（一九五〇年〜五五年の六回の座談会）なお、座談会の司会はいずれも吉野であるが、うち三回は丸山眞男も司会者に名を連ねている。

Ⅱ『日本における自由のための闘い』（一九五四年〜五七年の一〇回の座談会）

Ⅲ『原点――「戦後」とその問題』（一九四八年〜五六年の六回の座談会）なお、この六回の座談会のうち、古在が五回、中野好夫が二回出席している。Ⅱでは七回、Ⅲでは全回が吉野の司会。

（2）吉野源三郎「自らの運命を自らの責任において――八・一五記念国民集会に臨んで（一九六五年）」、前掲『原点』所収。この文章は、「終戦の意義とヴェトナム戦争――八・一五記念国民集会に臨んで」と改題し、若干の字句の訂正を施して、吉野源三郎『同時代のこと――ヴェトナム戦争を忘れるな』（岩波新書、一九七四年）に収録された。

また、この「国民集会」に関しては、岩倉博『ある哲学者の軌跡　古在由重と仲間たち』参照。

（3）鹿野政直「家永三郎　求道の思想史学」『鹿野政直思想史論集』第七巻（岩波書店、二〇〇八年）所収。

（4）吉野源三郎「原水禁運動――新しい転換の時期」（『世界』一九七七年八月号）参照。

（5）古在と丸山の関わりについては、太田編『暗き時代の抵抗者たち』参照。丸山は、古在の『現代哲学』（一九三七年）を刊行後まもなく読み、その「第一印象は要するに、痛快痛快ということですね」と語っている。

なお、ここに引用した丸山の手紙は、『丸山眞男話文集』続4（みすず書房。二〇一五年）三八三頁。

（6）国会議員選挙などの動向・データは、石川真澄『戦後政治史 新版』（岩波新書、二〇〇四年）などによる。吉見俊也『平成時代』（岩波新書、二〇一九年）も参照。

（7）古在『自由の精神』所収の文章の多くは、『国労文化』（もとは『国鉄文化』）にほぼ一ヶ月おきに掲載されたエッセイ（七二年三月号から七四年八月号まで）である。日本国有鉄道（国鉄）は、中曽根康弘政権下の一九八七年、「分割・民営化」されたが、「分割」以前の国鉄労働組合（国労）は、労働運動の重要な位置を占めていて、その国労の機関誌が『国労文化』であった。この機関誌への執筆を引きうけたとき、「国労なら、もえる」と思っていたという。当時の古在から聞いたところでは、「一ヶ月おき」なのは、もうひとり執筆者である向坂《さきさか》逸郎（一八九七〜八五）と交互に執筆することになっていたからとのこと。向坂は、戦前における「労農派」マルクス主義の系譜に連なり、大内兵衛や美濃部亮吉が検挙された（第二次）人民戦線事件前の一九三七年、第一次人民戦線事件で検挙された経歴をもつ。一九七〇年前後は、社会党左派の「社会主義協会」代表であった。古在は、ヴェトナム反戦の時代に向坂と交互に『国労文化』に登場することを、社共の「バランス」という意味で、妥当な配置だと考えていたとのことである。別言すれば、社共中軸という線を考慮し、政治的配慮から執筆を引きうけたということであろう。

（8）『古在由重　人・行動・思想』に、葬儀に際しての弔電が紹介されている。

ま

や

ら

わ

人名索引

以下の索引は、必ずしも網羅的ではない。

著者略歴

古在由重（こざい・よししげ）（1901年～90年）

東京に生まれる。1925年、東京帝国大学哲学科を卒業。哲学者。1930年代に唯物論研究会などで活動し、治安維持法違反で二度拘留される。

戦後は、民主主義科学者協会哲学部会の主要メンバー。専修大学・名古屋大学教授。また、ヴェトナム反戦運動・反核運動などに尽力した。

主著に、『現代哲学』（「唯物論全書」の1冊、1937年）、『古在由重著作集』全6巻（勁草書房、1965年～75年）、『人間讃歌』(岩波書店、1974年)、『和魂論ノート』（同、1984年）、主要訳書に、マルクス＝エンゲルス『ドイツ・イデオロギー』（岩波文庫、1956年）、マックス・ヴェーバー『ヒンドゥー教と仏教』（大月書店、2009年）など。

編者略歴

太田哲男（おおた・てつお）

1949年、静岡県生まれ。桜美林大学名誉教授。日本思想史。博士（学術）。東京教育大学大学院博士課程（倫理学専攻）中退。

著書に、『大正デモクラシーの思想水脈』(同時代社、1987年)、『ハンナ＝アーレント』（清水書院、2001年）、『若き高杉一郎　改造社の時代』（未來社、2008年）、『吉野作造』（清水書院、2018年）など。

編著に、『暗き時代の抵抗者たち　対談 古在由重・丸山眞男』（同時代社、2001年）、高杉一郎『あたたかい人』（みすず書房、2009年）など。

勇気《ゆうき》ある義人《ぎじん》　古在由重《こざいよししげ》セレクション

2019年9月5日　　初版第1刷発行

著　者　　古在由重
編　者　　太田哲男
発行者　　川上　隆
発行所　　株式会社同時代社
〒101-0065　東京都千代田区西神田2-7-6
電話　03(3261)3149　FAX　03(3261)3237
組　版　　有限会社閏月社
装　幀　　太田　愛
印　刷　　中央精版印刷株式会社

ISBN978-4-88683-861-2